野性骑行

穿越非洲六千公里荒漠

盛林 ◎ 著

WILD
RIDE

天津出版传媒集团

天津人民出版社

图书在版编目（CIP）数据

野性骑行：穿越非洲六千公里荒漠 / 盛林著. --
天津：天津人民出版社，2023.4
ISBN 978-7-201-12990-7

Ⅰ.①野… Ⅱ.①盛… Ⅲ.①散文集—中国—当代
Ⅳ.①I267

中国国家版本馆CIP数据核字(2023)第036188号

野性骑行：穿越非洲六千公里荒漠
YEXING QIXING：CHUANYUE FEIZHOU LIUQIAN GONGLI HUANGMO

出　　版	天津人民出版社
出 版 人	刘　庆
地　　址	天津市和平区西康路35号康岳大厦
邮政编码	300051
邮购电话	（022）23332469
电子信箱	reader@tjrmcbs.com

选题策划	鼎之文化　高连兴
	范　园
责任编辑	范　园
装帧设计	汤　磊

印　　刷	天津市银博印刷集团有限公司
经　　销	新华书店
开　　本	880毫米×1230毫米　1/32
印　　张	10
字　　数	220千字
版次印次	2023年4月第1版　2023年4月第1次印刷
定　　价	68.00元

　　2021年10月2日,敬爱的父亲去世。父亲生前一直关心《野性骑行》的出版进程,盼望早日读到这本书,无奈病情迅速恶化,医治无效,驾鹤西去,留给我永远的伤痛、永远的遗憾。

谨以此书献给敬爱的父亲盛瑞生

女儿 盛林

作者与丈夫菲里普

前 言

骑士与沙漠

盛林

我走进了你,卡拉哈里
看见了沙粒
粒粒都是你
我用摩托车爱你

我一无所有
只有沙粒
这是我的肌肤
我用沙粒爱你

我在这里,卡拉哈里
遇见了沙丘
座座都是你
我用骑行爱你

我一无所有

骑士与沙漠

只有沙丘
这是我的胸膛
我用沙丘爱你

布须蔓草，你的诗
读了你
忍不住吻你
我用唇爱你

我一无所有
只有野草，野草茫茫
是我的额头
我用额头爱你

我碾过了你，卡拉哈里
寸寸有苦难
还有爱
我用爱爱你

我一无所有，亲爱的骑上
只有沙漠
是我的全部
我用沙漠爱你

勇往直前

Preface

I was excited when Lin told me she had finished writing her article about our African adventure, then she asked me if I would write the preface. I consider it a huge honor to be able to write a few words describing her article as I consider it an honor to do everything with Lin.

She and I have been on numerous adventures in life since we first met. From my first trip to China and her first trip to America, to our "Riding the Alps" trip around Europe.

But our adventure across four southern countries in Africa was the biggest, hardest, most beautiful, amazing and rewarding adventure we have ever done.

Eating new foods and meeting new people made us more diverse people, and seeing their life made us appreciate their lives and ours more.

And witnessing all the beautiful plants, trees and amazing animals makes us appreciate all of this world's beauty even more.

And the hardships of the roads, wash boarded, rocky, gravel and sand, and more sand and deeper sand and "taking the hard way" made us stronger and more confident of what we could endure and what we are capable of as a couple.

I'm sure that when you experience our adventure through Lin's words, you will have a feeling of what it's like to experience Africa from a motorcycle, the sights, sounds, smells and amazing views while "taking the hard way."

Philip Carter[①]

　　林告诉我，她写完了非洲冒险的文章，我很兴奋。她请求我为她写序，对此我感到莫大的荣幸，因为能亲自为她的书写只言片语，为她做任何事都让我感到幸福。

　　自从我们第一次见面以来，林和我进行了多次冒险旅程。从我第一次到中国，以及她第一次到美国，直到我们的欧洲之旅。在那里，我们骑摩托车穿越了阿尔卑斯山。

　　这次非洲四国的摩托车冒险，是我们经历过的最大、最难、最美、最险的冒险，也是最有价值的冒险。

　　在非洲，我们品尝了新奇的食物，结识了新朋友，丰富了我们的人生阅历；看到了非洲人的生活，使我们更加珍惜现有的生活。

　　在非洲，我们目睹了美丽的植物和令人惊叹的动物，这让我们更加感谢这个世界的美丽。

　　摩托车骑行的道路十分艰辛，有搓板路、有岩石路、有沙砾和沙子路，沙漠总是无边无际，沙土越来越厚。但我们总是选择最难走的路，这使我们变得更坚强、更自信，我们夫妻一起战胜了一切。我敢肯定，当你通过林的语言和我们一起冒险、一起穿越艰险时，你会有身临其境的感受，如同正骑在摩托车上，看到了、听到了、体验到了不平凡的非洲冒险。

菲里普·卡特

---

①　序作者 Philip Carter（菲里普·卡特），是作者盛林的丈夫。

目录

关键词：

查理、准备工作、逃出休斯敦

查理是谁？

今天是飞向非洲的日子，我们的目的地：南非开普敦。

我们要从开普敦出发，骑着摩托车，穿越整个卡拉哈里沙漠。

骑行团共二十名成员，组团的旅行社是"指南针"，总部在澳大利亚。"指南针"旅行社的老板叫米奇，就是迪士尼中的那只老鼠。他将担任我们的机械师、总后勤。骑行团导游叫比利·沃德，英格兰人，有非洲旅行的专业导游执照。骑行团领队叫查理·布尔曼（Charley Boorman），英格兰人，他是灵魂人物，骑行团称"查理团"，也称"查理冒险团"。怎么说都可以，总之，查理是头儿。

那么查理是谁？

查理·布尔曼，英国人熟知的电影演员、冒险家、慈善家、演说家、作家。身价千万。

1966年，查理·布尔曼出生在伦敦，父亲是约翰·布尔曼（John Boorman），著名电影导演、编剧。

1972 年至 2004 年,查理一直是电影演员,出演了《大解救》《绿宝石森林》等,成绩平平,没成为明星。他有阅读障碍症,写不好字,也读不了剧本,而且还有点儿口吃。

1999 年,查理结婚,有了两个可爱的女儿。

2003 年,查理被查出睾丸癌,一侧睾丸切除。

2004 年,查理应好友伊万·麦格雷戈①邀请,主持BBC(英国广播公司)"冒险"节目,制作摩托车冒险真人秀,成了专业"摩托车冒险人"。十几年间,他单枪匹马,摩托车碾过一百三十个国家,骑越了最险峻的道路,被誉为"骑在刀锋上的人"。

作为电视人,查理制作了几十部冒险纪实片。冒险这件事,对于癌症患者很不容易。

作为作家,他出版了十几部关于冒险的著作,*Long Way*

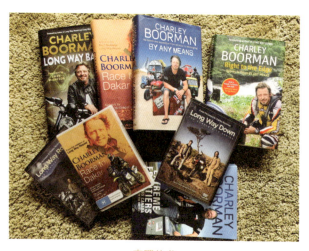

查理的书

---

① 伊万·麦格雷戈(Ewan McGregor),英国演员,在《星球大战前传》中三度担任主角,摩托车的爱好者,查理的密友。

Round、*Long Way Down*、*Long Way Back* 是三大代表作。写书这件事，对于阅读障碍症患者同样不容易。

冒险家的头衔，查理当之无愧，或者说非他莫属。查理断过的骨头、缝补过的皮肤难以计数。他像一只缀满补丁的破麻袋。人们喊他"摔不死的查理"，也有人喊他"查理疯子"，或者"疯子查理"。都一样，简称"疯子"，更直截了当一些。

2016年三月，"疯子"骑行时再次出车祸，摔得像摔碎的石膏像。医生缝缝补补，"疯子查理"总算活了下来，一睁开眼睛，他就想做一件事——带队出征非洲，骑越卡拉哈里沙漠，作为他的恢复训练。所有人都阻止他，他因腿伤做过二十七次手术，至少还要做三次，他才能骑车。他老婆锁住了摩托车，却锁不住查理，他说，非洲去定了，非去不可，除非把他杀了。

读者，现在你能判断出查理是什么级别的疯子了吧？

好了，话说回来。

我们就是要加入"查理团"，跟着"查理疯子"，骑越非洲的卡拉哈里沙漠。

正常人不与疯子打交道，不幸的是，菲里普也是疯子。他说，这辈子能与查理骑一次车，他死也瞑目了。这样的疯话，他说过一百遍了，也许是两百遍。我是疯子的老婆，近朱者赤，近墨者黑，近疯者痴，我因此染上了疯病，非常非常想去沙漠，骑着摩托车！当然，我想去沙漠，不是为了查理——我对这个疯子没兴趣。我是为了看沙漠，为了《撒哈拉的故事》。某年某月的某一个雨天，我遇到了三毛，我们一起聊了人生，聊了沙漠。三毛和撒哈拉沙漠，从此挥之不去。

我们不是去撒哈拉沙漠,是去卡拉哈里沙漠,但这有什么关系,它们都在非洲。当沙漠的风吹起时,每一粒沙都是一样的,每一个"三毛"都是一样的,每一个故事也是一样的。

准备工作

好了,言归正传,故事开始。

今天是8月27日,我们飞向非洲的日子。我们的目的地:南非开普敦。

去非洲的准备工作,三个月前就开始了。

第一个准备工作,拿签证,南非、纳米比亚、博茨瓦纳、津巴布韦……这件事只牵涉到我,因为我是中国护照。

休斯敦没有非洲领事馆,签证得去芝加哥、纽约或华盛顿。我们选择了华盛顿,签证的事还算顺利,交钱、交材料,多国签证到手。

在南非总领馆门口,我们与曼德拉像合影,算是与南非牵上了瓜葛。

签证完毕,我们逛了白宫、市政楼、林肯雕塑、英雄陵墓和林林总总的博物馆。逛街时,我买了一顶红色太阳帽,上有时任总统特朗普的名言"MAKE AMERICA GREAT AGAIN"(让美国再次强大)。这顶帽子,为我的华盛顿之行画上了句号。

第二个准备工作,打疫苗,黄热病疫苗。

中国人去非洲,这疫苗必打,道理简单,中国人没有黄热病抗体,而美国曾是黄热病泛滥之地,实现了全民免疫,所以菲里普不用打。菲里普很想来一针,求个双保险,被护士拒绝了,没任何商量余地。菲里普感到恐惧，怕感染黄热病，听说这病会让人死得很难看。

"不打就不打，真的染上了，回来找特朗普算账。"我安慰他。

"染上了，还回得来吗？"他愤愤不平，口气悲怆，好像已被黄热病击倒。

"不是还有我吗？我替你报仇。"我说。我真的会为他报仇，找谁报，以后再说。

背后是美国国会大厦

第三个准备工作,安置小动物。我们有一大堆小动物。

加固鸡院的围栏,种一层新草,还准备了几样玩具:鸭的玩具是澡盆,它们喜欢打水仗;鸡的玩具是泥盆,它们爱洗泥土澡;孔雀的玩具是秋千,它们爱荡秋千;火鸡的玩具是风铃,风铃一响,火鸡就唱歌,美声唱法。

华盛顿纪念碑

我们雇了一个墨西哥人——罗德里哥(Rodrigo),饲料店的工人,我们不在的日子,要求他每天过来一次,照料小动物的吃喝拉撒。我们答应Rodrigo,每天付他二十美元。对我们交代的事,Rodrigo拼命点头,信誓旦旦地说:"放心吧,我家也有鸡鸭,我知道怎么带它们。"

"我为它们割草,为它们吹口哨,跳肚皮舞。"他拍拍肚皮说。

这真不错,也许我们回家时,动物们会吹着口哨、扭着屁股迎接。

还有一件事,必须写进书里。就在前天,刚为小动物忙完了一切,接到了飓风警报,哈维飓风①要来了。于是,我们又回到了

————————
① 哈维飓风,Hurricane Harvey,2017年德州(美国德克萨斯州)的重大灾难。

鸡院,筑堤坝、盖雨棚,为小动物营造临时避难所。

看上去天衣无缝。然而,所有努力都是枉然。除了鸭子、鹅,小动物全死于哈维之手,而 Rodrigo 不知去向。当然,这是后话。

最后的准备工作,写遗书。这事放到最后,因为这事最难,又必须做。我知道,骑摩托车穿过沙漠,生死难料。

计划在秘密中进行,尤其对父母保密。我是孝顺的女儿,我很爱他们;同时,我也是不孝的女儿,我总是一意孤行。我知道,如果我出事,首先会害死父母。想到这点,我心如刀割,仿佛看到父母哭红的眼睛,看到他们破碎的心。

我对父母说,女儿罪孽深重,女儿向你们深深谢罪,女儿求你们为我活下去,你们好好的,女儿方可安心。如有来世,做你们的乖女儿,一定一定一定!

我对哥姐说,小妹先走一步,爸妈的晚年靠你们了。谢谢你们做我的哥姐,爱你们。

我对儿子说,原谅妈妈的远行,请记住,妈妈永远爱你,我们永远在一起。

一封遗书,不到五百字,写得我心力交瘁,泪水止不住,仿佛自己真的要死了。但我必须写,我不能就这样走了,我要让亲人知道,我多么爱他们。

现在,我已把遗书删去。我活着从非洲返回了,我没成为家庭的罪人,今后也不会了,我不会再去非洲了,不再写遗书了。我会活到八十岁、九十岁,一百岁也是有可能的。

当然,人终有一死,这事早就注定。世上人很多,舍不下我的,就这么几个人;我舍不下的,也就这么几个人,总说"来世再见"，来世的事，虽不十拿九稳，但我宁信其有。我想对亲人们说，如有来世，我想做猫，换一种活法，我会来找你们。当你们看见一只猫，赖着不走，朝你们"喵喵"叫，她就是我，姓盛名林。

这不是遗书，是一封信，已寄去了来世。

逃出休斯敦

回到开头，今天是8月27日，我们飞向非洲的日子。

凌晨，哈维飓风驾到。风声、雨声包围了我们的林子，高大的芭蕉树，疯了似的拍打窗户，让我们无法入睡。

天蒙蒙亮，风和雨收敛了，林中响起蛙声，歌声有些凌乱，像仓促组建的合唱团。我们很高兴，认为哈维走了。没想到，行李刚搬上车，我们正准备出发，收到了法国航空的短信。

"抱歉地通知你们，因受哈维飓风影响，去非洲的航班取消了。"短信说。

看着短信，菲里普满脸通红，大声嚷："Why（为什么）？ Why？ Why？"他开始拨电话给法国航空，气势汹汹，一脸杀气。我相信，哪怕隔着电线，他也能将接线员掐得半死。电话通了，对方一声"Hello（你好）"，菲里普软了，满口是软话。

"求求您，求您帮帮我们，我们必须去非洲……"菲里普说。

我知道，和查理一起骑摩托，他盼望了半辈子，现在梦想破灭，简直比天塌下来还可怕。

法国航空调度员被菲里普感动了，使出全身力气，为我们换了飞机，于是我们又能去非洲了。新的航程是：搭乘美联航，飞亚特兰大；然后搭荷兰航空，飞荷兰阿姆斯特丹；然后搭法国航空，飞南非开普敦。听上去像一团旋转的飓风，让人头昏眼花。菲里普快乐得要哭,他又能与查理一起骑摩托车了。我也想哭,不是为查理,是为了菲里普,他那么快乐,我怎能不哭呢。

我们的车上了五十九号公路,目标休斯敦乔治·布什洲际机场。

休斯敦乔治·布什洲际机场

哈维飓风的云团像墨西哥人的宽边帽,扣住了天空的脑袋,又下雨了,下得急剧激烈,似人发哮喘一般,上气不接下气,简直快断气了。两边的水漫上来,我们的车像船一样,推着水浪前进。近处、远处,是看不到边的水泊,浓郁、肮脏、混沌,像辛辣的狄更斯小说。路上出现抛锚的车,可怜的人站在水里,看着洪水、看着车,发傻。

我的驾驶员紧握方向盘,怒发冲冠,怒目圆睁,狂踩着油门,像一只拼命逃窜的野兽。

我们的非洲之行,没有沦陷在汪洋之中。

我们冲进了布什洲际机场。

行李大厅,旅客们甲虫般挤来走去,慌慌张张。广播里不断播送"噩耗":某某航班"心绞痛死了",某某航班"脑中风死了",某某航班"四肢瘫痪了",某某航班……

接到"噩耗"的旅客,脸色煞白,捂住了胸口,像被人捅了一刀,也许两刀。我们福星高照,飞往亚特兰大的飞机活着,心跳血压正常,胳膊、腿还能动弹。

登上飞机后,飞机却没起飞,便秘一样憋着,仿佛需要开塞露。旅客们吓得直冒冷汗。

机长报告着事故,先是空调系统出问题,后是飞机漏油,后来是行李超重,再后来是哈维飓风的主力来了,等待指挥部指示飞还是不飞。

机长每发一次"讣告",菲里普就叹息一声。

终于,机长报告,塔台同意绕道飞行,飞机在加燃料,加完就起飞。"请系好安全带!"机长兴师动众地说。大家早就系好了安全带,机长的话是画蛇添足,但全体乘客发出热烈的欢呼,隆重地拉了一下安全带。

"走了!兄弟!"菲里普拍拍我,幸福得忘了我的性别。

飞机开始滑行,胸有成竹一抬头,"呼"的一下把自己送上了天。迎面就是风暴云团,飞机向后转,绕了个大圈,朝亚特兰大飞去。没多久,我们看到了亚特兰大的蓝天。

事后证实,我们的飞机刚刚起飞,哈维飓风就占领了休斯敦,整个城市洪水滔天,机场关闭,飞机停飞。别说飞机,蚊子苍蝇也停飞。而我们却神奇地逃出了休斯敦,逃出了哈维的手心。也许冥冥中有人帮了菲里普,成全他"死也瞑目"的理想。不管怎么说,我们离卡拉哈里沙漠近了一步。

关键词：
飞到开普敦、接机员、
维多利亚女王宾馆

飞到开普敦

南非时间8月27日晚上十点，我们抵达开普敦机场。

行李大厅里立着一头大象雕像，高大而黝黑，表情挺憨厚，大耳朵做着广告，上面写着"AMARULA"，意思是"大象酒"。下飞机的人，都被大象吸引。"非洲大象！"旅客们叫着跑过去，排队拍照，然后滑动手机，向世界宣告：我到非洲了！我和菲里普也一样，忙着拍照，忙着摸大象，行为傻乎乎，但傻得正常，旅游的人都是"傻子"，扔钱扔力气，聪明人在家喝茶、数钱。

接机的人自称吉利，皮肤漆黑，眼睛亮得像星星。吉利带我们出了航站楼，他的车在外面等着。外面寒气逼人，风像刀子，我们猝不及防，涕泪横流，捂着鼻子不敢放。这才意识到，我们从北半球到了南半球，从夏天到了冬天，换了人间。长吐一口气，深吸一口气，完成了南北半球的交接。

跑来两个黑人少年，他们向吉利打招呼，手脚麻利地搬行李。

开普敦机场

我以为是吉利的朋友,一个劲儿谢他们。没想到,吉利发动了车子,少年却挡在了车头。原来,他们是来挣小费的。我给了每人五美元,他们欢笑着退出,不见了,与黑夜融为一体。

"不用给这么多,五美元太多了。"吉利气鼓鼓地说。

车动了,吉利握着方向盘,坐在车的右边,车跑在公路的左边,这叫"右舵左行"。我听说过"右舵左行",还是难以适应,总觉得随时要被撞死,于是抱住了脑袋。车里没暖气,飘着怪味,我摇下了玻璃,请进冷心肠的寒风,自己缩起脖子,抱着菲里普取暖。

没有路灯，两边漆黑，天空却是亮的，星星站满天穹，像一片沉默不语的眼睛。

吉利说，今天的国际新闻，有休斯敦的消息，因为哈维飓风，休斯敦成了水城，房子倒了，好多人无家可归。

"希望你家没事。"吉利好心肠地说。

菲里普说，我们不担心房子，只担心小动物，我们有鸡鸭鹅，还有火鸡和孔雀。

听了菲里普的话，我心里咣当一下，如同船头撞上了礁石。

像是某种信号的连接，就在这时，我们接到了菲里普的小女儿米雪儿的电话。米雪儿说，她今天回家看了，洪水淹没了整片树林，鸭子和鹅在游泳，鸡和火鸡没看见，水太深了，她根本进不去，只能远远地看。

"看到Rodrigo了吗？"我问。Rodrigo，那个墨西哥人。

"没看见。"米雪儿说，"他家一定也遭灾了，沃顿镇都淹了。"我一听，心顿时凉了。

米雪儿安慰我们，请不要急，急也没用，等水浅些了，她会进去救小动物，救一个是一个。我眼里冒出泪水。菲里普也唉声叹气。我们心里明白，小动物完了。

车进入了开普敦市区，这里灯火密集，楼房林立，车辆一下子多了，出现了商场、酒吧、咖啡店，灯光下移动着白人、黑人，我还听到了非洲鼓的演奏声，仿佛沉寂的夜突然有了心跳。

吉利说，这儿是维多利亚码头，开普敦游客中心，你们的宾馆也在这儿。他向上一指，半空中有一排灯光大字——Queen Victoria Hotel（维多利亚女王宾馆）。

车上了山坡，停在了女王宾馆门口。吉利帮我们搬行李，卖力地拖进了酒店大门。我们向吉利告别,给了他三十美元小费,接钱时,吉利像接了一枚炸弹,惊骇得双手发抖。他连声为我们祝福,祝我们骑行安全,祝我们家里的房子、小动物安好。

女王宾馆

女王宾馆大厅里也立着一头大象,与机场的一模一样,但没做"大象酒"广告。

过来一个黑人姑娘,五官生动,皮肤黑亮,细腰、长腿,这样的黑美人,美国很少看到。姑娘自我介绍,她是这儿的领班,叫海里伊娜。

海里伊娜递上热毛巾、热巧克力。我喝下了热饮,鼻子像遇热的冰雪,滴下亮晶晶的液体。海里伊娜说,我应该没猜错,你们是"查理团"的人,骑摩托车的。我们赶紧点头。听到"查理团"三字,菲里普露出了孩子般天真的笑容。我们问海里伊娜,"查理团"的人都到了吗?海里伊娜说,都到了,你们是最后一批。

"看到查理了吗?"菲里普急切地问。

海里伊娜点头,她说,还见到比利、米奇,他们总是和查理在一起。

"比利是谁?"菲里普问。

"比利是我们的导游。"我抢答。

"比利是导游,那么查理是什么?米奇呢?"菲里普瞅着我问。

"查理是领队,米奇是旅行社老板,我们的机械师。"我说。

菲里普满意了,吻了我的脸颊。其实他只是想考考我,我也知道他在考我,互不戳穿,玩玩夫妻间的把戏罢了。

走来了一个男人,大脑袋,蓬乱的金毛,像金毛狮子。他身材不高,四肢匀称,可惜是个瘸子,瘸得挺厉害。我没敢盯着他看,这不礼貌。没想到,瘸腿人停了下来,打量我们,脸上掠过了笑意。他左眼下粘着纱布,渗着血迹,像是挨了拳头。瘸腿人没说话,只管自己走开了。

又走来一个男人,白头发、白眉毛、白胡须,光看脑袋有七十岁,但往下看,似乎不到三十岁,身材挺拔,肌肉鼓起,一身运动装,走路弹性十足,看到我们,他收住了脚步。

"中国林,美国菲里普,不会错的!"他肯定地说,语气不容反驳。

我们惊讶地看着他。他伸过手,说他叫比利,"查理团"的导游,查理的助手。

"你好比利,查理呢?"菲里普问,他只关心查理。

"查理?他刚过去。"比利说,"查理是个瘸子!"

我们向前看,查理早没了影子。菲里普一脸遗憾,拍着脑袋。比利撇着嘴说,别急,急什么呢,你们要和查理疯子待很多天,你们会烦他的,但你们会喜欢比利。说完,比利转身离去。

我忍不住笑。我已经喜欢比利了,他是个年轻的老头子,快活直爽,风采也迷人。

查理……查理走过去了,我们算是见过查理了。我看过查理的书,看过他的电影,却没认出他来。他本人不如照片英俊,个子不如电影里高大,另外,我万万没想到,查理是个瘸子!十八个月前,他骑摩托摔成重伤,莫不是摔成了瘸子?还有,脸上的纱布是怎么回事?被人揍了?整容了?似乎都有可能。

我们进了客房,北半球飞来的候鸟,向南方的巢穴行注目礼。

巢穴没什么新意，和世界上所有宾馆一样，装潢华美，家具齐全，飘着约定俗成的香气，摆着千篇一律的饮料。

大床上扔着几样东西：一张通知、两袋肉干、两件T恤衫。

通知上写："我代表查理团热烈欢迎你。明天是自由日，查理团不安排活动，请尽情欣赏名城开普敦，祝你们度过美好的第一天。导游比利。"扔了通知，我们拆开肉干袋，塞了一嘴巴肉干，肉干很有嚼劲，但我们没怎么嚼，快速吞进了肚子。我们快饿死了。

床上的T恤衫上印着"CHARLEY BOORMAN"，查理的名字，我称它为"查理衫"。

洗了热水澡，我们穿上"查理衫"，站到大镜子前欣赏。镜子里，一对穿着相同的男女，眼皮厚重，眼睛血红，面如死灰，只有"查理衫"是神气活现的。这一刻是南非时间8月28日一点十分，我们四十小时没睡觉了。

查理衫

关键词：

阿莫伊兰、维多利亚
码头、铁皮社区

阿莫伊兰

今天是自由日，"查理团"不安排活动。

我们想去看铁皮社区。铁皮包的房子，叫铁皮房；铁皮房形成一个区域，就叫铁皮社区。1994年前，南非实行种族隔离制度①，铁皮社区被称为"隔离区"，集中在约翰内斯堡的索维托，是黑人领袖曼德拉的出生地。废除种族隔离制后，隔离区也随之消失。但是，2008年，南非又开始建铁皮社区，为了筹备2010年世界杯足球赛。铁皮社区建在郊外。社区落成后，大批贫困的黑人迁出城市，住到铁皮房。正好这时，电影《第九区》②上映。于是，铁皮社区有了新名称：第九区。2010年，世界杯足球赛期间，南非黑人集会游行，要求解散铁皮社区。他们认为，铁皮社区是新的

---

① 南非种族隔离制度，历时1948年至1994年，强调种族分离，人们按照人种居住。

② 电影《第九区》，2009年上映，由美国、新西兰、加拿大、南非联合出品。

种族隔离,是对黑人的歧视。各国记者都跑去采访。"世足赛"后,在舆论的压力下,南非补贴财政,改善铁皮社区条件,开放了某些社区,供人们访问、监督。铁皮社区的风波平息了。

那么,事隔十几年,今天的铁皮社区是怎样的光景?我们想看看。

早上九点多,我和菲里普去二楼餐厅,遇到了女领班海里伊娜。她身着宝蓝制服,脚踩高跟鞋,臀部翘得像帆船,妆容高歌猛进,紫眼影、蓝眼线、桃红唇膏,头发编得一丝不苟,盘在头顶,熠熠发光,像洒了金粉。海里伊娜打招呼:"林、菲里普,早上好。"她居然记住了我们的名字。

我们问海里伊娜,参观铁皮社区怎么走。海里伊娜朝我们笑,目光温柔,但没接话头,她热情地说,宾馆还有一个餐厅,在对面的维多利亚码头,供应开普敦海鲜。"想吃吗?我带你们去。"海里伊娜说着扬起了眉毛。听到开普敦海鲜,我们把铁皮社区扔了,像扔口香糖一样,抬脚就跟海里伊娜走。她带我们下楼,穿过高雅的美术画廊,走出了宾馆。

今天是晴天,天蓝得毫无杂质,阳光掌握了一切,气温十摄氏度左右,舒适感恰如其分。宾馆建在山坡,山坡树木不多,花开得满满当当、酣畅淋漓,雪白的马蹄莲、黄色的玫瑰、粉色的百合、火红的三角梅,一层层叠在山坡,叠成一条婀娜的百褶裙。下山坡、穿马路,我们走到了维多利亚码头。

现在是上午十点,码头完全苏醒,餐饮店开了门,咖啡吧亮了灯,小公园的太阳伞撑开,伞下的侍从站得笔直,向过往的游客致敬。匆匆而过的行人,有白有黑有黄,戴着墨镜,背着双肩包,脸一律朝向海湾。海湾停泊着大大小小的游轮,雪白、趾高气扬,似

在炫耀着财富。不远的海面上，横亘着一座石山，山体向大海倾斜，像准备跳水的巨人，巨人体格健壮，但没有头颅，脑袋的位置平平，仿佛被人砍了去。海里伊娜告诉我们，那就是"桌山"[①]。桌山！我知道它，著名的平顶山，上帝的餐桌，开普敦第一景观！

我们进了早餐厅，享受第一顿非洲饭。早餐厅可用"charming"（迷人）形容，大彩灯，花地毯，水晶花瓶，红木雕塑，还有欧式的柴炉，炉子被点燃，火光熊熊，空气中流动着非洲音乐，极有节奏感。我们的餐桌靠近落地窗，外面是蓝天、海水、游船、游人，远处是桌山。餐厅有五张大餐台，堆满了各种食物，有经典的欧式早点：火腿、香肠、奶酪、面包、甜品，还有诱人的本地海鲜，鱼蟹虾

---

① 桌山长一千五百多米，宽二百多米，平板状山体，南非典型地理特征之一。

第一顿南非早餐

贝之类,配着五颜六色的调料。

我们剑拔弩张、轮番进攻,餐盘就像出海打鱼的船,载回了一船一船的鱼虾。我吃到了一些奇怪的鱼,比如"十六枚",大西洋食肉鱼,身上有十六枚长刺,味道鲜美,有点儿像湖蟹。我吃到了本地水果:双色果、牛奶果、蛋黄果、刺瓜等,还吃了说不出名字的酱菜。吃的事就不说了,会说个没完,说一本书都不一定。

我们用餐时,认识了一个非洲女孩,名叫阿莫伊兰。阿莫伊兰是餐厅侍女,一个系白裙的黑人女孩,胸部高耸,臀部圆润,像成熟的妇人,但看她的脸,她还是个孩子,圆溜溜的脸庞,散发着少女的光泽,眼睛也是滚圆,眸子清澈透明,像从水里浮出一般。一根蓝色的丝带,系住她卷曲的发丝,绑在了头顶,发梢绽放,像绽放的绣球花。我们大吃大喝,阿莫伊兰站一边,目光向前,似乎在看远处的桌山。我们的盘子一空,她马上扑过来,撤盘子、擦桌子、放盘子,不弄出一点儿碰撞声。我们吃不下了,摸着肚子叫"饱死了"。

"女士、先生,还要什么? 要酒吗? 要现烤的牛排吗?"阿莫伊兰鼓动我们吃。

我指着桌山,问阿莫伊兰,山上能看什么。阿莫伊兰说,山上能看海,能看好望角,能看整个开普敦,但她没上去过,缆车费太贵了。我们问她,一天能赚多少,她说,能赚三四十个兰特,主要靠小费。我们说,这里的海鲜很好,水果也很好,餐厅美极了。阿莫伊兰说,是的,客人们都这么说。"多吃点,晚上也来,晚上有龙虾。"她说。阿莫伊兰英语不错,喜欢说话。她告诉我们,她今年十六岁,纳米比亚人,读过几年书,爸爸早就不知去向,家里全靠妈妈。她十岁那年,跟着妈妈离开老家,一路捡石头、卖石头,走了好几个月,走到了开普敦,成了开普敦人。我们问她,为什么离开家乡,跑到这个陌生的地方。她说,纳米比亚什么都没有,只有沙子和石头,开普敦是好地方,有城市有海,还能赚钱,她住在"Town ship",全家人在一起,妈妈、哥哥、妹妹,她还有两个女儿,小女儿刚刚出生。

"什么? 你结婚了?"我脱口而出。

"没有没有。"阿莫伊兰否认,但没有解释。

"那么,Town ship 在什么地方?"我只好换了话题。

阿莫伊兰笑笑,还是不解释,开始收拾桌子,换上干净的杯盘,拿来了热乎乎的餐巾。阿莫伊兰为菲里普换了咖啡,为我端来一杯金黄色的饮料。"这是蛋黄果的汁,人人都说好喝,你应该尝尝。"她周到地说。我立即品尝,蛋黄果的汁稠密香浓,让我想到自家的蜂蜜。

我告诉阿莫伊兰,我是中国人,菲里普是美国人。她好奇地问,中国在哪儿,美国在哪儿? 菲里普在餐纸上画圆,中间画了一根线,告诉阿莫伊兰,这就是地球,我们在线那边,她在线这边,中国在这儿,美国在那儿。

"线那边现在很热,是夏天。"菲里普说。

"天啊,可是这儿很冷呢。"阿莫伊兰瞪大了眼睛,似乎从没想过这档子事。

我们离开时,给了阿莫伊兰十五美元小费,相当于二百个兰特①。阿莫伊兰的表情,就像昨晚的司机吉利一样,仿佛接了一枚炸弹,受到了惊吓。我从背包掏出肉干,请她带给孩子们吃。阿莫伊兰没有客气,藏好了肉干,为我们拉椅子、开门。我们走远了,再回头看,阿莫伊兰还在目送我们,她皮肤熠熠生辉,像阳光下闪光的黑丝绸。

我一向认为,黑人的皮肤极美,细腻、紧绷、有光泽。

维多利亚码头

在维多利亚码头,我们用桌山做背景,拍了一组到此一游的照片。然后我们找到银行,换了五千个兰特,2014年的新版,正面是曼德拉的头像,反面是动物的头像,十兰特是犀牛,二十兰特是大象,五十兰特是狮子,一百兰特是野牛,二百兰特是猎豹,这五个家伙,被称为"非洲五霸"。

我们整理出一套"非洲五霸",坚定地藏进背包,作为南非之行的纪念品。留钱这件事下手得快,钞票总是脚踩滑轮,是跑得快、捂不住的家伙。

沿着码头,我们逛纪念品店,这样的店很多,多得像飞来跑去的海鸥。大部分纪念品店,货物挤成一堆,人也挤成一堆,营业员

---

① 当时美元与兰特的汇率是1:13。

多是黑人小姑娘,长相就像阿莫伊兰似的,圆脸圆眼圆身子,她们用英文喊:"请进,请看看!"多聊几句,就不说英语了,改说土语,我们一句也不懂。①

也有些商店,门面大,装修很考究,东西摆得错落有序,看店的一般是白人女孩,打扮得体,动作优雅,客人进门后,不叫卖,也不主动兜售,笑着站一边。这样的店,东西档次高,价格也高,可以让你闻到非洲沙漠的气息:象牙做的首饰、牛角做的餐具、豪猪刺做的灯罩、鸵鸟蛋做的灯泡,还有动物标本。它们的脑袋上了墙,皮毛处理过了,光滑柔顺,成了坐垫、脚垫、靠垫、皮包、抱枕;有的被钉上墙,四肢摊开,动弹不得的样子。它们活着时能跑能跳、生儿育女、你侬我侬,现在竟是如此的窝囊。毁灭动物,把它们做成"纪念品",供人纪念,纪念的是什么呢?纪念一个曾经鲜活的生命,还是纪念一次成功的杀戮?毁灭与纪念,凶杀与温情,战争与和平,种种矛盾、背离,来自人的艺术情趣,还是精神分裂?

总之,下世投胎,做不了人,也不要做走兽,就做树吧。

两个"葛朗台",商店逛完了,只花掉二十五个兰特,买了一面南非国旗。

我们每次出国,都会收集两样东西,一样是钱币,一样是国旗。我们认为,这两样东西便宜、容易搞到,不能一鸣惊人,但能吹嘘一下,是实在的纪念品。

码头公园沸反盈天,几个乐队同时在表演,表演者皆为男人,皮肤黑得像煤碳,衣着花俏,他们弹吉他,拍金贝鼓,敲木琴,唱着

---

① 南非有十一种官方语言,最常用的是祖鲁语、科萨语、阿非利卡语、英语。英语为第一语言。

桌山与维多利亚码头

作者与街头艺术家

豪放的歌,手脚并用,动用了身体的每一块肌肉。

　　只要我停下观赏,就会给演员几个兰特。八月的开普敦,寒风凛冽,他们却在流汗。我给钱时态度恭敬,就像交换礼物,没有布施的意思。我不喜欢布施。我不是富人,没有富人的派头,但礼貌还是有的,不想白拿别人的东西。

　　码头上有条美食街,熙熙攘攘,像同时开着一千个音响。街上有韩国烧烤、日本料理、意大利馅饼、美国汉堡、德国香肠、印度花茶、墨西哥肉卷、中国的兰州拉面等。看到兰州拉面,我大有他乡遇故人之感,虽然我不是兰州人。

　　做兰州拉面的是黑皮肤黑师傅。黑师傅眼力不错,看出我是亚洲人,问我是韩国人、日本人还是中国人。听说我是中国人,他二话不说,请我品尝拉面,似乎在他的意识里,中国人一定喜欢兰州拉面。我吃掉一小杯样品,牛肉和辣椒到位,萝卜和香菜到位,面的软硬到位,我开心地笑了,问黑师傅,哪儿学的拉面功夫,他说在广州学的。花三十八个兰特，买一大碗兰州拉面，夫妻俩你一口我一口，吃光了面条，一滴汤也不剩。

拉面铺的边上，有人现榨饮料，招牌写着"Wild Grass"，野草汁。野草汁三十兰特一杯，一大串女人排队，我也排了队，对"Wild Grass"好奇。轮到我时，店主让我选六种野草，我一样也不认识，胡乱地点，拿到一杯墨绿色的水。

夫妻俩再次联手，你一口我一口，吸干了杯子。野草汁到底什么味道？野草的香味。只有一点不好，喝完后口舌成了墨绿色，像聊斋里的鬼似的。

美食街的尾部，是卖肉干的店铺，吊着动物标本，堆着肉干。

开铺子的是白人，体积庞大，说话像刮风，豪气冲天。他自我介绍叫约翰，英国人，他卖的烤肉很好吃，祖传工艺，是开普敦最好吃的烤肉店。

菲里普问约翰，你店里卖的肉从哪儿来的？约翰说，他的肉从纳米比亚、博茨瓦纳来，正宗野味，如假包换。菲里普说，再过几天，我们也要去纳米比亚、博茨瓦纳。

那人一听，眼珠直转，问："骑摩托车的？查理团的？"

我们拉开外套，请他"验明正身"，里面是"查理衫"，印着查理的名字。

约翰怪笑，告诉我们，查理是他

夫妻二人与约翰

开普敦山区

朋友,比利也是他朋友,查理和比利昨天来过了,买了他店里的肉,买了几十袋呢。"你们吃过了吧?我店里的肉不错吧!"约翰得意地说。我一下就明白了,扔在我们床上的肉干,就是约翰店里的肉!约翰店里的肉,我送了阿莫伊兰。于是,我们又买了几袋,显示我们大方、豪爽,其实他的肉一般,硬得像树藤,价格也死贵。

买了约翰店里的肉,我们硬气了起来,请他告诉我们,去铁皮社区怎么走。

"Town ship?"约翰说,"在山上呢。"

原来阿莫伊兰说的 Town ship,就是铁皮社区。

约翰帮我们画了图,往前走,找到旅游巴士,坐三号观光线,在比力库斯堡山谷下车,那儿有 Town ship,社区对外开放。

铁皮社区

我们找到了旅游巴士三号观光线,这是单循环线路,从城市绕到山区,然后从海边绕回来。跳上双层巴士,我们坐在敞篷的上层,晒着太阳,浏览着开普敦的风景。

开普敦像所有富裕城市一样,有鳞次栉比的高楼,有四通八达的马路,有风光无限的跑车,有花枝招展的公园,有占尽天时地利人和的酒吧、书吧、咖啡吧、西餐馆、健身馆……还有古楼、古塔、古堡、古宫殿、古雕塑及殖民时代的遗物等。

巴士绕完了城市，老马识途似的出了城，带我们进了桌山地区。这个角度看"桌山"，不再是平头桌子，而是一片陡峭石壁，连着崇山峻岭。

巴士跑进了林区，这里树影婆娑，铺着冬雨性植物，包括石南科、杜鹃科、宫人草、龙舌兰等。林中有富人的别墅，都是精致的小楼，被花木包围，院中有篮球架、沙滩椅、烧烤机，女人在散步，孩子在奔跑。住别墅的人，日子都是蒸蒸日上的。

巴士继续向前，别墅渐渐消失，路边闪出了荒草地、乱石坡，景物变得单调苍凉。这时，我们看到了高山。山上没有绿色，只有白色的光点，像冬天的积雪，像风化的岩石，像阳光下的坟墓，白色光点从山脚铺到山顶，没有间隙。这些光点是什么呢？车到山前，我们这才看清，山上那一层白，不是石头，不是墓地，不是积雪，正是我们寻找的铁皮社区，那耀眼的光点，是铁皮对太阳的反射。这里就是比力库斯堡山谷，开普敦最大的铁皮社区。

车停下了，我们和几个游客跳下车，结伴参观铁皮社区。

刚下车就吸入一种气味，发酵的腐烂味，来自路边的垃圾场。

我们穿过马路，走进一条山路，山路直通铁皮社区。路边有几个黑人，手上捧着鸵鸟蛋，冲我们喊"Five dollar！Five dollar（五美元）！"我们摇头，他们紧追，但没阻拦我们，只是挥动鸵鸟蛋，还有人向我们行"掌手礼"①。

山路的尽头，是一道宽大的铁栅门，站着黑人女保安，黄色制服，宽皮带，腰带上有电警棍。女保安威风凛凛，拒绝我们进入，

---

① 非洲人礼节，手臂抬高，手掌朝前，表示没有武器。

铁皮社区

她说,社区只在周末开放,今天是周一,而且参观要有参观证,得去政府领。总之,我们完全不够资格。女保安不让进,只允许我们在门外张望。离我们不远处,是专供参观的样板房,八成新的铁皮,方方正正,开着窗子,挂着窗帘和门帘,看不到里面。

样板房后方,是高高的山坡,缀着大片银色铁皮房,称它们为铁皮盒子也未尝不可,大小与样板房差不多,但远不如样板房体面,有些变了形,打着补丁,流着红褐色的锈水,顶上压着破布、塑料、干草。往远看,如此这般的铁皮盒子,像野草般繁衍,看不到边界。

这就是Town ship,铁皮社区。

我们看铁皮社区,铁皮社区里的居民也看我们。他们站在山坡,像站在烽火台的士兵,但脸上没有战争的气息,嘴笑得很开,有人向我们行礼。几个光身子男孩,在山坡上奔跑,追一只橘色的皮球。

我看到一个女孩，圆脸圆眼睛，头发高高束起，怀里抱着婴儿，我差点儿叫出声来，阿莫伊兰？这不是阿莫伊兰吗?! 阿莫伊兰说过，她家在 Town ship，她有两个女儿。

我向阿莫伊兰挥手，那女孩看到了我，毫无反应。女孩身边，还有几个女孩，都抱着孩子，圆溜溜的脸，都像阿莫伊兰。我不再瞎喊了，我明白了，那不是阿莫伊兰，是"阿莫伊兰们"。我认识的阿莫伊兰，还在城里赚钱呢。

女保安告诉我们，这个铁皮社区，有一千多户人家，属于中等规模，十户人家为一组，每组配一个自来水龙头，一个移动厕所，一个垃圾箱，食堂没有，浴室没有，医生没有，小店没有，托儿所没有，铁皮房不是白住的，要付租金，还要付水、电费和物管费。

"这个地方，没钱是住不起的。"女保安骄傲地说。

我们回到车站，等到下一班巴士。巴士带上我们，离开了比力库斯堡山谷。满山的铁皮房，从我们的眼里后退、变远、变小、变模糊。

巴士转了一个弯，比力库斯堡山谷不见了，铁皮社区踪影全无，仿佛被排斥到了另一个世界。那个世界、这个世界，只隔一个弯道，却互不相见，就像村上春树《1Q84》描述的平行世界。《1Q84》独出机杼，我从此爱上村上。

大海出现了，著名的大西洋，我们看到了海的元素。岛屿、波涛、海草、船只、礁石、跳跃的海豚、冲浪的少年、裙边般的沙滩、彩色的游乐园。引人注目的是海滨的别墅，它们精巧可爱，似镶在高高石壁上的宝石，又像一枚枚修炼千年的蝙蝠。里面的人，白天看海，晚上听浪，周末出海。游艇泊在海边，等待着主人的光临。海上出现了罗宾岛,形状像一枚梧桐叶,漂浮在翻滚的海水里。曼德拉在这里被囚禁了十三年。历史已走远,故事还在传颂,人又在何处呢?海边的美丽景物,扯住了车上人的目光,大家谈论着、赞赏着、享受着。

我想到了阿莫伊兰,她没喝过蛋黄果、没吃过"十六枚",没上过桌山,没坐过观光车,因此也没看过这样的海。这些极为普通的东西,她没见过,但她经历了很多事,她从小没了爸爸,跟着妈妈捡石头、卖石头,一路走到了开普敦,成了非法移民。在富人满天下的开普敦,她失去了童贞,生了孩子,做了母亲,一家人住进铁皮社区。

好了,说一下我对开普敦的印象。

开普敦有大海、岛屿、码头、港湾、游船、桌山、城市、海鲜、歌舞、络绎不绝的游客,不愧为非洲的阳光之地、希望之角,是个好地方。开普敦也有黑白反差,冷暖之别,层次之分。但不奇怪,有人的地方,似乎都这样。人世间是复杂的。

读过英文版的《小王子》。小王子住在B-612星球,星球一丁点儿大,只住得下小王子,还有一枝玫瑰。小王子转身看日出,再转个身看日落,与玫瑰谈情说爱。有一天,小王子来到地球,经历了一些事,堆积了一些感情,然后离开地球,回到自己的小小星球。小王子为什么不留在地球?地球太大了?地球太复杂了?地球太让人费解了?这得去问小王子。不过,我还真想去一下B-612星球,虽然这是一个童话,但听上去很美。

查理团

昨天，我们像断线的风筝，自由飞翔，一路逍遥。今天则不同，风筝被拉了回来。

吃完早餐回房间，我们坐在沙发上看电视，宾馆后院响起了哨子声，紧急而尖锐，催命似的。我们听见有人吼："伙计们！集合了！领摩托车了！"

听到"领摩托车"，菲里普"呼"地弹起来，像一根有力的弹簧。他套上靴子，拎起头盔，抱住骑行服，匆匆在我脸上亲了两下，抬腿就往楼下跑。感觉他不是去领摩托车，而是去参加地球保卫战。

我推开窗子，伸出脑袋，看到了导游——白头发白胡子的比利。比利身穿骑行装，正在吹哨、吼叫，挥大刀一样挥着手臂，似乎谁敢迟到，他就会砍了谁的脑袋。

后院聚起一堆男人，都穿上了骑行服。他们高大粗壮，一半人超过两米,许多人有将军肚,个个气势如虹。菲里普个子一米八,肚子也不小,却显得身单力薄。

查理来了,他是个瘸子,很容易认出。查理身高一米七,像菲里普一样,在个个庞然大物中矮人一截。他被骑手们围得密不透风,像扎了一圈篱笆,插翅难逃。查理是摩托疯子,大名人,骑手们仰慕已久了。

听见比利又吼起来:"都给我上车! 领摩托车去!"

男人们这才转身,争先恐后地上了巴士,互相拉扯、打闹,像一群不听管教的孩子。

巴士终于走了,宾馆的后院一下子安静了。男人就是这样的动物,可以让世界变得拥挤、神经质、吵闹,让女人患上偏头痛,但他们一旦离开,世界就失去了热情、活力,也没了趣味。

一小时后,嘈杂声再次响起,摩托车队回来了,耀武扬威的引擎声,像突如其来的雷霆,打碎了宾馆的宁静。我再次扑向窗口,看到了摩托车队,你追我赶进了后院。

我找到了我的男人,他的眼睛也在找我,我们互相飞吻。

我跑到了后院。"查理团"的骑手已经到齐,导游比利在发导航仪、骑行手册。我像阅兵司令,从骑手的前方走过,在这些巨人面前,我矮小得像小人国的精灵。我走到菲里普身边,与之击掌,一抬腿上了我们的坐骑。我们的坐骑是宝马山地摩托车F800GS,和骑越阿尔卑斯山时一样但颜色不同,上次是宝蓝色,我喊它"蓝蓝",这次是灰黑色的,愣头愣脑的,我决定喊它"灰灰"。在悬崖万丈、白雪皑皑的阿尔卑斯山,我的蓝蓝保护了我的性命,那么你呢,灰灰? 我对灰灰别无他求,希望它跑得快些,别让我被狮子拖走就行。

作者、菲里普和灰灰

　　查理一瘸一拐查看摩托车，走到灰灰面前，他停住了，他觉得灰灰的坐垫太高，菲里普会骑得很累，最好换个矮点儿的。但菲里普不肯换，说高一点儿更帅。我劝菲里普，"换了吧，骑得舒服也骑得快，狮子追不上。我可不想让狮子吃掉。"我说。

　　菲里普摇头，绝不改变主意，哪怕老婆被狮子吃掉，真是没良心。

　　查理看着我笑，眼下的纱布上下移动，我看到了里面的青紫色。他是不是真的挨了揍？查理说，林，看来你有骑行经验。我说当然有啊，我们骑越了阿尔卑斯山。他问，怕吗？我说，怕，怕摔死，我每天都以为会死好几次。

　　"阿尔卑斯山的悬崖，太可怕！"我说。

　　"你认为在沙漠骑车，最可怕的是什么？"查理问。

　　"狮子啊！"我毫不犹豫地回答。

　　"不，不，错了，错了，你很快会知道的！"查理摇着头走开，他

比利和查理

的脑袋的确像狮子。

摩托车到位了，"查理团"召开全员会议，地点在女王宾馆的会议室。

我打扮了一下，穿金丝绒旗袍，腰细得像蚂蚁腰，脚上是黑色高统皮靴，齐腰长的黑发披散开，头发上别了一枚发卡。菲里普穿得也挺漂亮，丝绸蓝衬衣，红色领带，笔挺的西裤，发亮的皮鞋。我俩走进了会议室，男人们都在喝啤酒，他们穿着随意，运动短裤丁字拖鞋，看到我们，他们"哦哦"叫了起来，说有人要结婚了。

比利晃着白脑袋，问："林，你今天换了几次衣服？你带了几套衣服？"

我说："不多，二十几套。"

比利瞪大眼睛说："天啊，你会把行李车累垮的！"

比利主持了会议，首先介绍"查理团"的领军人物。

米奇

领队查理·布尔曼，英格兰人，摩托车冒险家、电影演员、作家；导游比利·沃德，英格兰人，摩托车冒险家、演说家、查理助手；总管米奇·麦当劳，澳大利亚人，"指南针"旅社老板，机械师；医生莎拉·泰勒，澳大利亚人，是米奇招募的志愿者，为我们开救护车。

接着，队员也做了自我介绍。他们自我介绍时，都提到了加盟"查理团"的理由。

爱尔兰人丹，电脑工程师。他说，"查理团"是妻子送他的生日礼物，今天是他四十岁生日。于是，大家一起喊："生日快乐，丹！"

莎拉

澳大利亚夫妻彼特、玛克辛。彼特是机械师，玛克辛是植物学博士，他们加入"查理团"是为了庆祝结婚四十周年，骑着摩托，在沙漠里再度蜜月。

英国夫妻保罗、杰奎琳，七八十岁，团里年纪最大，杰奎琳想看沙漠，保罗想骑摩托车，两人一拍即合，打起行装就来了。

澳大利亚人安德烈，六十五岁。他说，跟查理一起骑摩托，是此生最大愿望，死也瞑目了（这话挺耳熟哦）。

德国人史坦芬，三十五岁，职业不明，加入"查理团"，只为了

查理团（作者在正中）

交摩托骑手朋友。

澳大利亚人杰顿，电脑工程师，二十八岁，团里年纪最小的人。他加入查理团，是为了跟查理冒险，也为了寻找生父。他从小就没见过生父，听说父亲在非洲，他要骑着摩托找爸爸。

伊朗人肖恩，五十五岁，家在英国，早就认识查理，和查理一样骑"凯旋"摩托车，加盟"查理团"，想和查理比比车技，他不信查理有那么厉害。肖恩的发言引起了共鸣，男人们都想战胜查理，只是没敢说出口。也有人问肖恩，他是不是伊朗王子，有几个老婆，听说伊朗人老婆很多。肖恩概不作答，叠起双下巴，挺起大肚腩，摆出沙漠王子的架子。

英格兰人大卫，四十岁，动物保护组织成员，动物专家，来沙漠是为了考察动物。

"我爱动物,我是素食主义者。"大卫声明。

"那你怎么有力气骑摩托车?"德国人史坦芬问。大卫没回答,瞪了史坦芬一眼。

瑞士人马库思,四十岁,快餐公司司机,专为学校送午餐,常在阿尔卑斯山骑摩托车,参加"查理团"只因为崇拜查理,查理是他心中的偶像。

马库思让我们看他的T恤衫,上面印着大字:"Who is Charley?"

"Who is Charley!"所有人叫了起来。查理马上举起了手,引来一片笑声。

轮到菲里普了,他说什么,您应该猜得出来。菲里普说,和查理一起骑摩托车,是他多年的理想,现在理想实现了,他死也瞑目了(听听,又来了)。

我为我的男人高兴,真的高兴,为他能够实现理想、死而无憾。我有什么死而无憾的理想? 好像没有。要是非说不可,就是如果能够永远活着、永远不死,我死也瞑目了。那我为什么来沙漠找死呢? 因为我男人要来,嫁鸡随鸡罢了。这是我的发言,英文不太纯正,大家听得有些吃力,但掌声哗哗的像下雨。

所有人都发言了,包括查理、比利、米奇,我就不一一描述了,不然会写满一本书。总之,听完大家发言,我弄清了一件事,菲里普找到同类了,这些男人身体棒、心更狂野,全是货真价实的摩托疯子,他们会把卡拉哈里沙漠吓哭的。

我清点了一下人数,查理团二十个成员,十六个男人、三个女眷,一个女医生,平均年龄五十岁左右,来自八个国家和地区:德国、瑞士、伊朗、中国、美国、澳大利亚和英格兰、爱尔兰。

见面会上,医生莎拉为大家上了救护课。

莎拉二十九岁,澳大利亚美人,身高一米八,运动员身材。莎拉是专业急救师,也是摩托车赛手,参加过摩托车拉力赛,在她面前,男人们没什么牛可吹。

莎拉教大家如何自救、如何救同伴、如何处理突发事件。莎拉说,沙漠远离城市,荒无人烟,抢救伤员困难重重,必须要学会自救。自己翻车时,不要惊慌消耗体力,静静等待救援;同伴翻车时,不要摘他的头盔,先查看头盔的完好度,伤员神志是否清醒,向他提些简单的问题,比如你是谁、今天几号、要去哪里⋯⋯确定头部没伤,可以摘下头盔,喂水、聊天,等候救护车。

莎拉讲课认真,动用了肢体语言,内容丰富而专业,女人们听得专心致志,男人们却在开小差,有人东张西望,有人频繁跑厕所,有人抢啤酒瓶。

从男人们的表情看,车祸的事与己无关,莎拉是小题大做、浪费时间。事实上,骑越卡拉哈里沙漠时,所有人都摔了跟头,摔得鼻青脸肿、血肉模糊,除了查理和比利。当然,这是后话。

好望角

午后,开普敦变天了,蓝天被一笔勾销,阴云侵占了天空,低压的云团饱含水分,像饱含泪水的眼睛,泪珠儿在打转,终于没忍住,哗哗地下起雨来。整个世界被雨水打湿。我们要出发了,在这个雨天,从这个地方,开始野性的骑行。

按原计划,"查理团"应该明天出发,但领到摩托车后,骑手们等不住了,一分一秒也等不住。于是,查理、比利、米奇一商量,改了计划,今天下午就出发。

　　这件事让我措手不及，我本想去码头餐厅，向阿莫伊兰告别，再送她一些肉干、糖果，现在却没时间了。我找到了海里伊娜，请她帮我转交东西，代我向阿莫伊兰告别。海里伊娜收下了东西，目光惊讶而冷漠，似乎难以理解我的动机。我想向她解释，却没有开口，解释什么呢？越需要解释的事，越解释不清楚。海里伊娜是好人，但和阿莫伊兰阶层不同，都是黑女人，看上去距离很近，其实相差十万八千里。在这三维空间，她们没交融的机会。听上去有些复杂。所以《小王子》中的小王子走了，宁愿回到最小的最简单的星球。

　　大雨变成了暴雨，横扫开普敦，但没能阻挡"查理团"，十五辆摩托车，一辆行李车，一辆救护车，冲下了山坡，离开了维多利亚港口。

　　引擎声惊动了开普敦街区，有人拍视频，有人围观，查理的粉丝喊着"查理"，举着他的电影海报。一群小孩背着书包，挥着雨伞，追赶着摩托车。领队的查理，突然加大了油门，整个车队飞奔起来,拖着白色的气雾,一下子把城市和人扔到了后面。

我们贴着大西洋海岸骑行。雨还在下,天空阴沉得可怕,海面一片银灰,海水翻滚着,像一匹翻滚的灰色布匹。在海浪的推送下,海藻向海滩聚集,它们冗长、飘逸、打着褶皱,如同墨绿色裙子的花边,把沙滩装饰得像裁缝铺一样。

雨打在我的头盔上,沙沙作响,骑行服湿透了,屁股像坐在水里。冷风从空隙钻进,冷得我牙齿咯咯咯响。雾气让我看不清世界,索性拉起了面罩,任雨水冲刷,一手拉紧骑手,一手拍照。我有一台红色小佳能,它跟我骑越了阿尔卑斯山,我对它爱不释手。

骑到博尔斯海滩①,雨突然停了。海风徐徐吹来,吹走了积云,世界变得一片纯洁,纯洁的蓝天、纯洁的太阳、纯洁的海。

我看到了蓝鲸,它们跃出海面,鱼尾抬起、放下,砸出举世无双的巨浪。

我看到了火烈鸟,它们穿粉红色衣服,像粉红的精灵,站在浅水里顾盼流连。

我看到了黑脚企鹅②,它们矮小、肥胖,蜷在礁石间打盹儿,对摩托车的吵闹声无动于衷。

我看到了鸵鸟,它们身穿灰色超短裙,脑袋高出海平面,有的在踱步,有的在追逐、交配,上演早春的爱情戏。一位鸵鸟妈妈,带着宝宝过马路,我们立即停止骑行,目送这对母子。鸵鸟妈妈美不胜收,桃红色的喙、淡蓝色的脖、黑白相间的羽,羽毛微微撑开,像一条丝绒做的跳舞裙。小宝宝走在妈妈一边,小翅膀撑起,

---

① 博尔斯海滩,开普敦的海边公园。

② 黑脚企鹅,南非西南岸特产。

摇摇摆摆,是淘气的孩子。

我们离开了海岸,转入了好望角森林公园①。

摩托车队向山顶攀缘,融入了雨后的春山,身边闪过石楠林、银树林、绿珊瑚林……

我们几次下车,会见早春的花草:白色或粉红的马蹄莲、大眼睛开普敦菊花、修长的扫帚草、高挑的仙人树、多汁多肉的石莲家族。我们寻找着海神花②,没发现她的蛛丝马迹。导游比利说,想看海神花,还得等半个月。

快到山顶时,我们遇到了狒狒,它们聚集在一起,凝视着我们,仿佛在进行敌我力量的对比。狒狒四肢粗大,臀部绚丽,眉骨高高突起,有一双探索性的眼睛,像人类的智者。

摩托车停在悬崖边,隔着一片海水,我们看到了著名的好望角。从这个角度看,"好望角"像一位渔夫,披着厚重的蓑衣,专心垂钓,面前是惊涛骇浪,背后是春暖花开。

摩托车队冲下了山坡,冲到"好望角"脚下。这里有一大片礁石,高大、嶙峋、强硬。礁石被海水冲击,涛声如雷,水色如烟。

从这个角度看,"好望角"似一艘巨轮,正准备破浪前行,水手们各就各位。石滩上有块标志牌,上写"CAPE OF GOOD HOPE, THE MOST SOUTH-WESTERN POINT OF THE AFRICAN CONTINENT"③。

旅游大巴络绎不绝,游客蜂拥而至,欧洲人、美洲人、亚洲人。

---

① 好望角森林公园,与大海相连,开普半岛最南端区域。
② 海神花,南非国花,以希腊神话中的海神普罗透斯命名。
③ 好望角,非洲大陆最西南部。

企鹅（图片由摄影家梅友情提供）

好望角合影

　　我们与游客一起,排起了长长的队伍,与"好望角"合影,然后走到了海边,大家站成一条直线,倾听涛声,观看奇景。

　　在"好望角"逗留了半小时,我们就离开了,离开这个遥远、陌生、著名、有故事的岬角。

　　1487年,葡萄牙人迪亚士发现了这个岬角。那天正好起风暴,迪亚士的船队差点儿被风暴吞没,迪亚士攀住礁石,保住了性命。迪亚士逃生后,把这个岬角命名为"风暴角"。

　　1497年,另一位葡萄牙人达·伽马来到"风暴角",从这里去印度洋,在印度获得了大量财宝。当他返回"风暴角"时,这里风平浪静、阳光灿烂,达·伽马登上岸,看到了迷人的国度——南非。此后,"风暴角"改名为"好望角",寓意好运、希望。

　　多年之后,"好望角之父"迪亚士再度远航,到达"好望角"时又遇到风暴,这次他没能逃过,永远留在了"好望角"。

　　"好望角"的风暴,从过去到今天,夺走了无数可爱的生命。

对于南非人,"好望角"没给他们带来好运,反而引来了各路掠夺者,葡萄牙人、西班牙人、荷兰人、英国人、法国人……他们争夺黄金和珠宝,滥杀无辜,把自己的思想植入这片土地。人类历史的推进,有时沾满了血泪。不管怎样,发现"好望角"的先辈,葬身在"好望角"的水手,他们的努力和牺牲,对人类是有意义的,他们为人类打开了另一扇门,人类因此认识了地球,认识了自己。这个意义,不亚于亚当和夏娃离开伊甸园,发现了新天地。这也是为什么,人们千里迢迢,跑来瞻仰这个岬角,听这里的涛声,回忆它的前生,感受它的喧嚣和寂寞、光荣和耻辱,如诗:

> 奇迹有多种,没有一样比人更神奇
> 这种力量跨越大海
> 哪怕南风呼啸中涌起巨浪
> 他仍能够找到通途
> 在威胁吞噬他的潮水之中①

热身运动

离开"好望角",我们进入了荒郊野岭。比利把大家召集到一起,发表了演讲。比利说,上午的骑行,属于开胃餐;下午的骑行,属于热身运动。我们要向北骑,这是沙漠的方向,路况是乡间小道,刚下过雨,道路泥泞,小心摔跟头,摔跟头的机会要留给沙漠。

"女士们可上行李车。"比利说。

---

① 出自索福克勒斯的《安提戈涅》。

大家看着三个女人，杰奎琳、玛克辛举了手，同意坐行李车。我摇头，我可不上行李车，第一天骑车就上行李车？书的开头这样写？不不不。

菲里普对比利说："比利，你别小看林，林不怕苦，没娘娘腔。"比利说："林带了二十套衣服，还说没有娘娘腔？她本来就是娘娘！"队友们哈哈笑，不知是笑我，还是笑比利。

查理开口了："比利，你有完没完，林已做了选择，出发吧。"

比利晃着脑袋说："查理，别急，我还有话说。"话音一落，所有人逃散开了。

我们向北骑行，周围是野山，山上聚集着铁皮房，反射着太阳的光辉。铁皮房现身，柏油路就消失了，城市、海滩、别墅、公园、游人、灯红酒绿，统统消失了。优雅和文明已经远去，真正的骑行开始了。

我们骑进了窄小的村道，道边是低矮的房子，村民在干活，牛羊在游荡。刚下过雨，小道积着雨水，水里泡着动物粪便，摩托车溅起了粪水，轮胎频频打滑。

我紧贴骑手，借他的身体避开粪水，同时抬高双足，但粪水还是溅到靴子上，溅到骑行服上，面罩上也有了那东西。菲里普更惨，他得专心骑车，手脚没处可逃，身上粪渍斑斑。

"V字坡"出现了，它就像大写字母"V"，摩托车冲下去，到底部弹跳一下，再往上爬，像捉鱼的鱼鹰。"V字坡"的坡底，积水更深，甚至形成水潭，冒着彩色的泡沫，荡漾着牛羊的排泄物。

通过"V字坡"，就像通过化粪池，眼睁睁被粪水玷污，人们却毫无办法。

到了后来，我对粪水无所谓了，脏就脏吧，脏不死人，只要不翻车就行,翻车也死不了人,只是太恶心,恶心透顶。

骑手屏住了呼吸,"灰灰"表现良好,我们始终没翻车,大部分队友也不错,在粪水路保住了贞洁,除了爱尔兰人丹和英格兰人大卫,他们可倒了大霉。

事情是这样的,前方又是"V字坡",底部积着粪水,看不出深浅,查理过去了,溅起一米高的粪水。丹跟在查理后面,也下了斜坡,一转眼就到了底部,却没能通过,"砰"的一声,摩托车倒下,丹被摩托车压住了。

我们跟在丹后面,事发突然,菲里普猛然刹车,两颗脑袋撞到一起,撞得我看到了满天星星。我们跳下车,菲里普向前跑,抢救丹;我向后跑,喊"STOP",阻止后面的摩托车。

队友们全跑到了丹身边,大家一起用力,搬开摩托车,把丹从

摔跟头后的丹

粪水中拉起。

丹浑身淌着粪水，臭气熏天，嘴里骂着牛粪："他妈的牛粪！"他把责任全推到牛粪身上。"他妈的牛粪！"其他男人也陪着骂，为了让丹舒服些。丹身高两米多，是"查理团"最高的男人，今天是他四十岁生日，没想到却滚进了粪水里。

这时，查理返回来了，他拍拍丹的肩膀，说了句"生日快乐"，大伙儿忍不住大笑。

行李车、救护车也上来了，机械师米奇检查摩托车，医生莎拉则为丹体检，比利凑近丹闻了闻，转身朝围观的人大吼："都给我上车，不怕臭死吗！"大家这才捂着鼻子，跑回到自己的摩托车上。

大家继续骑行，没过多久，大卫也出了洋相，大卫就是那个动物专家，吃素的。大卫并没翻车，他停车撒尿，裤子刚解开，突然脚下一滑，笔直滑进了水沟。那条小水沟……我就不形容了，总之，大卫也是大个子，溅起了好大一片"粪花"。

摔跟头后的大卫

大卫这一跤，与丹比较，似乎更窝囊更狼狈，身上的臭气也更重。

大卫被大家拉起来了。他羞愧难当，脸涨得通红，眼睛看着地上，仿佛想钻到地底去。围观的队友没说风凉话，也不敢捂住鼻子，怕伤了大卫的面子。大卫是很爱面子的英国绅士。

"他妈的牛粪！"队友们替大卫骂。

总算,我们离开了牛粪路,骑到了公路上,这里没多少积水,粪蛋蛋基本干燥。摩托车的导航仪提示,离目的地只有五公里了。于是,骑手们开始提速,想早早到旅馆,洗大澡、喝啤酒。断后的比利一马当先,他超越了我们,超越了查理,一下就没了踪影,澳大利亚人伊恩、亚马库思、安德烈、约翰也发起疯来,扔下"查理团",追赶比利去了。

查理命令停车,对留下的人说:"让他们见鬼去吧,查理给你们一个惊喜。"

"什么惊喜?"大家一听,想知道答案。

查理没回答,他把队伍带进了山路,我们开始爬坡,爬到一个山顶,查理停下了。

山顶上有间小木屋,木屋后是起伏的山坡,山坡周围是铁丝网,网内有动物。动物向我们跑来,跑到铁网边缘,瞪着眼睛看我们。我的妈啊,狮子,大脑袋金毛狮! 行李车、救护车也上来了,杰奎琳、玛克辛下车,向我跑来,想给我一个拥抱,但她们马上捂住了鼻子,哪敢近身。我身上全是粪渍,和大卫、丹一样臭。

木屋里走出一个人,高大的白人,身上背着长铳猎枪,他和查理紧紧拥抱。

查理说,这位先生叫约翰,祖籍英国,是他的老朋友,约翰在这里驯养狮子、豹子,狮子和豹子都是老演员,拍了很多电影、广告,名气比查理大多了。我们笑了,谁都知道,查理演了很多电影,但很少担任主角,没机会当明星。

约翰提着一桶鲜肉,带我们进了豹山,吹一声口哨,从百米外跑来两只豹子,身材苗条,皮毛漂亮,眼下有两条黑纹,活像两行

今生第一次摸了它

豹山

眼泪。约翰说,这是非洲猎豹,百米速度五秒。

约翰把鲜肉扔给豹子,它们互不争抢,像懂事的孩子,你一块,我一块,文明用餐。豹子吃饱了,更加和颜悦色,对我们表示了欢迎,在我们中间走动,用脑袋蹭着我们,后来索性躺下,肚皮朝天,猫咪一样打呼,但音量大多了,大得让人头皮发麻。我们和豹子玩到了一起,挠它们肚皮,揪它们尾巴,摸它们屁股。只有大卫站在一边,皱着眉头,黑着脸,对我们的行为表示蔑视。

接着,约翰带我们去看狮子,它们在另一个区域,约翰手上没有鲜肉,但握了一根木棒,他让我们排好队,进去时三人一组,还宣布了纪律,狮子不如豹子好客,进去后不许触摸。

"狮子还没喂呢。"约翰说。

听了约翰的话,好几个人表示不进去了。他们说,我们怕它,我们看看查理算了。查理听了,晃晃蓬松的大脑袋,他确实像狮子的兄弟,至少是近亲。

我本来也不敢进去,怕狮子把我当点心吃。但最后我还是进去了,和杰顿、玛辛克一组,她比我胖,狮子应该先吃掉她。我躲在约翰身后,观赏了狮子的屁股。看完狮子回到停车场,约翰请我们喝水、吃青橘子。

这时,动物专家大卫"职业病"发作了,他指责约翰,说他虐待动物,囚禁动物。"放它们回丛林,给它们自由吧。"大卫说。大卫身上粪水没干,表情严肃认真,挺好笑,但没人敢笑。约翰反驳了大卫。约翰说,放回丛林更残忍,很多人要杀它们,吃它们的肉,剥它们的皮。"我不会让这事发生!"约翰说,拍了拍猎枪,眼露凶光。大卫沉着脸,走到了一边,对谁都不理睬了。我认为大卫是对的,如果我是狮子、豹子,肯定想回丛林,那儿是我的家,干什么留在人间做电影演员,简直像小丑。但约翰也没错,如果我是狮子、豹子,我可不想被人剥皮抽筋,做成什么标本,好死不如赖活。唉,到底应该如何,还真是个问题。

我们的目的地,弗朗斯胡克①。

旅馆在山坡上,上下都是梯田,种满了葡萄树,还没抽出新叶。旅馆黑顶白墙,画着圣母像,有木雕扶栏,进门是大火炉,典型的法式小楼。

八点,晚餐时间。我穿上薄呢连衣裙、长靴子,吹干的长发披散着,身上香气馥郁。菲里普穿西装、黑皮鞋,打红领带。我们手拉手进了餐厅,像上午一样,队友们眼睛发直,有人吹起了口哨,吹的是婚礼进行曲。

比利大声说:"林,你骑车时脏得像猴子,现在是开屏的孔雀公主!"

我回嘴:"孔雀开屏是公的好不好!"

菲里普向大家解释,我们骑越阿尔卑斯山时,晚餐必须穿正

---

① 法文名Franschhoek,十六世纪,法国新教徒来到这里,打造葡萄山庄,形成以法国人为主的聚居地。

装,导游的命令,谁不服从谁没饭吃。

"为什么?"比利问,"你们导游脑子有病?"

"为了让欧洲绅士看看,我们是高雅的骑士,不是粗鲁的土匪坯子。"菲里普说。

"你尽可放心!"比利撇着嘴说,"非洲没有假正经的欧洲绅士,只有狮子!"

比利的话引起了内讧,他的欧洲老乡群起而攻之。

晚餐上来了,牛排、猪排、西红柿、洋葱、土豆、木薯丸子。木薯丸子的味道,像杭州的山粉丸子。动物专家大卫果然吃素,不碰牛排、猪排,只吃生菜、土豆、木薯丸子。有人问大卫,靠什么补充蛋白质、补钙。大卫还没开口,快嘴史坦芬抢着说:"大卫缺蛋白质缺钙,所以撒尿时滑倒了!"他的话,引起了哄堂大笑。大卫恼了,盘子一推,冲着史坦芬吼:"两回事!"吓得史坦芬赶紧低头吃饭。大卫早早离席,出去抽烟了。我们知道了,和大卫吃饭,千万别提吃肉的事。

接下来,骑手们开始抱怨,今天的骑行太无聊,没什么挑战性,哪像冒险,像是玩泥巴,沾了一身臭水。

丹喝了红酒,想起了伤心事,他拍着桌子说,今天是他生日,今天他最倒霉。战友们安慰他,亲爱的丹,你不应该难过,至少你摔了一跤,有点儿像冒险的样子,也像过生日的样子,今天你最值!

"摔跤快乐! 生日快乐!"大家向丹敬酒。

出　征

今天是正式出征日，我们要骑到卡拉哈里沙漠的边缘。

早上，按导游比利的要求，我们五点三十分起床，六点吃早餐，六点三十分集合。我和菲里普跑步做完这些事，拉屎撒尿也跑，两人争抢厕所，嘴里骂着比利，拖着行李奔向了停车场。

停车场上，机械师米奇、医生莎拉在忙，帮大家装行李。米奇看着我们的行李，生气地说："别人一只箱子，你们怎么两只？"我答："我们两个人啊。"米奇说："二十套衣服？"我说："不止，两个人，四十套……还有一箱泡面！"

米奇听了，做了砍脖子的动作，还好，砍他自己，不是砍我。

菲里普赶紧出手，帮米奇装行李，把我们的先放上，确保不会被米奇扔掉。

其实米奇是好人，他天不亮就起床，冲洗了十五辆摩托车，检查车况，给车子加油，然后帮大家装行李。二十个人的行李，堆起来比三个人还高，幸亏有莎拉当助手。

米奇十二岁开始玩摩托车，十五岁参加比赛，二十岁跑到美国开大卡车，十八个轮子那种。有了积蓄，他回到澳大利亚，开办了"指南针"摩托车旅行社，带团骑行，想赚更多钱，实现他的梦想——做摩托车专业冒险家，就像查理。没办法，做这类冒险家需要钱，需要很多钱，不像去森林做野人，可以光着身子吃野果。米奇的哥哥在英国，和查理是老友，因为这个关系，米奇和查理也成了朋友，这次查理带队跑非洲，借壳"指南针"，并请米奇担任总管、机械师。米奇一口答应，但提了一个条件，以后查理出去冒险，他也要跟着去，给查理当机械师。对米奇这个要求，查理一口答应。所以，米奇只要有钱，就会抛下一切跟查理走。是的，米奇也是摩托疯子。

莎拉呢，莎拉并非"指南针"职员，此次来非洲，她只是志愿者，没有工资，免费为米奇打工，米奇管她吃住。莎拉如此义务打工，不为别的，只是希望米奇赏识她，以后能正式雇佣她，成为"指南针"专业导游，有收入有名分，名正言顺骑摩托、走天下。莎拉是医生，有份好工作，但为了骑摩托车，她愿抛开现有的一切。莎拉也是摩托疯子，疯的程度不比米奇轻。

米奇、莎拉、查理、比利，都是一路货，他们丢掉工作，离开家庭，为当冒险家赚钱，赚足了钱就去冒险，花光了钱想办法赚，赚够了再投入冒险，反复无尽头。他们是这样的人，为月亮愿抛弃便士，为便士愿争取月亮，便士和月亮都要。这样的人不是多数，大部分人老老实实，守着便士过日子，偶尔想一想月亮，矫情一番。我基本就是这样。

人和人皮囊相同，内质五花八门，世上没有相同的灵魂。有人梦想天堂，有人无畏地狱，有人循规蹈矩，有人别出心裁。人和人什么路都能一起走,除了人生路。从这点上说,人永远是孤独的,而这正是人性的本质美。

　　集合完毕,导游比利发表演讲。比利说,今天要骑十二个小时,穿越"谷神星"①的山谷。谷神星有褶皱岩、风化岩,还有凡波斯②,美丽的春花。"谷神星"很美,但属于石质荒漠,路况是砾石滩,灌木中有豹子、狮子。"你们不是渴望冒险吗,今天就是冒险日,享受冒险吧!"比利说。比利口才卓越,知识丰富,演讲没完没了,尽显导游之能,听众们"哦哦"应声,表情不太耐烦,或跺脚或抓耳挠腮。

　　比利闭嘴后,查理开口了。查理说:"各位要耐心,不要抱怨,比利天天要演讲,有时不止一场,你们会习惯的。我早习惯了,哪天听不到比利的声音,我就活不下去。"大家发出了起哄声。查理和比利不同,他比较沉默、有耐心,只在必要时指点迷津一下。

　　出征了。我们穿过了弗朗斯胡克小镇。

　　这是一个时髦、体面的小镇,古风淳厚。中世纪,一群法国人逃难到此,有了弗朗斯胡克小镇。镇民们种植葡萄、酿葡萄酒、传宗接代,再没有离开,就像《百年孤独》的布恩迪亚家族,守着自己的"马孔多"。小镇保留了法国元素——鹅卵石小道、罗马式教堂、尖顶钟楼、雕木酒楼、玫瑰花园、葡萄农庄、铁轨和老火车、教士和法国女郎……

　　多年过去了,小镇风韵犹存,像不肯老去的女人。穿过这个古镇,如同穿过一段唯美的时光隧道,体会了情调和艺术。但刚离开小镇,景色就变了。路边出现了铁皮房,低矮、破烂、流着锈水,像被拍烂肚皮的苍蝇。垃圾场就在路边,五颜六色,散着臭

---

　　① 谷神星,英文 Ceres,火星和木星之间最亮的小行星。

　　② 凡波斯(Fynbos),属于天然灌木林,品种繁多。

气，一群小孩扑在上面，似乎在寻找宝藏，看到摩托车，他们抛下了垃圾场，向我们挥手，发足狂追，嘴里高呼"Sweets！Sweets！"①我心头的美感，"哗啦"一下支离破碎，如同倒塌的阳光房。

从高贵到贫贱，从华美到苦涩，从喜剧到悲剧，仅在一瞬间，没有过门，没有衔接。世界总想抓住任何机会，呈现它的本质。世界的本质，就是悲剧的本质。所谓的喜剧，不过是悲剧的剧中剧，我们每个人都是剧中人，无论如何都摆脱不了干系。

"查理团"掠过了铁皮社区，把人烟抛尽，迎来了荒原，荒原上铺着布须蔓草②，是去年的旧草，枯成了金黄色，远远看去，如同太阳的余晖，也像凡高的画。今后的日子，布须蔓草是我们见得最多的家伙，它们像沙子一样无处不在。

前方出现了绵羊，那是一些心宽体胖的家伙，它们正在穿马路，我们停车观看。

摩托车一停，绵羊大军也停了，堵在路当中，"咩咩"地叫，看着主人的脸色。主人是个健壮的女人，头上包着毛巾，怀里抱着鞭子，不动声色，笔直地站在绵羊间，像一根突起的惊叹号。对峙一会儿，我突然领悟，下车给了牧羊女十个兰特。牧羊女鞭子一扬，卷毛羊们潮水一般涌出了公路。

我们一次次与羊群、牛群邂逅，必要时就用兰特打通关口。

有一次，我们还遇到了斑马群，它们穿同样条纹的衣服，排着队过马路，就像春游的孩子。如此这般的路遇，给了我们意外乐

---

① Sweets，糖果，非洲小孩讨糖果的语言。

② 布须蔓草：此名出现在《纳米比亚野花》(*Wild flowers of the Namibia*)，英文名为 Golden bushman-grass，意为金色布须蔓草，也可称丛林草，一年生草，通长长到九十厘米，生长在纳米比亚干燥地区，喜欢沙质土壤。

挡路的朋友

趣、有了亲近自然的机会。亲近自然，就是亲近生命的艺术。

谷神星和砾石滩

草原退后，砾石滩出现了。摩托车骑到了砾石上，就意味着，我们到了沙漠的边缘。沙漠的边缘，比我想象得更为荒凉，砾石滩一望无尽，毫无生气，灰白色的砾石，像地下长出的灰白牙齿。这里没有人烟，没有牛羊，也没了路的概念。

前方出现了山谷，就是比利说的"谷神星"，我们今天的唯一通道。我们看到了褶皱岩，色彩斑斓，布满了不规则褶皱，褶皱呈曲线形，如同海上的波浪。一座座褶皱岩，互相勾结，组成了山体，把世界挡在了外面。它们宽阔、高耸，入了蓝天，宛如宇宙中一个星球。

骑进谷神星，就骑在了砾石上，摩托车颠簸、跳跃、摇晃，像受伤的山羊。石滩上热浪滚滚，煎烤着人和车，太阳高举着火把，追赶着我们。不到一小时，我的皮手套就能挤出水来，头盔滚烫，像

谷神星山谷

菲里普骑进谷神星山谷

一口烧红的锅,衣裤湿透,黏糊糊贴在身上,像糊了一层糨糊。我们一次次停车,喘气、喝水,闻着身上的汗臭。

石滩上出现了标牌,写着"Leopard Country",我们到了豹子的地盘。花豹是 leopard,猎豹是 cheetah,狮子是 lion,狒狒是 baboon,救命是 Help。我记住了这些单词,并能字正腔圆地说出来,这样的学习很有价值,关键时刻能救命。

进入豹山,我警觉得像只兔子,竖起耳朵、瞪圆了眼睛,注意周围的动静。豹的百米速度五秒,年少时,我的百米速度十五秒,得过杭州市西湖区冠军,现在能跑几秒呢?三十秒?六十秒?想到这儿,我踢了一脚骑手,请他加速。骑手得令,加大了油门,灰灰狂奔起来,脚下的砾石发出了开肠破肚的声音,石头溅在身上很疼,但我能忍,只要不被豹子捉住。

砾石滩上没路,大家凭着感觉跑,一个个跑没了,查理和比利也不见了,褶皱岩下、砾石滩上,只剩下了我、菲里普、灰灰。骑了许久,也没见队友的影子。队友们去哪了,是被砾石震碎了,还是被太阳融化了,或进了豹子的肚子?不知道,也许都有可能。

狒狒事件

在一个小山坡,菲里普突然停了车。他说肚子痛,要马上解决。

我滚下了车。膝盖伸不直了,只能滚,一屁股坐到碎石上,扎得屁股疼。我打开了后备厢,抽出一只雪白的垃圾袋,容量是"40 Gallon(四十加仑)",这是我准备的战地厕所。我们登上小山坡,这里有灌木、石壁,菲里普蹲下,我用垃圾袋罩住了他。

菲里普"工作"时,我坐在灌木下面,打开一袋花生,一边吃,一边放哨。如果有队友过来,我会大喊一声,让他们滚开。没想

狒狒

到,我刚坐下,就听到了脚步声,窸窸窣窣,就在灌木后。

"What's that(谁啊)?"我冲着灌木喊。没人回,脚步声却近了。我"呼"地站起,看到了一样东西,有棕色的皮毛,豆子大小的眼睛,正从岩石后走出来。

"Leopard(花豹)!"我大喊一声,就地趴下。我的本能反应。

"Run(跑)!"菲里普提着裤子,拉起我就跑,跑了几步回头看,发现来者不是豹,而是狒狒,老老少少五六只。一个小狒狒,抓着垃圾袋,翻来翻去玩,其他的盯着我的手,我手上有花生。于是,我胳膊一抡,扔了花生袋,全给了它们,顾不上心疼。冲下了山坡,跳上摩托车,慌忙中,我忘了拿地上的头盔,狒狒们跑了过来,显然对头盔有兴趣。它们抢去怎么办,没了头盔,等于没了脑袋。

就在这时,上来了两辆车,米奇的行李车和莎拉的救护车。

"Help(救命)!"我向他们大叫。

"出什么事了?"他们下车跑了过来。

"Baboon(狒狒)!"我大声说,指向了山坡。

我们人多势众,狒狒们没敢过来,它们只是集体坐到岩石上,嚼着花生。小狒狒把垃圾袋套头上,双手拍打着,像得了宝贝。

"啊,抢了你们的衣服?"米奇说,"我帮你们抢回来。"他气势汹汹，捡起了石头。

"不是衣服，是我们的厕所。"我说，"花生也是我的。"

弄清了事情原委，那四人哈哈地笑。"That's funny（真有趣）!"米奇把秃脑袋也笑红了。

晚餐会议

下午五点左右，我们骑出了谷神星山谷。

出了山谷，就是平整的公路，公路边有条大河，河边聚集着队友，他们脱了骑行服，并排躺在河滩边，露出大肚皮，闭着眼睛晒太阳。难以置信，他们在砾石滩上没晒够？

查理在公路上，一脸焦虑，他快步走向我们，问是不是遇到麻烦了。菲里普马上道歉："头儿，对不起，我们来晚了。"查理却说，你们不晚，还有三辆摩托车没到，可能迷路了，比利找他们去了。查理还说，其他人是单人骑，你们是双人骑，迟到也不足为奇。说着，查理递来两瓶橙汁，算是奖励。

"这条河是奥兰治河，来自纳米比亚，流经南非，注入大西洋。"查理说。

我们喝着橙汁，欣赏奥兰治河，它平和、明亮，反射着夕阳的温柔光色。我跑下了河滩，脱去靴子、袜子，卷起裤脚，踩着粗糙的沙子，走到水边后，把脚放进河水，身子躺倒，舒舒服服享受起来。河水清凉，像手一样抚摸双脚，真是好惬意。一生的惬意加起来，也比不上这一刻。什么是惬意？惬意就是把臭脚丫放进河里！

这时，有人在我头顶狂叫："林！有鳄鱼！"

我连滚带爬离开河水，抬头一看，喊话的是白胡子比利，他正得意地向我微笑。我又把脚伸进了河水。

奥兰治河

　　傍晚七点，我们终于到达目的地，"Quiver Tree"小镇。Quiver Tree，意思是箭袋树。我们直接去了餐馆，餐馆同样也叫"Quiver Tree"。

　　箭袋树，这是一种什么样的树呢？

　　餐厅的老板，是荷兰人后裔，红头发、白皮肤、高个子，五官精致，漂亮得像用石膏捏的。他大声问好，递上了冰水。

　　大家整齐划一，脱掉了骑行服、靴子，屋里弥漫着死鱼烂虾味。我的样子比谁都惨，辫子早就散开了，头发一缕一缕，紧贴在皮肤上，像贴在礁石上的烂海藻。只有杰奎琳、玛克辛是香的，她们整天待在空调车上。

　　小餐馆供应西式餐点，炸鸡、炸肉丸、炸羊排、炸薯条、炸洋葱、炸面包圈，全是炸的，香喷喷。查理宣布，想吃什么尽管点，晚餐丹请客。

　　"谢谢丹！"大家欢呼雀跃，开始点餐，点了一大堆，反正有人请客。

我们问丹,为什么请客,丹瞪着眼睛说,他要堵住大家的嘴,别再提昨天的事。

"什么事?摔跟头的事?放心,早忘了!"快嘴史坦芬说,引起了哄笑声。这些人真没良心,丹要替大家付饭钱呢。

墙上挂着电视机,正在播休斯敦新闻,休斯敦还泡在水里,小船在街上划。我们对面坐着查理,他问我们,家里有没有消息。菲里普说,没消息,家里人很沉默。

"林,你有很多小动物?"查理问我。

"是,五六十口。"我说。

我和菲里普不再说话,盯着电视画面,查理拿起遥控器,"啪"地一下换了频道。

男人们谈论今天的骑行,他们认为,今天的骑行比昨天过瘾,有冒险的味道,砾石路不好对付,但谁也没见凡波斯,也没见狮子、豹子。

"哪有狮子,比利骗人!"我们责怪比利。

"有狮子,就没你们了,比利要哭了。"比利说。

莎拉医生来了,背着小药箱,她说,听说有人翻车了,报上名来,她要检查身体。没人吭气,男人们昂起头,表示此事与自己无关。比利冷冷一笑,说,我知道有人摔了跟头,不止一个,自己招供吧。丹一下子精神起来,帮着比利说话,丹说:"承认吧,互相揭发!"比利的目光移到一个人身上,英国老头儿保罗,保罗一只眼蒙着纱布,成了独眼龙。保罗马上为自己争辩,他说:"我没摔,是眼睛摔了!"男人们狂笑,杰奎琳亲吻着保罗,他们是恩爱夫妻。保罗躲不过,招供了。他说他摔在砾石上,面罩向上翻起,被石子打中了眼睛。"是面罩不好!"保罗说,"今天肖恩也摔了。"他供出了肖恩。肖恩只得招供,保罗摔倒时,他就在后面,因为紧张,摩托车熄火了,一个跟头摔进了灌木丛。"马库思也摔了。"肖恩供出了马库思。马库思向肖恩挥着拳头,他不想招认,但躲不过了,全体成员盯着他,像盯着不说实话的小偷。马库思摔在大路上,因为一群羊,羊群突然出现,他来不及刹车,正面撞了上去。

"你撞死羊了?"大家吃惊地问。

"不,是羊撞了我,差点儿踩死我。"马库思说,"它们从我身上跑了过去。"

餐厅里一片笑声,查理的笑声最响亮。查理是电影演员,有一副好嗓子。查理边笑边敲酒杯,他眼下的纱布不见了,露出一条暗红色疤痕,像被晒死的蚯蚓。于是,大家掉转枪头,逼问查理,脸上的伤怎么回事,是挨揍了,还是整容了。查理解释,来非洲前几天,他发现眼皮下有东西,看了医生,医生说长了瘤子,割开来一看,竟是一块儿玻璃。"见鬼,也不知哪次车祸埋下的!"查理说着,拉起汗衫,指着胸口说,"这儿也埋了一块儿!"

大家围过去看,查理胸口全是伤疤,曲里拐弯,就像迷宫。我们还发现,他的汗衫全是洞,像被虫子咬了一遍。他身价千万,穿成这样装穷吗?

"查理,再找找,也许身上埋着钻石呢?"比利说。

查理摇着头说,不找了,随它去了,骑摩托车的人,死了就死了,不死就继续骑,死了也要骑,没什么了不起,"死了也要骑,你们说是不是?"查理瞪着血红的眼睛问。

"当然了!死了也要骑!"男人们吼。

查理醉了,其他人也醉了,死了怎么骑呢?对他们的醉态,我嗤之以鼻。

关键词：
Hard Way、礁石山、
箭袋树、摩托车收藏者

Hard Way（艰难的路）

今天和昨天一样，一大早起床，跑步上厕所，跑步去餐厅，跑步去集合，听比利演讲。比利说，今天要骑十一个小时，穿越塞德贝里礁石山①——非洲最古老的山脉，四亿年前那儿是海。也就是说，今天要穿过昔日的海洋，观看"海底"世界。路很难走，很多人在那儿丢了性命。

"请管好你们的脑袋！"比利说。

比利还说，过礁石山有两条路，一条是"Hard Way"，查理带队，从礁石山中央穿越，险象环生，是一条死路，不怕死的跟查理走。另一条是"Soft Way（柔和的路）"，从外围绕过礁石山，安全好走，可以早点儿到宾馆，早喝咖啡，由比利带队。

"你们选择吧！"比利说。

---

① 塞德贝里礁石山，位于卡拉哈里盆地，四亿年前形成，当时是浅海，后上升为陆地，也称为大崖壁。

一阵兴奋的骚动,结果出来了,除了菲里普不表态,其他男人都选"Hard Way",跟查理走死路。骑手们说,查理不死,我们不死;查理要死,我们一起死,没什么了不起,死了也要骑。这是查理说的酒话,他们全中了查理的毒。什么查理死我也死,我才不做这样的傻事,查理可以死,我万万不可死,查理身价一千万,我是无价之宝,这事我妈可以证明。

比利走向我们,问我们选哪条路,他希望我们跟他,走Soft Way,女人需要保护。

菲里普还是不表态,一脚把皮球踢给了我,他说,这事让我的BOSS(老板)决定,我听她的。

我荣升BOSS,摸着下巴严肃思考,然后说:"Hard Way."

比利晃着白脑袋,摸摸白胡子,问:"Soft Way?"

我说:"No, Hard Way."

比利一拍山羊脑袋,痛苦地说:"老天呀,原来我没听错。"

查理瘸着腿过来,蓝眼珠盯住我,郑重其事地说,林,你确定吗,进了山就没退路了。我告诉他,我确定了,我跟你走,我想看海底世界。看海底世界,才是我真实的想法,是我敢走"Hard Way"的力量源泉。你说,人生有几次这样的机会,从四亿年前的海底穿过?有过一回,死也值了,我必须骑,死了也要骑。唉,我是不是也中了查理的毒?

菲里普快活地对比利说,听见没,我老婆不走Soft Way,她就是没娘娘腔。比利反驳菲里普,什么话,难道我有娘娘腔?好,既然这样,我跟你们走。

"Let's go, Hard Way(走吧,艰难的路)!"比利叫。

骑手们向比利起哄,向我竖起拇指。马库思跑过来,与我击

走艰难的路

掌,激动地说我是他见过的最勇敢的女人、最美丽的女人、最可爱的女人,这样的女人,是他的梦中情人。马库思拥抱了我,我猝不及防,有些尴尬。菲里普呢,没踹马库思一脚,还豪迈地说:"I am lucky man(我是幸运的男士)!"

马库思来自瑞士,家在阿尔卑斯山下,四十岁了还没结婚,像个高中生,修长、白净、英俊,个性活泼,走路蹦蹦跳跳,时不时来个后空翻,大家都喜欢他。倒退30年,我也许会爱上他。

"查理团"要出发了,队友都背上了驼峰袋①,只有我和菲里普没有,这是我们准备工作的一大失误。我们买了一堆瓶装水,让后备厢满得像水库。

---

① 驼峰袋,也称水袋,包括储物空间、储水空间,配有软管。

礁石山

骑行开始了，脚下是砾石路，这一带还是石质性荒漠，风化严重，砾石唱了主角。

三小时后，砾石滩不见了，我们骑进了塞德贝里礁石山脉，四亿年前，这里是海。

这个昔日的海底世界，山石林立，沟壑遍地，裸露着花岗岩、玄武石，能辨认出当年的暗礁、堡礁、环礁，它们怪异嶙峋、四分五裂，像被斧子砍成了这样似的。

这个礁石的世界，如果注入水，就是大腹便便的海，倒映着蓝天，折射着阳光，翻滚着波涛，充满了氯钠镁硫钙，居住着鱼、虾、蟹，生长着珊瑚、贝壳、海草……也许还有美人鱼，以及海神、海怪、海妖、海仙子之类。

当然，大海早已干涸了四亿年，现在只有石头、沟壑，保持着原有姿态，守着海的旧址，像忠于主人的奴仆，一点点风化，一点点老迈，却不肯离去。

海还会回来吗？石头不知，人也不知。那么，谁创造了这片海，又是谁拿走了这片海？石头不知，人也不知。人没那么厉害，人只知眼皮底下的事，有时眼皮底下的事也糊里糊涂，人常常黑白不分、东西难辨。这也正是人的长处，眼光短浅，不用担心后事。

摩托车在海底世界穿行，上上下下，像上上下下的鱼。脚下的路，有时宽阔，有时狭窄，有时深厚，有时浅薄，有时粗糙，有时纤细，有时挂在石壁，有时卡在石缝，有时突然中止，莫名其妙就没了路，人和车站在了断崖边，向前一步是死，回头才是生。这样

礁石山

的路,让弗洛伊德分析,保不齐分析出一部《路的精神病理学》或《路的解析》。

　　对我来说,有路没路,我一点儿都不担心,这事归骑手担心。我担心的是路上的石头,它们横在路中,看到它们时,摩托车已到了跟前,摩托车别无选择,拼着命骑过石头,重重砸下去,那个瞬间,我感觉很不好,仿佛筋脉被震断,五脏六腑也成了碎片。

　　我们还算幸运,绊脚石没绊倒我们,我们还在匍匐前行。当然,我们遇到了几次险情。一次,摩托车轮子打滑,半只轮子出了悬崖;一次,后备厢擦到了石壁,差点儿把我们推下沟壑;一次,摩托车突然熄火,菲里普双脚拖地,稳住了摩托车,但小腿抽筋了,躺下来拉脚筋,我帮他拉的。拉脚筋的活儿我行,骑越阿尔卑斯山时学会的,那段时间,他天天抽脚筋、抽手筋,我忙得像拉面师傅一样。所以说,海底世界是美丽的,但不包括骑摩托车这件事。我怀念起昨天的砾石路。砾石路炎热、颠簸,但不会把你摔成碎片。

路边,躺着一只摩托车的后备厢,菲里普马上停车,下去查看。可怜的后备厢,砸在了石头上,砸出了凹槽,盖子飞了,干粮倒在地上,可乐瓶口吐白沫。这时,伊朗人肖恩骑过来,后面跟着史坦芬。后备厢是肖恩的,肖恩扔掉了头盔,露出汗涔涔的脸,满腔怒火的样子。

"现在掉了后备厢,再骑下去,说不定会掉了脑袋,这条路不是人走的,我不想走了,我只想喝冰啤!冰啤!冰啤!"肖恩连喊三声"冰啤",一屁股坐到石头上,马上又跳起来,屁股烫着了。

史坦芬嘻嘻地笑,他总是快快乐乐的,哪怕同伴遇难。

我下了车,打开后备厢,摸出一瓶水给肖恩,他却不接,他说他水袋里还有水。肖恩惊诧地看着我,似乎才发现我的存在。他生气说,林,我的亚洲老乡,你干吗不坐行李车呢?你干吗跟老公吃苦呢?你干吗这么傻呢?说完,他摸出化掉的巧克力,要我吃掉,补充体力。哎,老乡就是老乡,我差点儿泪汪汪。但我摇着头说,我不想吃巧克力,我也想喝冰啤。

菲里普对肖恩说,别担心,后备厢能修好,安心等米奇来吧。肖恩说,修不好我得赔钱,几百美元呢。菲里普说,肖恩,你还担心钱?伊朗人有钱。史坦芬接着说,对,还有很多老婆,你说说,到底有几个?肖恩哈哈大笑起来。真是无语了,在这个地方,三个男人竟说起了女人。

我们陪着肖恩,直到米奇的车出现。米奇取来了工具,开始动手修后备厢。

菲里普赶紧发动了摩托车,带着我往前跑。他心情好多了,我们不再是骑在最后的人了。

箭袋树

摩托车骑到一个山谷,领队的查理停下,所有摩托车集合到一起。山谷里有个指示牌,写着"箭袋树森林公园"。我没看错,这里是森林公园。铁石心肠的礁石山,没见一滴水,没见一株草,怎么会有森林公园呢?

查理带我们逛"公园",矮小的山坡上,果然有一些树,三五米高,很分散,站得笔直,像守卫山头的哨兵。它们通身金黄,叶子集中在顶部,树冠半

箭袋树

圆形,像一顶农夫的斗笠。查理说,这就是箭袋树,也叫芦荟树,石山上没水,但箭袋树空心,有蓄水能力,雨季时蓄一次水,能用上一整年,水用光了,树会断枝弃叶,保全性命,当地人把它们砍倒,做成箭袋,是沙漠上最好的箭袋。

我爬上了山坡,走近看箭袋树。它们严重失水,树皮干裂,如同高烧病人的嘴唇。它们的叶子扁平、有锯齿,果然像芦荟,但过于干瘪,没有芦荟那么水灵,很多叶子蜷曲起来,紧紧抱在一起,仿佛在举行告别仪式。树底下躺着叶子的尸体,一片一片,成了黑色的焦炭。树还活着,有的树根冒出了树苗,树苗紧贴树妈妈,像吸奶的婴儿。大树小树急于补水,这事迫在眉睫,纵然有石头般的意志,能像石头一样活着,但毕竟不是石头,它们是树,靠水活命,没有水它们就得死。我突然领悟,这里建森林公园,与其说

箭袋树森林公园

　　为了让我们看箭袋树,不如说是让我们可怜箭袋树,帮助它们求求雨。我在心里求:神灵啊,苍天啊,超人类的力量啊,求求你们,为箭袋树下一场雨吧。其实我不信神灵,但求了总比不求好吧。

　　在一棵箭袋树下,我捡到一枚死去的动物脑袋,毛发金黄色,眼睛开着,嘴巴也开着。比利说,这是沙漠小羚羊,被猎人砍了脑袋。我把小羚羊的头放进后备厢,想找个地方把它埋掉。

　　"查理团"在箭袋树下休息,大家脱了骑行服,席地而坐,吃干粮、喝水、聊天。机械师米奇忙着修车。查理的车冒了烟,安德烈的车胎爆了,大卫的刹车失灵了。

　　闲聊时,查理问大家,骑了半天礁石山,感觉怎么样。大家一致认为,今天的礁石山,比昨天的砾石路危险,摔跟头肯定丢命,但比砾石路有乐趣——冒险的乐趣,大家表示不会害怕,死了也要骑。

　　查理给大家讲故事。查理说,有一年,他参加达喀尔拉力赛,挑战各种地形,苦不堪言。有一天,他穿越石山,就像这里的礁石山,他在石头上摔了跟头,打了几个滚儿,好不容易才站起来,扶不住摩托车。工作人员说,查理,你的手受伤了。他脱了手套,看到了三根断指,只有皮还连着,他马上哭了,不是因为疼,是因为比赛必须中止。去年三月,他骑车撞了山,摩托车粉身碎骨,他也晕死了过去,醒来时人在医院,被绑在手术台上。医生说,查理,你的命保住了,小腿保不住,要切除。他一听就昏迷了。再次醒来,发现腿还在,没被切,他问医生,什么时候能骑车,医生说永远不能,后半辈子坐轮椅吧。他一听又昏了过去。

故事听到这里,比利插嘴:"查理,你是吓昏了吧?"

"不不不,痛昏了,真他妈的痛……"查理爆了一句粗口。

查理撸起裤子,给我们看小腿,那儿的伤痕纵横交错,活像补过的水泥墙。

"二十七次手术。"查理说,"这次回去,还有三次。"

"天呀!"大家惊叫起来。

所有人都明白了,为什么查理瘸着走路,他的伤根本就没好。

比利说:"告诉你们一个秘密,查理每天晚上哭得像婴儿一样。"

大家哈哈大笑,但谁都不信,查理会哭?就算是,也不会哭给比利听。

这时,查理上了摩托车,为大家做示范,如何对付大石头,如何避免翻车,如何处理紧急情况。查理表情严肃,没有什么好口气,更没笑容,大家不敢说笑,被查理吓住了。

我觉得,查理讲故事、秀伤腿、做示范,是个负责任的领队,用意很明确,挽回昨晚说的酒话,告诫大家珍惜生命,小心骑车,不许盲动,活着是底线,人死了什么都没了。这是酒醒时的查理。在今后的日子,只要查理喝醉,他还是会说死了就死了、死了也要骑这样的酒话,在他内心深处,早不把生死当回事。为什么?因为他是疯子查理。

"查理团"又上了路,比利说,再骑两小时,我们就出礁石山了。我以为,听了查理的故事,看了查理的腿,受了查理的训,男人们会从此小心翼翼,对脚下的石头恭恭敬敬。没想到引擎声一响,骑手们开始狂奔,一会儿都没了鬼影,把查理也丢在了后面。菲里普也如此,对我说"坐好了",驾起灰灰就跑。灰灰穿越礁石,跳过一个个石墩,像跳过障碍的野马。这些男人,是不是觉得在参加达喀尔拉力赛?还是认为自己就是查理?

摩托车收藏者

下午四点左右,"查理团"出了礁石山,离开了海底世界,在加油站会师。加油站叫"Protea Motors"。Protea,是主人的名字,Motors,指摩托车收藏。这里能加油、能吃饭、能看摩托车,简直把骑手们乐坏了,像老鼠掉进了米桶。

Protea带我们参观,里面挤满了摩托车,挤不下的挂到了空中,什么型号都有,轻型摩托车、踏板式摩托车、山地越野车、林道越野车、长距离越野车、障碍越野车、美国哈雷、日本雅马哈、德国宝马、意大利杜卡迪、中国长江、印度巴佳吉……Protea说,他有三个车库,收藏了一千多辆摩托车,来自世界各地,是他五十年的心血。他和他的太太没孩子,只有这些宝贝疙瘩。我们看到了Protea的夫人,她拿着鸵鸟毛掸子,为摩托车掸灰,这件事每天做两遍。

骑手们吸起肚皮、踮起脚跟,在摩托车之间小心移动,羡慕得眼珠子快掉出眼眶了。很多人问Protea,卖不卖宝贝,他们看中了某一辆,愿高价买下,托运回国。菲里普看中了中国长江。菲里普也是收藏狂,有三辆老爷车,二十几辆摩托车,以及诸如此类的破烂。Protea一口回绝,他们只收不卖。他们开加油站,就为了交"摩友",收购摩托车。为了搞收藏,他们花掉了所有积蓄,但从不拿宝贝换钱。

"如果你们有摩托车出售,我出好价钱,这是我的名片。"Protea说。

我惊讶地看着Protea,他并不富有,他的车库破破烂烂,他和妻子穿得像"叫花子",他却口口声声说"不卖",不想赚钱,钱都在车库里啊。他这是何苦呢,为了什么呢?我不想用"高大全"夸奖Protea,我只想说,他和他夫人都是可敬的奇人。这就是旅行的好处,有奇景看,还能遇到奇人奇事。

傍晚时分,我们到达目的地,克兰威廉小镇。

宾馆有小花园,除了花花草草,还有一棵箭袋树,箭袋树在开花,管状的红花。园丁刚浇过水,树上树下湿漉漉的,像下过了雨。我在树下挖洞,埋下了捡来的小羚羊头。我在箭袋树下发现它,就让它和箭袋树待在一起吧,这里有很多水,它不会口渴。

晚餐九点半开始,像前两天一样,一条长桌子,二十个人面对面坐。晚餐有鹿排、野牛肉、炸鸡、木薯饼、蛋黄果、包心菜、花菜,还有一大盆乌咖喱①。大家抢肉吃,肉盘子很快见了底,主人又上了几盆。

大卫拒绝吃肉,他端着乌咖喱、包心菜、水果色拉,吃得津津有味。大卫是大个子,骑了一整天车,流了一大桶汗,却像羊儿一样吃草。有人没记性,又劝大卫吃肉。大卫眼睛一瞪、嘴巴一撇,吓得谁都不敢进言了。我也有点儿怕大卫,大卫的眼睛像关羽。

---

① 乌咖喱,用水熬出来的玉米糊,非洲人主要的淀粉食物。

《三国演义》里写，关羽眼皮垂下没事，如果往上提，就是要杀人。所以，千万别劝大卫吃肉。不过，我也有些喜欢大卫，他绅士、讲义气、爱动物，是大好人。

我对大好人的理解，他（她）必定热爱小动物。东郭先生就是大好人的范本，不知为什么，"东郭先生"竟成了贬义词。狼忘恩负义，是东郭的错吗？

作者穿越了礁石山

关键词：
Clowes的坟墓、走进沙漠、搓板路、
足球赛、第一个跟头、土著部落

晨　会

早上演讲时间，比利照样滔滔不绝。

比利说："今天我们走进沙漠——卡拉哈里沙漠，非洲南部最老的沙漠。走进沙漠后，路况变得很坏，要走'Wash Board（搓板）'。'Wash Board'是辣妹子，我们会爱上她，但会吃很多苦头，请不要被她的美色迷惑，她会杀人。"

"Wash Board?"年轻的杰顿提出了疑问。

"旧时候的搓衣板，早就进了博物馆。"保罗说，他是阅历深厚的智者。

"搓衣板这么厉害吗?"肖恩嘟哝着，"比礁石山、砾石路厉害?"

"搓衣板很厉害的，在我们家乡，男人做了坏事要跪搓衣板，跪到讨饶为止。"我说。

"天呀!"肖恩嚷道，"菲里普，你跪过吗?"

菲里普说："Always（总是）!"

男人们"哄"地笑起来,开始说男人间的荤话。大家嬉皮笑脸,可比利还在说搓板路,历数它的困难,整整唠叨了二十几分钟。查理也开口了,只说三个字:"跟我来!"我喜欢查理,他是节约用字标兵。

大家跟查理来到了空地,查理跃上他的"凯旋"摩托车,演示怎么过搓板路。

"过搓板路,重心要靠前,动作要干脆,切忌犹豫不决,眼睛不要盯着脚下,要平视前方,看着要去的方向,必要时可以站立,保持平衡。"查理说着站立起来。

"我也要站起来吗?"我问。

"你?你给我坐着,你是一只包裹,请不要乱动。"查理说。

查理言简意赅,不啰唆,但要求严格,他演示完毕,请骑手们复述要领、练习动作,一个个过关。看起来,那个叫搓板的家伙,

查理给大家上课

让比利、查理十分头疼，瞧他们如临大敌的样子。我也有了疑问，搓板路比石头路难走？

Clowes 的坟墓

我们离开了克兰威廉小镇。

摩托车高速前进，队形整齐划一，像一队纪律严明的大雁。空气清冷，天空蓝得透明，像用酒精擦过的蓝色玻璃。脚下是好脾气的碎石路，路边开着小花，淡黄或灰白，不怎么出色，却是早春的使者。原野上聚集着金色的布须蔓草，低洼处有芦苇，它们连成一片，举着半透明的白花花。经过芦苇荡时，我们一次次下车，观赏、拍照，方便时，男人对着芦苇，女人闪进芦苇荡。撒尿是旅行必要事项，谁都不想被尿憋死，野蛮或文明，随性或谨慎，无计划或有计划，由"尿"决定，这些属于"尿"文化，可以单独写本书。

今天又遇到绵羊大军，它们一边行军一边拉屎撒尿，比我们更放肆。布须蔓草、芦苇、野花小草，还有咩咩叫的绵羊，让旅行显得声情并茂，如果每天这样，那该有多好。当然，这只是我的梦想。在我的记忆中，从走进沙漠，我们再没见到大绵羊。

"查理团"停在了某个山岗上。

这里有个坟墓，埋着一个英国人，名叫 Clowes，布尔战争时①的陆军中尉。坟墓是简陋的，一圈生锈的铁栏杆，围着一堆白石头，插着白色十字架，下面就是 Clowes 的尸骨。查理、比利、大卫、保罗、杰奎琳，绕着坟墓走，他们都是 Clowes 的同乡人。除了他们，其他人皆是无所谓的表情。

---

① 布尔战争，指 1899 年 10 月 11 日—1902 年 5 月 31 日，英国人同荷兰移民后裔布尔人进行的一场战争，又称南非战争。

布尔战争，白人与白人的战争，打得放浪形骸，其实是一场卑鄙的战争——在别人的土地争抢别人的黄金。如果没有黄金，就没有这场战争，就不会死那么多人，Clowes也不会埋在这里。

布尔战争和很多战争一样，起因只在统治者的一念之间。战争的胜利，以人头堆砌、鲜血灌溉、生命成全，战士和平民是可怜的炮灰，就像这个英国人Clowes，他可不是什么英雄，他只是祭祀的羔羊。

没有正义的战争，也就没有正义的英雄。

Clowes 的墓

走进沙漠

摩托车队越往北，景物越显荒凉、单调，羊群、草芥、小花、芦苇，这些有心跳的东西，一股脑儿消失了，仿佛有人取走了画板。世界只剩一种颜色——土黄色。土黄色从车轮下延展，铺向了天边。是的，这是沙漠的颜色。

冷不丁，我们走进了沙漠，它的名字叫卡拉哈里沙漠①。

① 卡拉哈里沙漠，非洲南部的平原沙漠，非洲最古老沙化地带。

卡拉哈里沙漠,横穿南非、纳米比亚、博茨瓦纳、津巴布韦……有一条漫长的沙漠路,这条路是我们的目标,我们要用摩托车征服它。摩托车扬起了黄沙,车轮拖起一团团尘埃,蓬松、灰黄色、有长度、有动感,像一群奔跑中的松鼠,摇动着骄傲的大尾巴。黄沙在空中旋转、张扬,"沙沙沙"落到我的骑行服,蒙在了面罩上,眼里只看到沙子。我想到了三毛,想到了撒哈拉,想到了三毛苦苦思念的荷西,"每思念你一次,天上飘落一粒沙,就成了撒哈拉。"三毛对荷西说。

很多年前,我采访过三毛。三毛有一张沧桑的脸,就像沧桑的沙漠。三毛声音娇美,句句不离荷西,不离撒哈拉,不离撒哈拉故事。生

三毛为作者题字

命像沙粒一样轻,沙粒像悲欢一样重,三毛像撒哈拉一样凄美。自从读了三毛的书,我就想看看沙漠。现在,我果然来到它面前。

我对卡拉哈里沙漠说:"久仰了,沙漠,我来了。"

"我一无所有,只有沙漠,我用沙漠爱你。"沙漠回答我。

搓板路

走进卡拉哈里沙漠,我们很快见识了搓板路。

看不见尽头的黄沙世界,除了一条搓板路,再没有别的路。其实,搓板路也不是路,岩石和泥沙在岁月中风化,形成搓板模样,来往的车走多了,就成了约定俗成的路,正像鲁迅对路的描述。搓板路就像搓板,有凹凸面,有漂亮的纹理,有横搓板、直搓板、斜搓板、S形搓板、混合形搓板……搓板路是美的,如果坐在大

巴里看，或在电脑上看，它们具有线条美、凹凸美、光彩美，它们曲曲折折、此起彼伏，从远到近，向你奔腾而来，像狂欢的金蛇，像飘逸的丝带，像楚楚动人的五线谱，诗人可以写诗，画家可以画画，你可以唱一首热歌。是的，搓板路就像美丽又莫名其妙的行为艺术。但是，对于骑摩托车的人，搓板路是魔鬼的化身，它丑陋、恐怖、肮脏，没有任何美感。美感是闲暇的产物，闲暇决定了心境，心境创立了唯心的美感。美感就是此一时、彼一时，就是矫情的夸夸其谈、装腔作势，就是这么回事。

自从我们上了搓板路，摩托车和人，旋即陷入了焦躁、混乱和挣扎。遇到横搓板，摩托车可着劲跳，跳得极有节奏，一上一下，"咯噔咯噔"，人也跟着跳，人的器官也跟着跳，一上一下，"咯噔咯噔"。蹦跶久了，人麻木了，仿佛自己是老式打字机，"咯噔咯噔"打字，却不知打些什么。遇到直搓板，情况更糟一些，它们的凹槽坚硬、粗糙，像地底下伸出的铁器，也像摆好的绊马索，就等着咬我们几口，或者把我们掀个四脚朝天。过S形搓板，摩托车必须走成S形，无条件服从，才能避免人仰马翻。那些混合形的搓板，有直有横有斜，没规律可循，骑手没有思考时间，只能横下一条心，硬着头皮往前冲，会不会摔死在这里，听天由命了。搓板路上，人和摩托车忍辱负重，百依百顺，不敢有半点儿走神。搓板路好像在向人们灌输顺我者昌，逆我者亡的逻辑，让人在恐惧中屈服，在屈服中沦为奴隶。

搓板路的两边，是茫茫沙漠，没任何掩体，上厕所时，菲里普站在光天化日之下，我躲在他的身后。有时，我们坐在沙土上，他帮我敲背，我帮他按摩手指，他十指蜷曲，肿得像火腿肠。有时，我们在沙上躺一会儿，像两条半死的鲶鱼，肚皮朝天。周围除了沙滩,就是不依不饶的搓板路,它在荒漠中蔓延、转折,像一条金色的藤蔓。公平地说,如果不骑车,我会承认它是一条妖娆的路。

不到一小时,"查理团"就乱了,事故开始发生。两辆摩托车翻了跟头,一辆摩托车爆了胎,一个队员摔出了搓板路,老保罗的眼睛又在流血,德国人史坦芬掉了头盔。史坦芬掉头盔时,就在我们前方,看见飞滚的头盔,我们以为史坦芬掉了脑袋,悲痛之情难以形容。查理和比利很忙,他们来回骑行,向队员打着剪刀手,喊着听不清的鬼话,妄想控制局面,但没能成功,可以说一败涂地。杰奎琳和玛克辛,一起爬上了行李车。于是,我又成了摩托团唯一的女人。

有一次,比利与我们肩并肩骑,他冲着菲里普喊:"菲尔,让我带你老婆!"菲里普回敬:"不,我行!"我也回敬:"不,我行!"我们把比利活活气走了。其实我们都不行了,不过是在夸海口、说大话,乌龟垫床脚——硬撑。我不上比利的车,为了保全菲里普的面子。男人的面子可是比天还重要。

横搓板路

莎拉忙着处理伤员，机械师米奇忙着修车。米奇一次次趴在沙路上，顶着毒辣的太阳，修理倒霉的摩托车，秃脑袋晒得快着了火。可怜的米奇！

总体上说，我和菲里普是幸运的，车况一直良好，骑行中打了几个趔趄，但灰灰挺住了，没请我们吃跟头，驮着我们继续跑。我们有些小问题，菲里普的眼镜架断了，换上了备用眼镜，如果再坏掉，他就得当盲人，摸着沙子过沙漠。我的胃翻身了，吐得翻江倒海，早餐就此报销，可惜了一肚子的香肠、火腿、面包。另外，我的小佳能相机进了沙，可怜的镜头盖，关不上也打不开，活活卡在半路，拍出来的人，有头有脚没肚子。小佳能上过阿尔卑斯山，跟我出生入死，是个雪山英雄，现在竟被搓板路祸害了。

现在你应该知道了，搓板路是怎样的一条路。

加油站的足球赛

"查理团"在搓板路颠沛了五个小时。

下午两点，我们到了Onward（向前）小镇，在这里加油，获得短暂的喘息机会。所有人狼狈不堪，一身臭汗，一身尘土，长时间的紧绷，手脚都抖个不停。

加油站供应午餐，我吃了一个汉堡、两条热狗、一盘沙拉、两片甜饼、一杯橙汁，还有一只白煮蛋，吃早餐时偷拿的。我差点儿被自己的好胃口吓死。我们大吃大喝，米奇和查理却在补车胎，好几辆摩托车爆胎了。

加油站边上，是个小车站，石阶上坐了一排小孩，他们衣着鲜艳，背着书包，看样子刚刚放学，眼睛全盯着摩托车。我走了过去，问他们说不说英语，他们害羞地低下头，一个女孩开口，用英语说:"不说英语。"其他小孩吃吃地笑。我指着摩托车问:"这个怎么说?"一个男孩答:"Car!"另一个男孩答:"Motorcycle!"他们明明会说英文,比我说得还好听。

我带孩子们看摩托车,请他们轮流骑上去。他们争先恐后,笑得像小疯子一样。

足球赛

几个小男孩扔了书包,在沙地上踢足球、铲球、颠球、盘带,弄得尘土飞扬。有一次,皮球滚到了我脚下,我飞起一脚,却踢了空,一屁股坐到沙土上,男孩们狂笑不已。我再起一脚,踢进了男孩的阵营。男孩们有意无意,一次次把球传向我们,引诱我们一起玩。于是,我们组建了球队,男孩一个队,我、马库思、菲里普、丹一个队,踢起了"世界杯"。小孩子奔跑积极,一次次射门,愈战愈勇,老骨头们上气不接下气,根本拿不到球。我们问孩子们,是不是每天踢球,他们说是,每天都在这里踢,这里是最好的场地。

我们要离开了,孩子们依依不舍,还想和我们踢球。我跑进了便利店,买了一大堆糖果,分给踢球的男孩,也分给看球的女孩。孩子们吃着糖果,高兴得手舞足蹈,五音不全地唱起了《生命之杯》:"Ale, ale, ale, go! go!"①我们离开时,男孩们又开始打比赛,你追我赶,皮球到处乱滚。我会记住这些孩子,以后看世界杯,我要为南非队加油,其中也许就有今天的孩子,谁知道呢。

第一个跟头

离开 Onward 小镇,我们又上了搓板路,像可怜的蚂蚱,重新蹦跶起来。我咬紧牙关,捂住了胃,不许午餐跑出来。

两小时后,"查理团"到了一个岔路口,查理停了下来,大家围成了一圈。

比利说,从这里到宾馆两条路,一条"Soft Way",沿搓板路继续向前,一小时就到;另一条"Hard Way",走山路,三小时才到宾馆。

"想早点儿喝啤酒的,跟我走'Soft Way';不怕吃苦的,跟查理走'Hard Way'。"比利说。

快嘴史坦芬问:"比利,你怎么总让查理走 Hard Way,自己走 Soft Way?"

比利耸着肩膀说:"因为查理年轻,比利老了。"

大家问比利多老了,比利伸出三个手指:"三十。"

查理说:"见你的鬼,看看你的白胡子,你至少一千岁了。"

大部分骑手选"Hard Way",少数人选"Soft Way",这些人急着想喝"冰啤"。

菲里普再次封我为 BOSS,请我选择路线。我的想法是,只要离开见鬼的搓板路,我哪儿都去,刀山火海也去。于是,我指向了山路,蹦出一句话:"Hard Way!"

①《生命之杯》,1998 年世界杯足球赛主题曲。

比利看着我问："Are you sure(你确定)？"

我坚定地说："Hard Way！"

比利挠着脑袋，困惑地说："林怎么回事，像个不怕死的英雄。"

其实我选 Hard Way 不是勇敢，更不想当英雄。我选 Hard Way，恰恰因为懦弱，我怕搓板路，怕得要死。脚一蹬、腿一提，我上了摩托车，对比利说，再见了，祝你们搓板路上快乐。我很想说，祝你们搓板路上摔跟头，不是我恶毒，是他们活该，他们爱走搓板路。

两队人马分开，我们这队离开了搓板路，骑进了小路。

在这条路上，我们看到了卡拉哈里沙漠的主角——平顶山。蓝天充当了平顶山的背景，平顶山如同放进天空的雕塑，姿态优美，轮廓鲜明。

开普敦有座平顶山，人们称之为桌山，它大名鼎鼎、被人仰慕，皆因物以稀为贵。但在这个地方，平顶山多如牛毛，是平头百姓而已。

这里的平顶山，脑袋也是平平，有的连在一起，形成锯齿；有的茕茕孑立，像孤独的行者。远看时，平顶山粗糙而简单，不过是一座座石头，但走近了，就看到了细节，它们有斑斓的岩壁，石缝里有小花，石坡上有仙人树、荆棘，麋鹿和羚羊在石岗上行走。

平顶山的日子，不像我们想的那么单调，它们有自己的装饰品，有自己的人际关系，有自己的艺术。它们繁衍着生命，展示着贫瘠中的富足，孤独中的乐趣，朴素中的浪漫，宁静中的勃勃生机。

还有一件很重要的事，我必须告诉你：平顶山的世界也有搓板路！开始的时候，脚下是蜿蜒的山路，铺着细沙，散落着小石子，平坦好走，摩托车像在逛公园。灰灰奔跑起来，它早就憋坏

山路蜿蜒

了，早就想潇洒一番了。我哼起了"Ale, ale, ale"，宣泄胜利大逃亡的快感。骑手更是松懈得不像话，嘴里呜呜叫，站起来抖动屁股，像一只洗了泥土澡、舒展羽毛、咯咯乱叫的老母鸡。菲里普还在骑行中突然弯身，摘一把小野花给我，我拉开了面罩，高调地亲吻着野花，拍他肚子，意思是我爱他。我们情意绵绵的样子，简直像初恋的情人。这种轻松浪漫的心情，可用孟郊的诗形容：昔日龌龊不足夸，今朝放荡思无涯。春风得意马蹄疾，一日看尽长安花。

然而，"春风得意"的时间极为短暂。没有任何预兆，灰灰歪了一下脑袋，"咣当"一下倒下了。我被甩出了摩托车，甩进一丛荆棘中，可怜的无水分的荆棘，发出"噼啪"的断裂声，碎尸万段，临终前在我手腕上留了几根刺。菲里普摔在沙土上，扶着老腰站不起来。灰灰四脚朝天，不那么英俊了。灰灰是"查理团"最英俊的坐骑，我一直这么认为。

我们缓过了劲儿，寻找祸害我们的凶手，不是别人，正是亲爱的搓板路，我们没能看到它，因为它被沙土盖住了，真相被谎言掩盖了。我们面面相觑，我们以为远离了搓板路，可它出现了，就在脚下。

前方传来了引擎声，我们的领队查理回头了。查理骑到我们面前，问我们好不好，菲里普张口结舌，他不会撒谎但很想撒谎。我连忙说很好，我们休息呢。查理满脸狐疑，我们的样子不像很好，但他没有再问。查理说，下面的路难走，沙土下埋着搓板、石头、坑洞，三个队员翻车了，你们更困难，回大路吧，让比利来接。说着，查理要给比利打电话。

"不，不，查理，我们行！"菲里普表态。

我也说"NO"。回大路也是搓板路，有什么两样呢。再说，让比利来接，半途而废，人家会笑死我们，菲里普的脸往哪搁啊！

查理没再坚持，说了声"小心"，奔驰而去，他是领队，他得到前面领路。

现在，菲里普心情好极了，听到有人摔了跟头，他差点儿笑破了肚皮，不再为自己的失误羞愧。我情绪也稳定了，这个跟头摔得突然，但摔在荆棘上，我没什么损伤。

接下来的路，正像查理所说，沙土中埋着石头、暗坑、搓板，体现了"Hard Way"概念，我们又像回到了噩梦中，骑得跌跌撞撞，菲里普不敢东张西望，不敢采摘野花了，骑得专心致志。其实，菲里普是个好骑手，他十岁会骑摩托车，十二岁会组装车辆，是自学成才的机械师，有足够的越野经验，骑越了比利牛斯山、阿尔卑斯山，刚才那个跟头，纯属意外。

当然，哪怕是他的错，我也不会埋怨，这是我对自己的要求。上了摩托车，我们就是一根绳上的蚂蚱，埋怨或吵架，没一点儿好处，只会让骑手紧张、沮丧，换来另一个跟头。生活中我也不抱怨，抱怨于事无补，反成怨妇。我会直截了当，摔杯子摔花瓶，岂不乐哉。当然也不是真摔，吓吓那个人而已，效果绝对比抱怨好。

土著部落

我们骑进一个山湾，突然看到了人，还有篝火、茅草棚。茅草棚共有六个，半圆形，被太阳晒得发黑，歪歪斜斜，开着小门洞。

看来，这是个土著人的部落。

我拍拍菲里普的肩膀，请他停下摩托车。我说，这里有人，我想去讨点儿水。菲里普不作声，我又加了一句，水喝完了，我快渴死了。菲里普点点头，叮嘱我快去快回，别离开他的视线。

我跳下车，握着喝空的饮料瓶，踩着厚厚的沙土，深一脚浅一脚走向了部落。

部落的空地上，约莫有十二三人，男人光膀子、包兽皮，女人穿筒裙，孩子们赤身裸体。篝火上烤着东西，烤成了金黄色，小尾巴卷卷的，应该是鼠类。一个女人在削木薯，她抬头看我，目光好奇，我头戴钢盔，样子是有些滑稽。小孩子围了过来，他们的眼睛很亮，黑白分明，像围棋子一样。

我晃晃空瓶子，做了喝水的动作，那女人懂了，指指身边的木盆，盆里泡着带皮毛的东西，咕咕地冒着泡泡。我连忙移开了目光。我看了环境，想发现水源，一条沟，一条水管子，一块滴水的石头，但什么也没有。离我最近的茅草棚，我只要走十来步，就能走到里面看个究竟，我很想过去，但我没敢抬腿，那儿站着几个男人。沙土上堆着木薯，中间混着几个刺角瓜，我指指刺角瓜，那女人递给我一只，我给了她二十兰特。小孩们围住我，递上了老鼠肉，想交换兰特。我没要他们的老鼠肉，也没给钱，从口袋摸出糖果，公平合理地分给了他们。

我刚一转身，过来了一个男人，他看着我的头盔，做出乞讨的动作。我吓了一跳，连连摇头，头盔是不能给人的。这时跑来两个男孩，一个夺走我的水瓶，一个夺走我一只皮手套，像黑兔子似的跳走了。真没良心，我刚给过他们糖果呢，他们却抢劫我。我想追孩子，追回那只手套，但那男人拉住我头盔的带子，想把头盔拽下来。我们争夺时，引擎响了，摩托车过来了。那男人吓得掉头就跑，他肯定以为菲里普要撞死他。菲里普向我歪歪头，我爬上了车，灰灰飞奔起来。抢我东西的小孩，挥着小手向我告别，真让我哭笑不得。不由让我想到了几天前，山上抢我们花生的狒狒。人啊人，有时和动物一样，做同一件事。

跑了十几公里，我们出山了，骑到了大路上，导航仪告诉我们，离终点不远了。菲里普停车，从后备厢取出了两瓶佳得乐，一人一瓶。

我说："哦，你知道还有水呀。"菲里普说："我当然知道了。"我说："我知道你知道。"他说："这我也知道。"我嘻嘻一笑，拿出了刺角瓜。你一口、我一口，把刺角瓜吞进肚子。沙漠上熟透了的刺角瓜，很甜。

刺角瓜

黄昏，我们骑到了跳羚镇①，这里是我们今天的终点。

每家分到一个茅草棚，真没想到，今晚我们也会睡茅草棚。

我们的草棚高大、宽敞、扎实，配着空调、大床、衣橱、浴室、冰柜，冰柜里有啤酒和橙汁。喝着橙汁，我想起了山里的茅草棚，还有吃老鼠、抢我东西的人。我不恨他们了，只为他们的处境感到遗憾。扔掉骑行服，洗掉汗水、泥沙，换上好看的衣服，我像换了壳的甲虫，去小公园拍了一组照片，传给了妈妈。我告诉妈妈，我们正在非洲，坐着大巴旅行。我不敢提摩托车，不敢提搓板路，更不能提身上的酸痛。

———————————

① 跳羚镇，Springbok，也称斯普林博克镇，由北开普省负责管辖。

晚餐时,比利发表了演说,他说,明天我们去纳米比亚,请准备好过关的文件,再换一些兰特,纳米比亚通用兰特。明天的路是火山岩路,比今天更难走。

"见过火山岩路吗?"比利提问,大家都摇头,请他指教。

比利拉开了架势,似乎准备大讲火山岩路,没想到他话头一转,大声宣布:今天是彼特、玛克辛结婚四十周年纪念日,红宝石婚,为他们干杯吧!

"喝酒吧,酒钱由彼特付!"比利补充说。

大家立刻把火山岩路忘了,也把搓板路忘了,抢酒瓶、倒酒、干杯,发着酒疯,借红宝石婚的名义。彼特、玛克辛当众接吻、拥抱,说着情话,就像电影里演的那样。几杯酒下肚,菲里普变得踌躇满志,他对我说,亲爱的,我们红宝石婚时,也来非洲骑摩托车,也在沙漠上度蜜月,就像彼特和玛克辛,好不好?我掐指一算,我们的"红宝石婚"还要三十年,那时我们八十几岁了。因此,我没答应菲里普,也没反对他,活到那天再说吧。

休息一下

走进纳米比亚①

　　早上照镜子,发现自己成了变色龙,有了变色功能,淡淡的中国黄,变成了沙漠黄,掺入了咖啡红、猪肝红,太阳光一照,还有了铁锈红。"亲爱的,你终于晒黑了,好看!"菲里普表扬我的皮肤。菲里普变化不大,他是白人却从来不白,他就像很多美国白人,喜欢晒,晒成墨水最好。以黑为美是白种人的审美,与我们黄种人不同。我们称赞白里透红、白白净净、白里三分俏,美人得叫白富美,妖精也得姓白、白蛇、白狐、白骨精。菲里普这个白种人喜欢黑,我这个黄种人喜欢白,这件事无法调和,最后的结果是这两人结婚了。

　　早餐厅,大家狂扫食物,像一群扑向稻田的蝗虫。菲里普吃空了四只食盘的食物,还在往餐台挤。丹在我对面,他干掉六个三明治、六只鸡蛋,甜食不计其数,像个吃饭机器。我也不甘落

———————————
　　① 纳米比亚共和国,位于南部非洲西面,主体是卡拉哈里沙漠,非洲最干旱国家之一。

后,塞进胃里的粮食,总量能管三天。离开餐厅时,我还偷拿了两个鸡蛋。其实不算偷拿,丹吞下六个蛋,我吞下一个,我只是换个地方继续吃。

我们跑去小卖部,换了一把兰特,买了一堆水:纯净水、佳得乐、橙汁、可乐、雪碧……水太重要了。比利说,今天走火山岩路,光这名字就能把人渴死。

全体集合,大卫扯出了南非国旗,大家拉着国旗,喊"Cheese"合影,向南非告别。大家向大卫道谢,夸他细心聪明周到,史坦芬多说了一句,他说大卫虽不吃肉,但人好,很绅士、够朋友、有情调。大卫听了,眼睛一提、嘴巴一撇,吓得史坦芬抱住了脑袋。人好人坏,和吃不吃肉有什么关系呢? 驴唇不对马嘴,史坦芬找打。

今天的晨会,比利向查理学习,节约用字,演讲短得像放屁。比利说,今天出境、入境,很花时间,如果出境的人多,会泡上一天,我们得抢在别人前头。"时速二百码,走!"比利吼,催大家上"马"。

南非高速限速一百码,比利这是想把大家往监狱里送。查理领头,比利断后,十五辆摩托车,心急火燎地跑了起来。

去海关的路,是平整的水泥路,路边有葡萄园、玉米地、蔬菜地、鸵鸟园、火鸡园。正是上学时间,路边走着孩子,他们迎着摩托车高呼"Sweets",我们急着赶路,实在没时间派送糖果,向他们挥挥手,一溜烟跑了。

一个半小时后,我们到达了南非边境。边防站是一幢白色小楼,大理石台阶,木雕门窗,挂着怒放的三角梅。工作大厅冷气充足,六个服务窗口,边境人员排排坐,态度温和,动作灵敏,"啪啪"地敲着章,说一声"欢迎再来",出境手续完成。离开前,我召集了杰奎琳、玛克辛,一起跑了趟厕所。厕所有香水味,飘着舒曼的

离开南非

你好，纳比米亚

《梦幻曲》，马桶自动冲水。靠着雪白的瓷砖，听了一会儿音乐，我们真不想离开。南非边境站是赏心悦目、令人难忘的地方。

出境后骑几百米，到了纳米比亚边境。边境的铁网前，站着全副武装的边防军，他们身后飘扬着纳米比亚国旗。边境站是一幢灰色的土房，没有工作大厅，办证窗口对着露天走廊，过境人员在走廊上排队。我们到时，前面有二十几人，加上我们二十个人，走廊满了。

没过多久，三辆大巴"驾到"，下来百余人，挺胸腆肚的白人，队伍立即被拉长，像拉长的牛皮糖，蜿蜒有弹性地拉进了院子。院子一头是简易厕所，Man（男厕）和Woman（女厕）没有门，某种气味跑出来溜进人的鼻孔。院子另一头，两个年轻人在卖早点，鸡蛋、猪排、土豆、面包，生意不错，排队的人跑去买，边防军也去买，捧在手上边走边吃。太阳向头顶移动，气温迅速上升，排队的人冒汗了，队伍却极少动一动，就像冬眠的蛇。比利是英明的，幸亏我们早到。三小时后，全体办完手续，时间是下午一点。

南非和纳米比亚的差别，从海关就能看出来。

入关后，迎面立着标志牌，写着"WELCOME TO THE REPUB-LIC OF NAMIBIA（欢迎来到纳米比亚共和国）"，标志牌上画着国徽，国徽上有羚羊、沙漠、鱼鹰，鱼鹰手上不是鱼，是亮闪的钻石。挤在标志牌下，"查理团"二十个人，吼一声"我来了，纳米比亚"，拍了集体照。十五辆摩托车飞奔，引擎声轰鸣，沙尘飞扬，就这样进了纳米比亚。

火山岩路

走进纳米比亚，欢迎我们的，首先是搓板路，然后是火山岩路。纳米比亚搓板路和南非搓板路，长相完全一样，脾气也一样，就像孪生姐妹。在搓板路上颠了一气，像喝了麻辣味的开胃羹，把我们的精神提上来了。

搓板路光荣引退，革命任务交给了火山岩路，于是，火山岩路接管了我们。火山岩路，就像搓板路，根本不是什么路，主要成员是火山的碎片，碎片们堆积起来，你挨我、我挨你，堆出一个强硬的世界。从模样上评价，火山的碎片也算俊美，有的圆如满月，有的薄如羽毛，有的像镂空的球，有的像某种雕塑，每一块都有颜色，拼起来就是太阳色，赤橙黄绿青蓝紫，它们静静躺着，忽闪忽闪，像掉到地上的星星，也像掉到地上的泪珠，惹人心跳。联想到珠宝店，我忍不住猜想它们的真实身份，石英、水晶、玛瑙，还是金子呢？石头总带给人发财的梦想。

如果你来纳米比亚，一定要来看看火山岩，哪怕得不到金子，也能得到漂亮的石头。火山岩身世简单，它们来自地心，火山爆发时被喷出了地表，是一些火星和尘埃，冷却后覆盖在沙地上。来自地心的碎片，包含生命所有的元素：铁、铜、锌、钴、钼、锰、钒、锡、硅、硒、碘、氟、镍……有人说，火山岩其实是人的另一种生命形式。如果这个说法成立，女娲用泥沙造人也就顺理成章、毋庸置疑了。由此看来，人的起源是石头，最终又成为石头，人在石头中实现了开始、终结。以此解释物质不灭、长生不老、生命永恒，似乎符合某种逻辑，算是慰藉那些畏惧死亡的人吧。如果说眼前这些铺天盖地的火山碎片，保留了人类最早的灵魂，也不是不可能。那么，我们死后成灰，经一次次演变，从地表回地心，再从地心回地表，从此躺在某一片土地上，让摩托车或什么东西碾过，也不是没有可能。

火山岩

　　火山岩路是美的，珠光宝气、诱人做发财梦。但骑行是另一回事。骑行不能靠做梦实现，骑行永远不可能轻松愉快、得意忘形，尤其在火山岩路。我们与火山岩短兵相接，看上去文静的石头，立即有了杀气，与摩托车硬碰硬，阻挡、刺杀、使绊子，仿佛前世有仇，正好有了报仇机会。有一种火山岩，名叫"页岩"，薄薄的鳞片状，远看像闪光的银鱼，近看像轻薄的纸片，一挨到摩托车，却变得暴跳如雷，崩裂、飞溅，射向了人和车。如果没有头盔，我们会被"页岩"打成骷髅。总之，过火山岩路，像过斗牛场，也像过枪林弹雨的战场。但我们没有放弃，没有回头，也无法回头，火山岩路是必经之路，没有别的选择，只能硬着头皮拼。火山岩是石头，摩托车是钢铁，同样坚硬，同样顽固，同样不想认输，战斗也就难分胜负，吃苦的是人。

　　骑行几公里后，我的胃造反了，翻了个底朝天，早餐献给了火山岩。头脑里充满了声音：脑浆晃动的声音、血液沸腾的声音、神经错位的声音、五脏六腑推推搡搡的声音……还有灵魂叩头求饶的声音,可怜的灵魂,寄居在可怜的肉体,没有改弦更张的机会。胆区也开始疼痛,我的胆囊里有三枚石头,资深胆石,忠心耿耿,跟了我二十多年。胆区的疼痛扩张到后背,仿佛有只狠心肠蜘蛛抽拉着神经、血管。疼痛让我恐惧,怕疼死在路上。但我脑子清醒,知道不能倒在火山岩上,我不能等死,我得想办法。我把身子缩紧,缩得像一团毛线,希望缩小疼痛,但疼痛继续扩散。我弓起背来,像一只神经高度紧张的老猫,死死抵住了后备厢,想减轻震动,但毫无效果。于是我直立起,踩住摩托车踏板,扶住骑手的肩膀,眼观前方,像个御驾亲征的皇帝。这一招很灵,身体舒展后,震颤减掉一半,胆区舒服多了。我坚持站着,站得肌肉发麻,不到半小时,胆区的疼痛突然消失,就像堵塞的下水道,突然畅通了。我暗自狂喜,胆石掉了?火山岩帮我实现了"体外碎石"?这时,脚趾尖抽筋了,疼得我勾起身子,敲骑手的头盔,他吓了一大跳,以为火山岩打中了他。下车后,菲里普脱掉我的靴子,帮我拉脚筋,拉了几十下,好了。

火山岩上,队友们也在埋头苦干,一个个狼狈不堪。队形早就没了,大家自由散漫,有人骑成了W形,有人骑成了S形。事故频频发生,摩托车冒烟,摩托车爆胎,有人丢了摄像头,有人掉了脚蹬,有人靴子断成了两截,有人被石头绊倒,摔得鼻青脸肿。还有人换错了挡位,摩托车突然熄火,人和车四脚朝天。这人是澳大利亚人约翰。约翰扑倒在火山岩上,一时没了动静,像死了一样。我们下了车,呼天抢地奔向了约翰,搬开摩托车,发现约翰在喘气,眼睛也睁着,大家不许他起来,把他摁在石头上,七嘴八舌,向约翰提问,你是谁、从哪来、要到哪里去、今天是几号……这是执行医生莎拉的指示,进行沙漠救援,只是场面有些乱。约翰缓过了气,变得怒气冲冲,他推开了众人,自己爬起来,瘸着腿,捡起一块大石头,举过了头顶,凶恶地瞪着大家,大家连连后退,石头砸在了摩托车上。"F……"约翰爆着粗口,恼羞成怒,因为丢了面子。男人的面子,真的丢不起。约翰砸车,正好被米奇看到,米奇哇哇大叫,威胁要让约翰赔车钱,没商量余地!可不能怪米奇狠心,从"查理团"上了火山岩,他一直在修车,石滩上六十几度,米奇整个人快被烤熟了。

约翰事件后,伊朗人肖恩也摔了,他的后备厢是新的,现在又砸出几个洞,米奇气歪了鼻子,也嚷着要他赔。最不幸的人,是德国人史坦芬,他骑着骑着倒地,中暑了。肖恩把史坦芬拖到莎拉的车上,他们俩是好朋友。史坦芬被禁止骑车,成了救护车的驾驶员,他的摩托车由莎拉骑。可怜的史坦芬,肯定被队友们笑死了。对莎拉来说,获得骑摩托车的机会,是个惊喜。

杰奎琳和玛克辛早被火山岩路吓疯了,跳上了救护车,和史坦芬做伴去了。于是,我又成了摩托车上唯一的女人。当然,这事没人关心了,大伙儿忘了我的性别,仿佛我出现在摩托车上,跟着男人发疯,是再平常不过的事。

火山岩路杀气腾腾,我和菲里普运气却不错,没在火山岩上翻跟头。不过,后来发生了一件事,差点儿让我们陷入困境。

事情是这样的。有一次,我们停车补水,打开后备厢,惊得目瞪口呆,箱子在漏水,饮料瓶漂浮着,像浮在水面的船,双肩包、毛巾、点心,全在水里洗澡,散发着混合的酸臭味,就像打翻了泔水桶。我们的饮料瓶,布满了针眼、磨痕、裂缝,仿佛遭受了酷刑。菲里普瞪着眼说,他骑了几十年摩托车,从没发生这样的事,居然把饮料瓶给骑破了！我看着他发呆，想得更远一些，我们没有水了，还有一半路要走，走在六十度的火山岩，我们会晒死、渴死，变成一对石头。

这时，查理骑过来了，他回来数人头，数到了我们这里，发现了这件悲惨的事。查理看了看瓶子，很有把握地说，饮料瓶破裂，是因为摩擦和撞击，骑这种路，得把瓶子捆在一起。"最好是用水袋！"查理说。菲里普说，以后再来非洲骑车，我们一定用水袋，一人一只，最大型号那种。我说，见鬼，去你的吧，什么以后，这个鬼地方，打死我也不来了。

听了我的话，查理哈哈大笑，好像我说了什么天大的笑话。查理摘下自己的水袋，吸管递给我们，请我们喝水，还送了我们四瓶佳得乐。他的"凯旋"摩托车，绑着三只箱子，装满了应急物资，饮料、汽油瓶、急救包、修车工具、灭火器、长绳、短刀……还有水上救生衣，沙漠上会溺水吗？我还巴不得溺水呢！

当然，我佩服查理，他是摩托疯子，是经验丰富的冒险家，是好领队。我喜欢查理、比利这类男人，他们善良、勇敢、有抱负，还有些天真烂漫。当然，比利和查理也有差别，比利开朗，爱找人倾诉，这样的人容易摆脱困境，就像一个广口瓶，东西倒进去容易，取出来也容易。查理不同，查理是窄口瓶，肚里东西不少，不轻易流露，遇事自己解决。这样的人，有隐形危机，容易走极端，容易受伤。比利和查理，比利更好相处，易做朋友，但查理更值得信任。我喜欢比利，但更欣赏查理，虽然不会与他深交，因为我也是这类人。同类型的人，互相欣赏，但难以交融，所谓同性相斥，"个性"的性。

Ai Ais公园和女骑手

苦行五小时，到了"鱼河大峡谷"①南端。

这里有个小公园，名叫"Ai Ais"，外围是火山岩，里面却是花草园，生长着沙柳、棕榈、玫瑰、三角梅、仙人掌。荒荒的火山岩，竟蹦出个公园，而且披红戴绿，我的心情就像《桃花源记》中的捕鱼人，忽逢桃花林啊！大伙儿冲进公园，挤进了小餐馆，同时脱掉行装，骑行服、头盔、手套、靴子、袜子，臭东西扔了一地，臭脚丫朝天，死鱼烂虾味弥漫。比利端来冰水、薯条、三明治，每人一份，救了我们的命。

比利问大家，火山岩怎么样。有人答，够劲；有人答，够呛；有人答，够刺激。

"林，你觉得呢？"比利专门采访我。

"Hard hard hard……"我不说"way"，故意口吃，急得队友们一起说："Lin, Hard Way!"

比利称赞我，说我是查理团的"Hard way"英雄。他接着说，这个"Ai Ais"公园，温泉天下有名，"Ai Ais"的意思是"燃烧的水"，附近有好几口泉，平均水温六十度，大家可去看一看、泡一泡，机会难得。

"有钱人都开飞机来泡呢！"比利粗声粗气地说。

"No, thank you！"大家回敬比利。

大家都认为比利疯了，我们刚从六十度的火山岩过来，再去泡六十度的"燃烧的水"？ 大家喝着冰水，啃着三明治，斜着眼看

---

① 鱼河大峡谷，Fish River Canyon，世界第二大峡谷，长一百六十公里、平均宽度一百米、平均深度五百五十米。

比利,没人想看温泉,如果有冰川欣赏,事情也许不一样。

喝了冰水,吞下三明治,我感觉好多了,对比利动了恻隐之心,总得有人给导游面子。于是,我把菲里普拽起来——他像死猪一样不肯动弹——拖着他离开餐厅,去太阳下找温泉。烈日下走了一公里,走得眼睛翻白,终于看到一口泉,五六平方米大,围着铁栅栏、鹅卵石,看上去清凉可人,但水温计显示七十八摄氏度。我没看错,七十八摄氏度!我的老天爷,比利不是说六十度吗!伸出的手缩了回来。

我们又找到两口泉,都围着铁栅栏,挂着铁牌子,郑重其事的样子,里面却没一滴水,像哭干的眼睛。一只老狒狒,坐在没水的池边,挠着皮肤,它浑身都在溃烂,挺可怜的,我手上还有薯条,全部送给了它。大汗淋淋回到餐厅,队友们问,温泉怎么样。我们报告,只看到一口泉,水温七十八度,可以煮蛋、烫猪毛。队友们一听,愤怒地朝比利吼:"比利!"比利耸了耸肩,一副概不负责的表情。

短暂的休息结束了,又要出发了,继续鏖战火山岩。我们刚走到停车场,突然听到引擎声,一辆红色HONDA(本田)奔驰而来,"嘎吱"一下停在我们面前。骑手摘下头盔,露出一头红发,是个绿眼睛美女。女骑手向我们挥手,大声说"嗨,伙计们",发出一阵大笑。

查理、比利走过去,与女骑手热烈拥抱,比利在她脸上"叭叭"地啄了好几下。我们傻眼了。比利对我们说,她叫斯蒂芬,威尔士人,和查理一样,也是摩托车冒险家,正在非洲骑行,她会和我们一起骑两天……显而易见,斯蒂芬的出现不是偶然,是比利和查理的精心策划,在这个时间,在这个地点,给大家上个节目。男

我和斯蒂芬　　　　　　　　　　　　　　威尔士女骑手斯蒂芬

人们像炸了窝的马蜂，把斯蒂芬团团围住。通过他们的叫喊声，我弄清了一件事，他们都知道斯蒂芬，连菲里普也知道，从摩托车杂志上，从她的脸书上，从电视新闻上，或许就我不知道——我不是摩托疯子，不关心这类东西，更不追这类明星。其他星也不追，比起追星，我更喜欢养鸡。男人们围着斯蒂芬，表达倾慕之心以及相见恨晚之情。

　　斯蒂芬的 HONDA，被大家好好敬仰了一番。她的摩托车功率小，体形也娇小，在人高马大的宝马山地车面前，像只红色的小蜻蜓，但它负重不小，挂着两只箱子、三只帆布包、两台相机、一台摄像机、一只动物骷髅。挡风板写满了字，是五六十个国家的名称，表示骑手骑过的地方。看来，斯蒂芬是除查理以外，又一个超级摩托疯子，或者说奇人。我说过，旅游就是遇见奇人奇事的过程。

鱼河大峡谷

"查理团"出发了,加上斯蒂芬,现在有十六辆摩托车。我们沿着"鱼河大峡谷"北上,目标是大峡谷的顶峰。越往北走,地势越上升,出现了崇山峻岭,我们在山道上奔跑,过火山岩路,过搓板路,过盘山路,过发夹弯,过"V字坡"……路况很坏,简直坏透了,但骑手们跑得飞快,脚不沾地,像插上了翅膀,居然没人摔跟头!原因简单,因为斯蒂芬。斯蒂芬的出现,给男人们打了强心针,得了很多灵感,他们崇拜她,不想输给她,要在她面前表现一番。菲里普也一样,他不再骑慢车,速度加上去再加上去,加到一百码以上,逼着灰灰狂奔乱跳,吓得我收起小相机,勒紧骑手的腰带,纸一样贴在他身上。斯蒂芬呢?她被男人们甩得远远的,早不见了踪影。

太阳偏西,我们骑到了"鱼河大峡谷"的顶峰。跳下摩托车,

鱼河大峡谷

我过去看大峡谷，兴冲冲走到边缘，还没站定，脚下的石子"噗噗"往下掉，我的魂魄也"噗噗"往下掉，再也不敢乱动了。一百米宽的裂缝，五百米的深沟，中间是垂直的石壁，石壁上蹲着怪石。峡谷底部，有一条纤细的东西，像一条纤细的鱼，闪动银光，微微摆动，这就是鱼河。

导游比利做了讲解。这个山脉叫德拉肯斯堡，横跨南非、纳比米亚。六亿年前，这里火山频发，形成了巨大的火山岩，天长日久，山水冲出了峡谷，形状像鱼，称"鱼河大峡谷"，是世界上第二大裂缝，第一名是美国的科罗拉多峡谷……

这时，女骑手斯蒂芬追上来了，男人们抛开了比利，再次把女骑手围了起来。大卫变戏法儿一样，扯出一面纳米比亚国旗，大家与国旗合影，与大峡谷合影，与斯蒂芬合影，今天的骑行就此落下帷幕。

大峡谷野生园

我们入住的地方，叫大峡谷野生园。

野生园背面是"鱼河大峡谷"，另三面是沙漠，园子周围，有一圈高大的岩壁，夕阳落在岩壁脸部，火红色，像是喝高了的脸。野生

大峡谷野生园

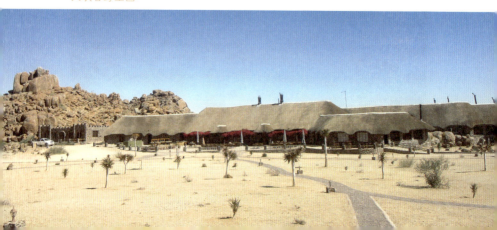

园里面是沙土，长着一些箭袋树，园子的边缘，有一排山洞形状的草棚，这就是我们的家。野生园，体现了野生、野性、野蛮的概念。

送行李

领到自己的棚子，大家站在门口等行李。几分钟后，比利驾着骡车来了，车上堆满了行李。我和玛克辛上了骡车，帮比利发行李，顺便蹭坐骡车。坐骡车比坐摩托车舒服多了，也有趣得多，可以拉驴子耳朵，看它拉屎。拿到行李后，所有人消失了，从棚子里传出了水声、歌声、笑声，仿佛进了天堂。

天色变暗，还没接到晚餐通知，我们肚子顶不住了，"咕咕"直叫。我摸出两碗泡面，开水泡软，夫妻俩坐在露台，响亮地吸着泡面，流着清鼻涕。保罗、肖恩、史坦芬经过，他们嘲笑我们，指责我们吃垃圾食品。"林，扔掉泡面，跟我去餐厅，我请你吃水果色拉。"史坦芬嚷道。"走吧走吧，吃水果色拉！"保罗和肖恩也鼓动我们。我抱着美味的泡面，头摇得跟拨浪鼓一样，宁可杀头也不会叛变。保罗他们去吃水果色拉了，我们吃着泡面，赞美着泡面，那一刻泡面绝对配得上赞美诗。吃完泡面，我拿出了口琴，呜呜地吹起来。我有一把ECHO口琴。菲里普掏出了烟袋，走到沙土上抽烟斗。天已经黑透，野生园的坐地灯亮了，像一片离家出走的星星。

澳大利亚人杰顿走过来，他是我们的邻居。两个男人站在一起，抽烟、说话。杰顿说，他现在的爸爸不是亲生的，这事是他去年偶然发现，从此开始打听亲爸爸的下落，听说他在赞比亚，他发

作者与杰顿

誓要找到他。

"找到了,他会认你吗?"菲里普问。

"应该会⋯⋯"杰顿说,仰起了脸,吐着烟圈,吐得很用力,像要吐到星星上去。

杰顿个子两米,身材匀称,五官极为端正,个性不张扬,甚至有些害羞,一脸络腮胡,看上去显老,其实他才二十八岁,"查理团"最年轻的骑手。

菲里普说起了爱情史,他和我怎么网恋,怎么相见,怎么走到一起,一晃快十年了。杰顿仔细听,听得津津有味,我也听得津津有味。我和菲里普的故事,菲里普逢人就说,他说不厌,我也听不厌,就仿佛是听别人的故事,听一次感动一次。杰顿转脸看我,笑着说:"林,怎么不吹了,吹一个,我想听。"

我想了想,吹了《剪羊毛》,澳大利亚民歌。我吹时,杰顿停止抽烟,注视着我,似乎很喜欢这支歌:

> 河那边的草原白色皎皎
> 好像是那白云从天飘
> 你看那周围的白雪像冬天
> 这是我们剪羊毛、剪羊毛
> ⋯⋯ ⋯⋯

关键词：
红色沙漠、队友的故事、
我们的故事、山羊庄

中毒事件

今天在早餐厅，我们听到一个新闻：昨天晚上，肖恩、史坦芬、保罗食物中毒，因为水果色拉不新鲜。三个可怜虫，上吐下泻，在马桶边苦干了一夜。据此三人说，昨晚的经历比过火山岩还可怕。今天三人出现时，脸色苍白，目光无神，走路腿发软，还捧着肚子。于是，餐厅的水果色拉被大家骂得狗血喷头。病人们被赶到救护车上，他们空出的摩托车，两辆上了米奇的拖车，一辆交给了莎拉，三个病人轮流开救护车。莎拉又有摩托车骑了，高兴得眉飞色舞。听了这个新闻，我和菲里普也是眉飞色舞，胃口更好了，不是幸灾乐祸，是为自己庆幸，昨晚没吃见鬼的色拉，否则也得在马桶上过夜，哈哈……再说一遍，不是幸灾乐祸，我是有同情心的女士。我安慰了三位病人，送他们一人一碗泡面，还赠送一只垃圾袋，权当他们的应急厕所，他们对我千恩万谢。

全体集合时，比利没出现，他是不是也吃了色拉？大家兴奋地猜想着。于是,查理代比利演讲。查理说,今天继续北上,挺进红色沙漠①,路况是沙土,相当炎热,请准备足够的饮料。演讲到此结束。查理果然是节约用字标兵。

我们去了小卖部,背回一大堆饮料,牢记昨天的教训,先用绳子五花大绑,再用毛巾裹实、包紧,饮料瓶老老实实、动弹不得,就像被制服的嫌疑犯。

出发前,比利出现了,精神饱满,不像拉肚子,他身边是斯蒂芬。斯蒂芬全副武装,头盔蒙住了脸,只看到一双绿色的眼睛。她向我们打了招呼,跨上小轻骑,率先冲出了停车场,扔下一屁股尘埃。男人们如梦方醒,赶紧上车,发动引擎,轰轰烈烈追了上去。功率强大的山地车,追上了小巧玲珑的轻骑,男人们得意扬扬,向斯蒂芬打"V"手势,毫不绅士地超越她。斯蒂芬又被抛到了最后,只有比利陪着她。比利一直陪着斯蒂芬,仿佛是她的私人导游。他对自己的行为毫不羞愧,他说他是断后的,就得断在最后,不可有超前意识。

红色沙漠

离开大峡谷区域,我们又上了火山岩,可恶可憎可怕的火山岩啊,罄竹难书,我就不再控诉,具体情节可参见昨天的文字。折腾了两小时,火山岩路终于退出,渐行渐远,像一页翻过去的书。

我们看到了红色沙漠。红色沙漠,其基调是酒红色,渗入了大红、胭脂红、柠檬红,像一杯高手调制的鸡尾酒。风吹皱了沙面,沙面鳞次栉比,线条细腻曲折,如同波光粼粼的大海。沙漠与大海一样浩瀚、深沉,一样唯我独尊,一样有重重机密;不同的是,

---

① 红色沙漠,指卡拉哈里沙漠碱性土壤,有机物含量低,呈红色,极为干燥。

挺进红色沙漠

一个干燥、一个湿润,一个滚烫、一个冰冷,一个色如火焰、一个蓝如天空,一个沉寂无声,像沉思中的思想者,一个惊涛骇浪,像狂欢中的舞者。海洋和沙漠,地球的永久居民,人只是过客罢了。红色沙漠上,出现了红色沙丘,形状像金字塔,比后者更为魁梧,光色也更为丰富。沙丘的阴面是铁锈红,半阴面是橙红;沙丘的阳面是大红,半阳面是酒红。沙丘的头部被阳光穿透,是淡淡的粉红,如同少女的肌肤。沙丘的边缘,被阳光镶上了金线,这使沙丘看上去像一袭镶了金线的袍子。

沙漠上出现了植物,最先看到的是密集的布须蔓草,依然是金色的草芒,与红沙、蓝天颇为协调,加个白色边框,就是一张沙漠明信片,盖上邮戳就可以寄了。随后,有沙漠荆棘、红牛奶树、水牛荆棘、银合欢树……它们赤身裸体,还没新叶,但长满了银刺,刺头指向四面八方,咄咄逼人,像上了刺刀的枪。

沙漠上出现了千岁兰[1],长得像君子兰,但命运截然不同。君子兰是千金小姐,而千岁兰是沙漠先生。它一出生,就面对无水的世界,兰叶被太阳烘烤,远远看去,像一堆烤焦了的八爪鱼,你肯定以为它死了。但如果你走近,翻开焦枯的兰叶,会看到躲在里面的绿叶,以及叶间的浆果。浆果紫红、透亮,像一串玛瑙珠子。是的,千岁兰不但活着,而且子孙满堂。千岁兰脚下有一条根,几十米长,曲里拐弯总能找到水源。千岁兰懂得用枯叶护住新叶和浆果,巧妙地避开了盛阳,迷惑了食草动物的眼睛。这就是千岁兰存活下来的原因,是它的一级机密。千岁兰的机密很少人知道,太阳也不知道,只有沙漠知道,现在我知道了。

我还认识了光棍草,导游比利把它指给了我。光棍草不是

---

[1] 千岁兰,Welwitschia,寿命可达两千年。

草，是一丛绿色枝条，从下往上长，如同倒长的柳枝，没有一片绿叶，光溜溜的样子，就像个光棍汉。光棍草是常绿草，活得从容不迫，被称为沙漠不死草，它活下来的秘密，是因为枝条空心、能蓄水，而且体液有剧毒，食草动物不敢靠近。

"光棍草一滴水，能让你变成盲人。"比利说。

比利还说，红色沙漠除了光棍草，还有九十九种毒蛇、二十八种毒蝎、十五种毒蜘蛛……

千岁兰能活下来，依靠了疑兵之计；光棍草、蛇虫们活下来，依靠炮制毒药。它们证明了一个道理：想活下去，光有尊严、正气是不够的，还得有智慧和计谋。

队友的故事

骑行几小时，路况有了变化，沙土增厚了，轮胎容易打滑，摩托车像骑在冰上。更糟糕的是，十六辆摩托车，三十二只车轮，扬起浓密的沙尘。尘埃让天色变模糊，能见度一下子下降。

查理和比利来回跑，要求大家放慢速度，互相拉开距离。但为时太晚，事故还是发生了。一声巨响，有摩托车撞到了一起，菲里普急速刹车，我们的头盔相撞，撞得我眼前金星乱跑，脑子嗡嗡响。撞车的是马库思和杰顿，他们人和人、车和车，叠罗汉一样叠在一起。大家跑去帮忙，把他们人车分开。马库思和杰顿瘸着腿，跳到了一起，拥抱、拍肩、问候，这一对亲密的难友，没有互相埋怨。他们对我们说，他们没事，一点儿也不疼。不疼干吗要跳呢，不敢承认而已，翻跟头是丢人的事。人没大事，摩托车却有事，一辆歪了车把，一辆爆了后胎，米奇有活儿干了。可怜的米奇，趴在沙地上，吃苦耐劳，进行着高温作业。

崎岖的路

继续骑行，不到十分钟，大卫也出事了。因为视线太差，大卫冲出了路基，划出长长一道轨迹，车倒在沙土上，人栽进了一个坑，坑里居然有水！大卫被拉出了水坑，身子湿漉漉，沾满湿泥沙，像做坏了的沙雕。大卫一脸羞愧，这是他第二次摔跟头，第一次摔在臭水沟。大家破口大骂，当然是骂水坑，帮大卫解气。比利和查理分析，这附近可能在修路，水坑是工程队挖的，是用在工程上的。于是，大家痛骂修路队，骂他们挖坑害人，路却没修好。医生莎拉为大卫体检，大卫闪了腰，软组织挫伤，但问题不大。摩托车需要修理，米奇一言不发，再次蹲在烈日下修车，摩托车可怜，米奇更可怜。

接下去的骑行，骑手们格外小心，谁都不想翻跟头，不为自己着想，也得为米奇着想。但是，越怕什么就越来什么。前方出现了"V字坡"，查理第一个过，他过去后，马上停了车，向后来的摩托车挥手，喊"Stop"，但澳大利亚人安德烈已冲下去，不偏不倚，撞到一块石头，摩托车摔出三米远，安德烈滚出十几米，似皮球一样滚。安德烈号叫着，像被捅了好几刀。

全体成员停在了坡底，跑过去抢救安德烈，听见安德号叫："我的腿……"

今天医生莎拉骑车，她快速来到了安德烈身边。安德烈被扶到路边，表情痛苦，但停止了号叫，用恶毒的语言，咒骂着拦路石。大家放心了，安德烈能骂人，嗓音也不低，肯定死不了。他的鼻子肿了，本来就是酒糟鼻，比别人大一号，现在又大了一号。他一条小腿也肿了，伤口在流血，血水滴进了赤红色的沙土中。莎拉对查理说，安德烈的小腿可能裂了，不能骑车，得上救护车，上夹板。安德烈急了，说自己还能骑，摇摇摆摆站起来，又号叫一声跌在地上。澳大利亚人围住了安德烈，一起安慰他，帮着他骂石头，恨不得咬石头几口。

米奇的行李车上来了，看了安德烈的车，米奇也破口大骂，但听不出是骂谁。米奇说，这车他修不了，必须送修理店。"澳帮"们喊着号子，把摩托车弄上了拖车，它有二百七十二公斤。接着，"澳帮"们喊着号子，把安德烈弄上了救护车，他九十一公斤。几个澳大利亚人，显得团结友爱，其实在骑行时，他们互不服气，互相打压，恨不得把对方灭了，谁都想当骑行冠军。查理和比利再次推测，附近一定在修路，工程队在这里放石头，可能要造桥了。这样骑下去，估计会有新的事故。于是，查理下了命令：摩托车之间拉开五百米，谁都不许超车。"谁超车踢谁屁股！"查理说了狠话。

比利鼓励大家："加油吧，再骑五小时就能吃饭喝酒了！"

"五小时！"大家怒吼起来，"我们已经骑了五小时！"

"查理团"拉开了距离，骑手们跑远了，能见度好转，没有再发生事故。

我们的故事

黄昏了，终点越来越近，今天的骑行快结束了。

我们深感庆幸，没像大卫那样倒霉，也没发生安德烈那样的惨剧。导航仪显示，离终点只有三公里了，我们想欢呼了，今天熬出头了！但是，就在这时，"啪"，皮球爆炸的声音，灰灰跳了一下，菲里普骂了一声，摩托车停住了。菲里普说："爆胎了！"这几天，队友们频繁爆胎，现在终于轮到我们了。我们站在路边等米奇。这一带光秃秃，没有布须蔓草，没有荆棘，人无处可躲，只能躲在头盔下，任太阳折磨，像一支点燃的蜡烛，汗如雨下。想到了千岁兰，人如果像千岁兰,脚下有一条长长的根,走路时盘起,需要时往下钻,找水找阴凉,那该有多好。或者像哈巴狗,有一条大尾巴,热了当扇子用。可是人什么也没有,脚下无根,身后无尾,还不如一只蛾子,蛾子还有一对翅膀呢!约莫等了十来分钟,米奇的行李车终于上来了。

　　米奇下车看了看灰灰,踢了灰灰一脚,然后搬来工具箱、千斤顶,把灰灰架起来,卸下了轮子,开始剥离轮胎,剥了几下没剥下来,米奇狂怒,又抬脚踢灰灰,嘴里骂骂咧咧。天气本来就热,加上怒火,米奇脸红脖子粗,就像我家的火鸡。

米奇忙着修车

　　菲里普赶紧出手,跪在地上帮忙。我给米奇递饮料,拍他的马屁,怕他把灰灰踢死。两个男人联手,总算把轮胎换好。这时,米奇才向我道歉,说对不起,不该当着女士说粗话。我安慰他:

"没事,我啥也没听懂。"我既感谢米奇,也理解米奇,换了我,也许想杀一个人解解气。

灰灰跑了起来,有了新轮胎,脚下生风,跑得青春气十足。导航仪把我们领进了羊肠小路,我们沿着小路跑,远远离开了国道。小路埋进了红色沙漠,周围是无边无际的酒红色,我突然有一个愿望:今晚要喝红酒!

没想到,小路的尽头,站着查理和比利,他们同时打手势,请我们停车。下车时,我的靴子一下子插进了沙土,吓我一跳。查理递上了甜瓜,他在沙土上发现的,他和比利吃了半只,还剩半只请我们吃。当然,查理等在这儿,不是只为了请我们吃瓜,他有重要的话要说。查理说,离终点还有一公里,你们看到了,前面没路了,只有沙,沙很厚,单人难骑,双人更难骑,为保证安全,你俩最好分开。

"林,你在这儿等米奇的车。"查理说。

"查理,没事的,我们能骑过去,轮胎是新的。"菲里普反驳了查理。

"这事让女人决定!"查理说,眼睛看着我。

"查理,我们一天没摔,不会在最后摔的,我信任菲里普。"我替菲里普争面子。

查理不吭气了,他是领队,但不是警察,不能捉住我,塞上米奇的车。但比利挡在了我们前头,一副吹胡子瞪眼的样子。

比利说:"林,我知道你们感情好,这事让比利很嫉妒,现在只分开一小会儿,不要像罗密欧朱丽叶那样,你不上米奇的车,就上比利的车,比利带你过去。"他又想将我从菲里普身边夺走。我宁愿上米奇的车,也不会上比利的车,这叫菲里普把脸往哪儿搁。

比利拦住了我们

我向比利摇头，戴好了头盔，上了摩托车，抱紧了菲里普，做出生死在一起的样子。比利、查理瞪着菲里普，仿佛我不听话是他的错。比利发动了引擎，对菲里普说，比利骑在前面，你看着比利车印子，别骑得太快，别把老比利撞死。"也别骑得太慢！"查理在后面吼。我有些内疚，他们只是想保护我们，而我们夫妻同心，牛一样顶翻了他们。

　　菲里普发动引擎，灰灰向前一跃，轮胎陷入了沙土，灰灰剧烈摇晃，仿佛突然遭遇了狂风。接下来，每一步都艰难，都像拼命，都有人仰马翻的可能。我吓得叫不出声，只能故伎重演，紧闭双目，关掉思想的开关，仿佛这样能保命。灰灰没有倒下，驮着我们奋力向前，我们一点点接近了终点。

　　……　……

　　一公里的沙滩，我们骑过来了，骑进了停车场。下车后，菲里普把我抱了起来。查理和比利走过来，与我击掌，夸我了不起，仿佛是我把摩托车骑过来的。

山羊庄

我们的终点叫山羊庄。

庄子里有十几间小木屋，还有假山、石雕、沙滩椅、游泳池、小公园。公园里有箭袋树、三角梅、玫瑰、石莲等，又是一个桃花源般的地方。但"山羊庄"里没山羊，倒有几只驯服了的猎豹和犀牛。没有山羊，为什么叫山羊庄呢？我很奇怪。

山羊庄的主人是一对年轻的姐弟，姐姐叫兰妮，弟弟叫吉，英国人后裔。

吉带我们看了猎豹、犀牛，兰妮带我们去了落脚的小木屋。小木屋面朝花园，背对红色沙漠，屋子陈旧、窄小，但家具齐全，有抽水马桶，也有热水。

我们脱掉衣服，一起站到莲蓬下，冲洗汗水、泥沙，冲洗鼻中带血的沙子。然后，我们把骑行服扔出门外，拖来一根水管，一顿狂冲。队友们也在忙，他们冲洗骑行服、头盔，把衬衣、内裤、鞋袜挂在篱笆上。篱笆的材料是荆棘，结结实实，长满了刺，正好用来挂东西。我们看到了斯蒂芬，她身穿比基尼，躺在游泳池边，侧着身

犀 牛

驯服了的猎豹

子,看着我们忙活,显出幸灾乐祸的神情,仿佛在看小丑表演。这个奇怪的女人,明明骑在我们后边,怎么比我们先到呢?

晚餐是兰妮的手艺,红烧角马、铁板羚羊、油炸豪猪肉,还有玉米饼、木薯糊、刺角瓜、牛荆棘果浆、番茄色拉。我第一次吃角马和豪猪,没吃出特别味道,炸过的肉,全都一个香味。

吃饭时,比利对今天的骑行进行了总结。比利慰问了伤员安德烈、大卫、马库思、杰顿,慰问了拉肚子的保罗、史坦芬、肖恩,被慰问的人,不那么自然,仿佛想钻到桌子底下。比利赞美了机械师米奇,称他是可歌可泣的修车英雄。但米奇没听到,他开车去了百里外的城镇,为安德烈修车,还要买轮胎,轮胎全用光了。最后,比利隆重地宣布,明天是休息日,明天不骑车,明天要给大家几个惊喜。什么惊喜,他卖关子不说。

餐厅里响起了欢呼声,接着是开啤酒、开红酒、碰酒杯的声音。我实现了路上的愿望,喝了一大杯红酒,它的颜色就像外面的红色沙漠。如果黄沙能酿出黄酒,红沙能酿出红酒来,那该有多好。喝了酒,我陷入遐想。

米雪儿来电

今天是休息日，我们不骑车。

早上刚进餐厅，接到了小女儿米雪儿的从美国打来的电话。她说，哈维飓风走了，洪水退了，她又去家里看了，客房进了水，工具间进了水，两辆车进了水，摩托车被淹了，小狗茉莉失踪了，鸭子、鹅活着，小鸡大鸡火鸡全死了。她刚到时，有只火鸡还有气，她想抱抱它，但不敢近身，它赤身裸体，身上全是火红蚁，全是蚂蚁咬的血洞，没多久，火鸡倒地死了，她用树叶把它埋了。米雪儿在那头哭，我在这头哭。我知道，小狗茉莉逃难去了，也许还会回家，它是聪明的孩子。其他小动物，生前一定在盼望我，相信我会救它们，它们对我的信任，就像孩子对妈妈。但我没有，我正在非洲做疯狂的事。

菲里普也是两眼含泪，抱着我的肩头。我知道菲里普对动物的感情，就像他知道：我们宁愿自己受苦，也不愿委屈小动物。但现在又能做什么呢?

查理问我们怎么了。菲里普叹息着说,林的小动物死了。查理拥抱了我,眼里满是怜悯。查理说,林,非常抱歉,回去后重新开始,你一定行。杰奎琳、玛克辛过来拥抱我,亲吻我的脸,就像我的亲姐姐。我们的好朋友,马库思、杰顿、大卫、丹、肖恩,也一个个过来拥抱我。

大卫说,他明年要去美国,考察北美野生动物,可能待半年,他会来看我们,给我带些小动物。"林,你想要鸵鸟吗?"大卫问我。我点头,我想要鸵鸟,鸵鸟个子高,像大卫一样高,能照顾自己,不会被洪水淹死。马库思说:"林,你要牛吗? 我回去后,给你寄只瑞士小母牛,长大后挤奶吃。"有人叫了起来,是肖恩,"马库思,你还得寄一只公牛!"肖恩说。大家"哄"地笑起来,我也被逗乐了,破涕而笑。

这时,少庄主吉走了过来,提着一桶鲜肉,他对我说,走,我们去喂豹子。我们跟着吉,走进了豹子饲养场,吉请我给豹子喂肉。队友们也想喂,但忍住了,没和我抢,知道我还在伤心,都讨好我。我的队友很善良,还有点儿孩子气。

斯蒂芬

今天是休息日,比利说要给我们惊喜。第一个惊喜,是斯蒂芬的演讲会。

上午十点,"查理团"在会议室集合。

今天,斯蒂芬穿上了休闲装,红头发披着,亭亭玉立,完全没了骑车时的野蛮样。斯蒂芬站在演讲台上,讲台上放着投影机。斯蒂芬的开场白挺直率,她说,她不管到哪里,有机会她就演讲,目的两个，一是让自己出名，一是赚演讲费，她需要钱。斯蒂芬开始了，一边播放图片，一边讲述故事。

2014年3月，就是四年前，斯蒂芬离开家人，离开威尔士，带着帐篷、炊具、衣服、工具，骑着红色小轻骑，开始了摩托车冒险，直到今天都没有回家。斯蒂芬先到了伦敦，认识了大名鼎鼎的查理、比利，他们送她一张亚洲地图。斯蒂芬骑越了阿尔卑斯山，去了亚洲，车轮碾过了越南、柬埔寨、伊朗、巴基斯坦、印度等国家，从喜马拉雅山骑到中国西藏，被西藏的美丽倾倒，她告诉所有人："西藏是摩托车手的天堂。"之后，她去了北美、南美、澳洲、南极，骑越了几十个国家。几天前，她到了非洲，她要用半年时间，骑遍非洲的高山、沙漠、河流。骑完非洲，她将去俄罗斯、西伯利亚、阿拉斯加，骑在世界的边缘，征服寒冷和雪山……

斯蒂芬没工作，没固定收入。国际旅游的花销，签证费、机票、船票、摩托车托运费、旅馆费，等等，这些费用来自稿费、演讲费及

女骑手斯蒂芬

朋友、粉丝的捐赠。这些年,她在欧洲名声大振,文章和照片出现在杂志和电视,但她依然很穷。斯蒂芬总是缺钱用,她得想办法省钱。在城市骑车,她只住十几块的旅馆,经济困难时,她去敲陌生人的门,死皮赖脸要求借宿,有时成功,有时被人赶走,像赶苍蝇一样。她睡过公园、桥洞、车站、墓地,和流浪汉一起,和野狗一起。她吃最便宜的饭菜,吃肮脏的食物,奇怪的是,她从不生病,抵抗力好得像野狗。山上骑车,她搭帐篷睡觉,用泉水做饭,身上带两把尖刀,防野兽也防坏人。有一次,她被黑熊攻击,人逃生了,丢了全部家当。那天,她坐在山脚,抱着摩托车哭号,像无家可归的野鬼。那天,她突然想回家。但斯蒂芬没有回家,她发动了引擎,继续骑行,在骑行中寻找乐趣,见识了世上最美的风景,结交了一大帮摩友,比如查理、比利,现在,她认识了我们。今后,她还会有更多的朋友。骑行中,常有陌生人请她吃饭,送她饮料、食物。加油站老板为她打折,送她汽油。她修车、换轮胎,会有人跑来帮忙,她陷入泥潭或某种困境,会有人帮助她。在陌生的城镇,总有人陪她骑行,暗中保护她。这些人大多是摩托车手,或是仰慕她的男人。

两年前,她去了南极。摩托车从阿根廷运过去,先用大船运,再用小船运。海上风大颠簸,她一路呕吐,发着高烧,差点儿病死。小船靠岸时,冲上来几个壮汉,抢走了她的摩托车、行李,还把她扛在肩上。她以为碰上了强盗,但他们是好人,是追寻她的粉丝。他们把她塞进温暖的小木屋,递给她一杯米酒,她便活了过来。斯蒂芬在南极发动了引擎,实现了多年的梦想,成为世界上唯一登上南极的女骑手。

这几年,她遇到不少好男人,他们心疼她、爱慕她,向她求婚。有一次,摩托车手聚会,她正为大家演讲,一个老友跪了下来,手里捧着戒指,问她愿不愿意嫁给他。她哭了,拥抱了他,但没有接受戒指。她不会为任何男人停留,她的家在摩托车上,她的情人是摩托车,她的肉体和精神,与摩托车合二为一,容不下第三者了。这几年,她也遇到过坏人,他们跟踪她,抢她东西,给她假钱,企图强奸她。有一回,几个男人包围她,要带她去旅馆,她骑上摩托逃跑,那些人驾着摩托追,最终没追上。她从小是骑摩托好手,参加过摩托车比赛,对付几个流氓绰绰有余。

斯蒂芬觉得,世上最艰苦的路,应该在印度。印度高山寒冷,冰雪封路。有一次,她摔下了雪坡,昏迷了几小时,得到了当地人的救援。印度平原酷暑难当,道路总是拥挤,有很多泥泞路,摩托车举步维艰,许多地方得推着走。印度有传染病,有野狗,还有毒蛇、毒虫子。有一天睡帐篷,她砍死了三条毒蛇。尽管如此,她毫无悔意,印度是摩托车手必去之地,充满冒险的快乐。"害怕去印度,那是娘儿们。"斯蒂芬说,好像她不是娘儿们似的。

伊朗的路也难对付,那儿有个卢特沙漠,是地球上最热的地方。穿越沙漠时,她喝光了饮料,差点儿渴死在那儿。有一天,她还误入了地雷区,被伊朗军人救了出来。伊朗男人地位高,女人却不行,出门得裹头巾,不许喝酒、喝茶、跳舞。她到了伊朗就裹上头巾,不敢上茶楼、酒吧,怕被警察捉去。没酒喝太无聊,她喜欢骑车、冒险,也喜欢酩酊大醉的感觉,酒是好东西。故事讲到这儿,斯蒂芬哈哈大笑,绿眼睛很迷人。我想到了《飘》,想到了斯嘉丽,她们都有绿眼睛,性情也是异曲同工。

"斯蒂芬,我们今晚喝酒!"男人们说。

"喝!这儿不是伊朗!伊朗男人×××!"斯蒂芬骂了一句,又警觉起来,问:"这儿有伊朗人吗?"

"有！他！肖恩！"大家指向了肖恩。

"对不起肖恩，我骂了伊朗男人，今晚我找你喝酒，表示歉意。"斯蒂芬说。

"没问题，我是伊朗好男人，我从不限制老婆喝酒跳舞！"肖恩说，"斯蒂芬，今晚我请你，一醉方休！"于是，男人们再次围攻肖恩，问他有几个老婆，怎么过日子。

斯蒂芬问大家，还有什么问题。大家开始提问。我也提了一个："你只身冒险，吃那么多苦，到底是为了什么？"我问。斯蒂芬看了看我，回答我一个字："FUN（乐趣）！"仿佛这个字眼，涵盖了她所有的动机、思想和行为纲领。

斯蒂芬打出了最后一张图片，是她的裸体照。她一丝不挂，背对观众，面对青山，身子微微倾斜，阳光落在她身上，勾勒出乳房和臀部的曲线。大家不再说话，屏住了呼吸，盯着这张图片。图片的左下角，斯蒂芬贴上了骑行数据：三年半、十万公里、四十个国家、六个大陆、九套轮胎、七次大修、十五次换油、两次被狒狒咬、七十七次打疫苗、六人向她求婚……

3.5 years
100,000 KM
40 countries
6 continents
9 sets of tyres
3 punctures
7 chain and sprockets
15 oil changes
2 fork rings
1 broken subframe
2 orangutan bites
77 injections
6 marriage proposals later...

斯蒂芬的骑行数据

比利宣布散会，大家开始翻口袋，抢着付斯蒂芬的演讲费，什么钱都有，兰特、美元、欧元、澳元……斯蒂芬说着"谢谢"，来者不拒。

人走光了，我独自留下，想和斯蒂芬多聊几句。我介绍了自己，给了她五百兰特、两百美元，比谁都给得多。我递上了《骑越阿尔卑斯山》，请她在扉页签名。我告诉她，两年前，我和先生去了欧洲，骑越了阿尔卑斯山，回家后写了这本书。

"哇，我的天，你会写作！"她惊讶地说。

"只是喜欢。"我说，"就像你喜欢骑摩托车。"

斯蒂芬翻着书，羡慕地说，她也想写书，但目前没时间，只能写小文章，赚点儿小稿费。

"这本书稿费一定多，你发财了吧？"她拍着我的书说。

"没有没有。"我诚实地说，"我不是名人，拿很低的版税。"

"你会写非洲之行吗？"她问。

"会。我来非洲，为了看沙漠，也为了写作，不是为了冒险，我可没你那么勇敢。"

斯蒂芬大笑，张开双臂搂住我。她说："林，你错了，你是我见过的最勇敢的女人！"

斯蒂芬对我有好感，请我去她的房间。房间里乱七八糟，床上摊着地图，地上堆着她的行李，行李积满沙尘，像从沙里扒出来的。斯蒂芬说，她这两天享福了，可以不睡帐篷，查理和比利为她开了房间。

"比利是不是喜欢你？"我直截了当地问。她哈哈一笑，没回答，替自己点了烟。我认为，比利是喜欢她的，他不但不掩饰，还有点儿炫耀的意思。

"嗯，你是不是有事问我，大作家？"斯蒂芬突然说。我点头，但有些窘，她识破了我留下来并送她钱的企图。我对斯蒂芬说，你的演讲很好，很感人，给人力量，但你只从2014年开讲，缺了一大块，我想知道你的从前。另外，我还想再问一遍，你只身冒险，四年不回家，到底为了什么？斯蒂芬看着我，绿眼睛浮上几分冷漠,似乎拒绝回答。我静静看着她,但她沉默几许,开口了。

斯蒂芬1977年3月出生,今年正好四十岁。她出生在摩托世家,父亲开摩托店,为人进行摩托车骑行训练,她八岁就学会了骑摩托。十五岁那年,她结识了一批玩摩托的少年,和他们一起飙车,学会了吸毒,有了男朋友。十七岁那年,她生下一个儿子,男友不想负责,吓得逃跑了。生孩子这天,只有妈妈陪着她。十八岁那年,她又和毒友混在一起,吸毒,帮人带毒品,被警察抓获,坐了牢。成了犯人,失去了自由,她看着铁窗外面,想念摩托车,想念自由天地。她突然领悟,吸毒、滥交朋友,这个人不是她,不应该是她,她不该这样活。

"This is not me(这不是我)!"斯蒂芬对我说,"This is not me!"

作者和斯蒂芬

二十岁,斯蒂芬获得了自由。她开始打工,同时打几份,为宾馆洗游泳池,为商店送食品,在路边洗车,赚钱养活自己和儿子,她还考上了大学,获得了文凭,成了一个白领。二十到三十五岁,她是好母亲、好女儿、好学生、好职员,但因为不良记录,爱情屡屡失败,无法走进婚姻殿堂。她失望、颓唐,觉得做好人或做坏人,两者没什么区别。

有一天,她突然意识到,她必须做一件事,转换人生,洗清灵魂的污迹。这时,她听到了查理的故事。查理有自闭症,有阅读障碍,有口吃病,得过睾丸癌,但查理没有放弃,他克服自身缺陷,当电影演员,当油漆工,当丈夫和父亲,还成了摩托车冒险家,为电视台做节目,写书,演讲,成了身价千万的名人。

"我想,我也可以,我也能。"斯蒂芬说。于是,她为人生制订了两条目标:第一,远离毒品;第二,去远方。2014年,斯蒂芬三十六岁,她告别了家人,带上了行李,骑着摩托上路。四年时间,她奋斗、冒险、挑战极限,死也不回头,死也不肯停下来。

"你问我,我到底为什么?为洗刷自己,为证明自己,给自己新生。"斯蒂芬说。

"你做到了。"我由衷地称赞她。

"是的,但我曾经是坏孩子,很坏。"斯蒂芬说。

"不,你曾经是不幸的孩子。"我说。

斯蒂芬的故事,虽然简短粗略,还是让我惊诧得心尖发颤。我第一眼看到她,就知道她特别,但不知道如此特别,简直可以写成小说。斯蒂芬的人生蜕变,从她表面看不出来,表面上,她只是个女骑手罢了。

《警世通言》有这样的话:"凡人成仙,脱胎换骨,定然先将俗肌消尽,然后重换仙体,此非肉眼所知也。"非肉眼所知也,说的正是斯蒂芬。我感谢斯蒂芬的坦诚。我问她,如果我写书,可以写她的故事吗?她说当然可以,她也会写书,会写得更详细,"到时候,你必须买我的书!"她霸道地说。我也回敬:"你也必须买我的书!"我们一起笑,手握在一起。

我问斯蒂芬,四年没回家了,想念父母和孩子吗?她说,想,但目前不准备回去,骑完非洲再考虑。我和斯蒂芬还聊了些私房话,比如骑车来月经怎么办,想恋爱怎么办,等等。斯蒂芬没回避,她再次表示,她写书时,全会写上去。女人间的私房话,我就不在这儿展现了。斯蒂芬出书后,你可以买她的书看。①

犀 牛

下午三点,全体集合,参观山羊养殖场,这是比利给我们的第二个惊喜。出发前,比利宣布纪律,参观时禁用手机、相机、摄像机,不许画画,只能用眼睛看。

"绝对不许把地址、方位、图片传出去。"比利说,"谁违反,就拿谁去喂狮子。"

"为什么? 怕强盗来抢山羊吗?"大家问,带有讽刺的口吻。

"对!"比利回答得斩钉截铁。

"Yes,Sir(好的,长官)!"所有人答应,谁也不想被喂了狮子。大家抱怨起来,山羊有什么好看的,今天是休息日,不如在家游泳、喝酒、睡觉、和豹子玩。

"查理团"二十个人,分成了两组,一组上兰妮的吉普,一组上吉的吉普。我和菲里普上吉的车,同车的还有七个澳大利亚人,彼特夫妇、伊恩、杰顿、约翰、亚瑟,安德烈也在,他穿着短裤衩,膝盖和小腿打着绷带,支着拐杖,跳着走路,像澳大利亚袋鼠。我们问他的伤情,他说没有大事,过两天就能骑车。

吉发动了吉普,比利跳上了车,手指前方,说:"Let's go,Hard Way!"

澳大利亚人便朝我喊:"Lin, Hard Way!"仿佛我是"Hard Way"的代言人。

_____

① 就在我修改这本书时,买到了斯蒂芬的新书 *HOME BY SEVEN*。

比利开始发橙汁和啤酒,兰妮的车上来了,那边的队友向我们讨饮料,查理伸着手喊:"啤酒! 啤酒!"比利回呛:"查理,没你的份!"但我们还是扔手雷一样,把饮料扔了过去。兰妮的车超过了我们,屁股后拖着沙尘,查理挥着啤酒喊:"吃我们的沙吧! 比利!"比利对吉说:"追,撞死查理!"查理和比利开心得像三岁小孩。

我们见到了湿地,这里有湖泊、草地、灌木、鲜花,是个葱茏世界。

吉放慢了速度,路边出现了动物,跳羚、直角羚、弯角羚、鹿,还有一群斑马。这些家伙步态矫健,目光警觉,看到我们便向远处狂奔,有几个惊慌失措,从我们车前穿过。吉说,你们吃的野味,就是在这里打的,食草动物不能太多,得把水和草留给犀牛。

"犀牛? 这儿有犀牛?"我们惊讶地问。

吉说,这儿其实是犀牛养殖场,为了掩人耳目,对外叫山羊养殖场。

"原来如此! 所以不许拍照,保护犀牛!"我们聪明地说。

"是的,谢谢你们了。"吉说。

我们到了湿地中心,果然看到了犀牛,一两百头,正在草原上行军。我们的车融入了犀牛群,胆小的犀牛奔跑起来,胆大的却停下来,抬头凝视我们。它们脑袋方方,嘴巴方方,抬头纹很粗,似乎操心过度,眼睛却很灵秀,双眼皮,翻翘着睫毛。犀牛鼻子的位置,有两支坚硬的弯角,向天空翘起,像准备奏乐的铜管。它们个头与大象不差上下,屁股比大象圆,腿脚也更粗一些。

吉指给我们看,谁是黑犀牛,谁是白犀牛,谁是公牛,谁是母牛。公牛很少,大部分是母牛。有一头母牛,耳朵上挂着铃铛,走

前来喝水的犀牛

喝水的野豹

一步响一下。吉说，她叫Sunshine，刚做过人工授精，如果成功怀孕，二十二个月后会有宝宝。

"二十二个月！"我们嚷了起来，似乎嫌她动作太慢。

"二十二个月，人能生两胎呢。"玛克辛颇有智慧地说，她是澳大利亚的生物学博士。

吉咧嘴一笑，向我们解释，犀牛很难怀孕，卵子的通道有一米五长呢。

湿地的尽头，是一个小村庄，很典型的欧式小村庄。村里有一大片小木楼，木楼上画着圣母像，挂着小花篮，前后有花园。村中央是小教堂，哥特式建筑，钟楼顶上，是白色的十字架。村庄周围有菜地、玉米地、果园、葡萄园。我们接近了村庄，村民们跑过来，脱帽向我们致意，都是晒得很黑的白人。

吉说，中世纪时，他的英国祖先发现了湿地，从此隐居下来，建起了犀牛养殖场。现在，村庄已有上千人，有人管农业，有人管养殖，有人管销售，也有人组成民兵团，抵抗杀犀牛的人。吉说，杀犀牛的人很多，他们用刀砍，用枪打，非常残忍。吉拿出几张图片。图片上，有的犀牛被砍了脑袋，血染沙地；有的犀牛被砍了头角，脸上有个大血洞，眼睛却睁着；有的犀牛被炸成了碎片……

可怜的犀牛，惨样真是无法形容。吉说，杀犀牛的人不要犀牛肉，只要牛角，一支角可以卖几万美元。吉说，为了让犀牛看上去不值钱，他们常为犀牛做手术，切除牛角，保全它们的性命。政府也想保护犀牛，但没有效果，他们禁销牛角，牛角的黑市价就上涨，杀犀牛的人不减。他们取消禁销令，杀犀牛的人就更多，把牛角卖到世界各地。近十年，南非有六千头犀牛被杀，光是2016年就杀了两千头。

"没别的办法,只能和他们拼,我们也有武器,必要时请军队帮忙。"吉说。

吉还告诉我们,他的亲叔叔就死在犀牛保卫战中,被人乱刀砍死,那年吉九岁。

我们离开了犀牛养殖场,回去的路上,大家沉默不语,无心赏景。是的,大家都在想犀牛,可怜的犀牛啊。在这之前,我从没想过保护犀牛的事。我认为犀牛、大象这些家伙不需要保护,它们够强大、够厉害。现在我才知道,犀牛需要保护,大象也一样,它们不强大,在更强大的人面前。

五千五百万年前,地球上有了犀牛。二百五十五万年前,地球上有了人类,犀牛比人早到五千二百四十五万年,却败在了人的手下,如今已濒临绝种。这是人的罪恶,也是犀牛的错,它们进化了五千五百万年,却没把头角进化掉。可是,保护犀牛难吗?行凶者只是为了卖牛角,如果没有下家,买卖不成立,牛角没市

山羊庄的宝贝

场,犀牛不就安全了吗？当然,我的想法很天真,问题就出在下家,有钱的下家太多,遍布全球。有钱的下家都有病,冷血病、毒血病、失心疯,得用犀牛角治。所以,犀牛必死,这就是定数。

我敬仰兰妮、吉、养殖场的村民、参加保卫战的人。他们在做高尚的事,要留住犀牛的香火。他们是地球上最可爱的人。但我对这事并不看好。我们应该算是好人,我们永不会伤害犀牛,拒绝犀牛商品。但除此以外,我们还会做什么？我们不会像兰妮、吉,留在这里守卫犀牛,不会像大卫,为保护动物而吃素。我们离开了非洲,回到了日常,也许就把犀牛忘了。事不关己,高高挂起。我们的生活底线,就是自己活好。好人如此,犀牛还有什么盼头呢？

话是这么说,但我还是会做一件事,算是为犀牛,也算是为自己。吉说,9月22日是犀牛节,World Rhino Day,我把它记在了心里。9月22日这天,我会想想犀牛,请求老天爷帮助它们,留住它们的根,为它们的后代造福。

另外,我提到的山羊庄、山羊养殖场,都是化名,我不会透露它们的真名,不会把方位告诉别人。这也是我为犀牛做的一件小事。

告别晚会

晚餐后,"查理团"举行告别晚会,是今天最后一个"惊喜"。

向山羊庄告别,向兰妮、吉告别,向斯蒂芬告别。明天,斯蒂芬向西,我们向北,分道扬镳。人生就是合合散散,没有永久的同路人,因为路太多,而每个人去的地方不同。

晚会开始了。比利打头炮,他掏出十个孔的蓝调口琴,吹了几支舞曲。

我第二个上,吹了《土耳其进行曲》,吹了《友情地久天长》。我吹口琴时,大伙拍着手,跟着节奏唱,比利搂着斯蒂芬跳舞,两人左右摇晃,像小船一样。我放下口琴后,比利跑来看口琴,我是重音口琴,四十八个孔,比他的多三十八个孔,比利眼红极了,嚷着要和我换。我说,口琴是菲里普送的,结婚纪念日礼物,金不换的。比利骂我小气。我说,比利,我会寄给你一把,等我回家后。

"林,别让我等到世界末日!"比利气哼哼地说。

接下来出场的人,谁都没想到,竟是山羊庄的小主人吉。吉从阴影里走出,抱着橙色的旧吉他,坐到了吧台椅上。十七岁的少年,灯光下十分俊美,金发碧眼,脸部线条柔和,像一尊完美雕像。吉动情地说,明天要说再见了,我为你们弹唱一曲 *Kiss me goodbye*①。

> We choose it, win or lose it
>
> Love is never quite the same
>
> I love you, now I've lost you
>
> Don't feel bad, you're not to blame
>
> So kiss me goodbye
>
> and I'll try not to cry

吉歌唱时,我几乎落泪,这首忧伤的歌,被吉唱出更多忧伤。小小少年,你为什么忧伤,为沙漠?为犀牛?为往事?为未来?还是为少年心中的爱情?吉嗓音稚嫩,如同初生的嫩草尖,但吉

---

① 美国1968年老歌,作者里欧瑞德。

他指法娴熟,让人刮目相看。他的音乐表现力、理解力令人惊讶,我为他高兴,他生活在单调的沙漠,但拥有音乐,心灵不会孤单。

吉表演结束了,马库思抱起了吉他,他的吉他功夫极好,手指机灵活泼,拨弦清脆有弹性,如同雨打芭蕉;扫弦时张狂不羁,如同野马奔腾,煽起了听众的热情。马库思弹唱 *Glycerin* 时,大家捶胸顿足,跟着一起吼:

Don't let the Days go by

Glycerin!

Glycerin!

马库思绝对是吉他天才,就像 Paul Brandon[①]。我们大力吹捧马库思。于是,他一发不可收,连续弹唱五首,不肯放下吉他,抢也抢不下来。

马库思之后,杰顿抱起了吉他。杰顿个性内向,甚至有些怕羞,现在却胆大包天,抱着吉他,边歌边舞,哪有害羞的影子。吉他功夫也不错,不亚于马库思,连音、颤音、揉弦,潮水般哗哗地来,指尖动作不像弹琴,像在雕刻玉器。杰顿弹唱了 *You Shook Me All Night Long*,一首澳大利亚摇滚。澳大利亚人手拿酒杯,围着杰顿,互相撞屁股,可着嗓子吼:

Shook me all night long

Yeah you shook me all night long

…………

① Paul Brandon,美国吉他演奏家,摇滚界的领军人物。

从左到右为比利、斯蒂芬和吉

　　其他人呢,全都在跳舞,比利抱着斯蒂芬,保罗抱着杰奎琳,菲里普抱着我。菲里普不会跳舞,借着酒劲瞎来,老踩我的脚。查理没跳舞,他负责拍桌子、敲盘子、碰酒杯,担任晚会的鼓手。吉的姐姐兰妮在卖酒,今晚的生意好极了。

　　凌晨一点多,晚会还在进行,大家都醉了,只有我是清醒的。我推了推菲里普,对他说,走吧,兄弟,该睡了,天亮要骑车呢。菲里普不肯走,他快乐得像掉进酒窖的土拨鼠。我一再催促,菲里普便朝我嚷,亲爱的别扫兴,好好乐一乐,明天要骑车,说不定翻个跟头,我们就死在了沙漠上。我踢了他一脚,大声说,还不拿酒来。菲里普又去买了一瓶酒。明天死在路上,还不如醉死在今晚呢。我头脑清醒地想。

关键词：

古董店、织巢鸟、死亡谷、
海市蜃楼、四轮车

晨　会

早晨，我们向兰妮、吉告别，向猎豹、犀牛告别。只逗留了两天，我对这里的一切有了感情，还没离开，就有了牵挂。

摩托车在停车场等我们，它们被米奇伺候好了，看不出疲惫，跃跃欲试的样子。

安德烈穿上了骑行服，他瘸着腿，要求重上战场。医生莎拉威胁他，你非要骑车，我给你打几针麻药。比利威胁他，你非要骑车，死在路上我可不管了。查理也威胁他，你非要骑车，我直接送你去机场，让你滚回家。查理的话起了作用，安德烈上了救护车。保罗、杰奎琳也在车上，保罗还在拉肚子。

于是，今天由安德烈、保罗开救护车，莎拉骑保罗的车。莎拉一副心花怒放的样子，她连续骑了两天车。骨子里，莎拉可不是什么医生，她是野性十足的冒险狂，程度不亚于斯蒂芬。

斯蒂芬出现了，她的摩托车挂满了行李，像一只撑开翅膀的老母鸡。大家与斯蒂芬拥抱告别,轮到我时,她在我耳边说:"别忘了约定!"我领会,她是指书的事。斯蒂芬跃上了轻骑,她的目标与我们不同,我们横向穿越卡拉哈里,她直插撒哈拉。她发动了引擎,向我们挥挥手,绝尘而去。这个孤独的女"狼",今晚在哪儿停留,明天奔向何方呢?哪天能接纳一个男人,有爱有情,一起浪迹天涯呢?

比利进行了严肃的演讲,手指尖也严肃地在空中比画,仿佛要写出字来。比利说,今天我们穿越"苏索斯维利"①沙丘。"苏索斯维利"是当地语,意思是"死亡谷",那儿流传着一句咒语——Dead end,很多冒险者死在了死亡谷。

"明白了吗,死亡谷意味着什么?咒语意味着什么?"比利问。

"意味着我们会死在那儿!"大伙儿抢答。

比利十分满意,摸着白胡子说:"对极了!你们会热得要死,累得要死,吓得要死,总之,今天死路一条,写遗嘱吧,写好放比利这里。"

比利讲完死亡谷,玛克辛跑到了救护车上,与保罗做伴去了。米奇表示,他不跟我们走,行李车庞大沉重,走不了死亡谷。"你们保重,保重哈……"米奇做了鞠躬的动作,仿佛在向遗体告别,开上车就跑。

查理带大家来到沙地,这里的沙土几尺深,还有突起的沙堆。查理为骑手们上课,怎么过沙地,怎么过沙堆。过沙地时,身子下沉、重心向后,稳住后轮;过沙堆时,身子直立、重心向前,加速度跳过去,不可犹豫,眼看前方。我虽不会骑车,但骑车的要点已滚

---

① 苏索斯维利,Dead Vlei,纳米比亚最老沙丘、干旱持续了八百万年。Dead end,终结。

瓜烂熟。查理还做了演示，他驾着摩托车，一跃而起，跃过了沙堆，易如反掌、不费吹灰之力的样子。

查理当场考试，每一个骑手都得过关。

骑手们排队上场，起步都不错，但到了沙堆面前，很少人跳过去，要么陷进沙里，要么从边上绕过。跳过去的人，也是东倒西歪，像得了软骨病。查理皱着眉头，摇着脑袋，眼里冒火，给骑手打不及格。查理要求太苛刻，连我都看出来了，不是骑手们技术差，实在是无法加速，动作做不出来。查理能跃过去，因为他是查理，第一号摩托疯子。

查理教学

轮到杰顿考试了，查理瞪着他，杰顿眼睛一闭，不管三七二十一，轰轰地冲上去，摩托车一跃而起，过了沙包，查理当即表扬："漂亮！向杰顿学习！"

查理话音刚落，杰顿连车带人，摔了个四脚朝天。

比利冲着杰顿骂："You！Dead end！"

杰顿后面是史坦芬，史坦芬歪着头问查理："头儿，我要向杰顿学习吗？"

大家嘎嘎地笑，查理翻了翻眼睛，杰顿羞得满脸通红，说不出话来。可怜的杰顿，本来就是怕羞的人！

古董店

我们离开了山羊庄。

我一次次回头，山羊庄越来越远、越来越小，消失在沙漠中。但愿没人找到它，没人惦记它，永不再受到打扰，人和犀牛安然活着。活着才有生活，才有生活所带来的红利，比如温饱、天伦、音乐、梦想。

　　两小时后，"查理团"到了加油站，加油站有个"Antique"招牌，意思是古董店。

　　大家进了古董店，主人迎上来。他是荷兰人的后代。古董店的古董，多是欧洲殖民者用过的旧物，吊灯、餐桌、咕咕钟、缝纫机、蕾丝窗帘、蕾丝台布，刀剑和火枪……非洲全面沦为殖民地，是在十五世纪初，大航海时代。在非洲大陆，欧洲人得到了黄金和象牙，他们定居下来，推行自己的文化，控制本地的经济和资本，一直延续到今。我早就发现了，在沙漠开店的人，几乎清一色是欧洲人的后代，土著人难见踪影。

　　古董店的墙上贴了一张世界地图，图上缀着彩色图钉，欧洲区

菲里普找到自己的家

域最为密集,地图上方有行字:"So! Where do you live?(你住在哪里)"大家围住地图,为自己国家缀上图钉。七个澳大利亚人,一下子缀了七枚。我找到中国浙江,那儿空荡荡,像无人驻守的城池。我立即缀上两枚图钉,绿色的。我们浙江风调雨顺,绿很多。

织巢鸟

"查理团"上路了,目标苏索斯维利——死亡谷。

通往死亡谷的路,起初是搓板路,然后是搓板加碎石,肮脏、震颤、单调,但我们已有包容心,不再怨声载道,这就是沙漠。柏油路、斑马线、限速牌、红绿灯,是另一世界的摆设。周围是红色沙漠,有沙田、沙丘、平顶山、布须蔓草,荆棘、光棍草、仙人掌。

今天有风,路上有了风滚草①,一些金色的草团,它们被风踢着屁股,满地乱滚。有时,草团滚向我们,与摩托车对撞,弹跳几下,继续滚,顺着风。风滚草,看上去柔弱,内心绝非如此,它们在滚动中吸取水分,在滚动中繁殖后代,在滚动中实现新老交接。它们停止滚动,就是找到了安身之处,它们不会浪费时间,扎下根来,扩张开势力,绿成一大片,直到又被太阳烤干,便拔地而起,再次翻滚,寻找新的归宿。风滚草,像人类的行者,滚动在山水间,哪儿都愿意去,只要想去。林清玄说,我们可以在很多地方死,也可以在很多地方活。这是风滚草的理念,也是行者的理念。

路边出现了金合欢树②,是沙漠中最高大的家伙,也是唯一有叶子的家伙,它们屹立在红色沙土上,像一把巨大的绿伞,给人以安全感,让人觉得能依靠、能成为你的主心骨。

---

① 风滚草,Tumbleweed,沙漠植物,一年生草本。
② 金合欢,也称雨伞刺,Umbrella Thorn,沙漠植物。

织巢鸟社区

金合欢出现后,我们就看到了鸟巢。它们巨大、臃肿,卡在树干间,像是树的增生物。鸟巢位置不高,似乎伸手就能摸到。我们接近鸟巢时,听到了里面"居民"的喧嚣,有的唱歌、聊天,有的进行着激烈的辩论。但是很抱歉,引擎声打断了它们,骚扰了它们,它们一呼百应地冲出了鸟巢。我看清了,它们是黑色的小鸟。成百上千的小黑鸟,在我们头顶盘旋,尖声喊叫,进行集体性抗议。我惊讶不已,自从走进沙漠,我第一次看到了鸟,我以为沙漠上根本没有鸟。沙漠没有水,鸟儿怎么活下来呢?

有一次,我们看见一只鸟巢,它躺在路边,是从树上掉下来的,我们马上停车。鸟巢高两米、宽三米,近百个巢穴,外墙材料是荆棘刺,房梁是树枝,隔层是芦苇秆,一家一户界限清楚,不会发生纠纷,也便于串门。它们有杰出的设计师。不过,我也看出了问题,这个公寓是倒放的,像倒放的篮子,头朝下怎么睡觉呢?我家林子也有鸟巢,红鸟的、蜂鸟的、乌鸦的,巢穴一律向上,像只盛饭的碗。

这时,我们看到了查理,他正在路边上厕所。查理瘸着腿走了过来。他说,合欢树上的鸟,名叫"织巢鸟",也叫群居鸟,是卡拉哈里沙漠的特产,一只巢穴能住几百户,甚至上千户,它们过集体生活,一起建楼,一起生育儿女。巢穴用荆棘筑墙,是为了抵抗天敌的偷袭,遇到强大的天敌,它们也会群起而攻之,"有过这样的报道,几千只织巢鸟,打跑了狮子。"查理说。

"怎么打呢,啄眼睛吗?"我问。

"不,拉屎,你可以想象一下。"查理笑着说。

"巢穴为什么倒挂?"我又问。

"为了抵挡烈日、风沙。"查理说,"你不用担心,它们睡在吊床上。"

我凑近倒挂的巢穴,果然看到了"吊床",用藤条固定,用布须蔓草铺床,既牢靠又舒适,可以睡个好觉。

查理说,织巢鸟聪明能干,是沙漠上寿命最长的鸟,被称为不死鸟。不死鸟! 我知道,凤凰是不死鸟,当然,凤凰活在神话、诗歌里,谁也没见过。而织巢鸟是一种存在,存在于无水的沙漠中。还有光棍草、风滚草、千岁兰、仙人掌、合欢树……沙漠生机渺茫,它们依然活着,凭借求生欲望。活下去,首先得"想活着",飞鸟如此,人也如此。正像余华所说:"一个人命再大,如果自己想死,怎么也活不了。"

两个男人合力,哼哼哈哈,将破鸟巢抬了起来,架上了合欢树。鸟巢破了,修补一下还能用,能住很多鸟,生很多鸟宝宝,这事交给织巢鸟了,它们知道怎么做。

穿越死亡谷

我们到了苏索斯维利山谷,就是死亡谷。从外表看,死亡谷并没有死亡的阴霾,一片锯齿形沙丘,组合成连绵沙峰,散发着沉重的铁锈红,铁元素丰盛,仿佛挤一下就能流出铁水来。

在死亡谷路口,比利又发表了演讲。比利说,现在有两条路,一条 Soft Way,绕过死亡谷,走搓板路到宾馆;一条 Hard Way,穿

奔向死亡谷

越死亡谷,是一条死路,Dead end。作为导游,他恳请大家走Soft Way,安全到家,早喝啤酒;作为骑手,他希望大家走Hard Way,挑战死亡咒语,像真正的骑士。比利说着,挥了挥老拳,似乎想喊出什么口号来。

"嗨,比利,你走哪条呢?"有人问。

"我?"比利说,"Soft Way!"骑手们起哄,有人向比利扔沙子。

大家整齐划一,选Hard Way,如果有人选Soft Way,肯定会被骂得抬不起头。比利摸着白胡子,对自己的激将法很满意,其实大家都看穿了他的把戏。

我也准备好了,冒死一拼,体验Dead end。这个咒语让我毛骨悚然,脊椎发凉,也激发了莫名的兴奋。没有"Dead end",死亡谷就一钱不值,我们就不会来了,我们就是冲着它来的。错过死亡谷,或错过诸如此类的冒险,求个四平八稳,我来沙漠干什么呢? 来旅游干什么呢? 不是所有的旅游都是冒险,但冒险的事肯定发生在旅途。做人也是一样,做人是一次冒险,你害怕冒险,步步为营,处处退让,患得患失,又何苦为人呢? 白做了一场人,来了是空白,走了还是空白。当然,冒险不等于找死。在冒险中全身而退,保住性命,是我的底线。人死了什么都没了,还谈什么冒险。我可不想死。

查理上了摩托车,在前面引路。比利在后,为我们断后。

十五辆摩托车扑向死亡谷,掀起了橙红色的沙尘。

现在,我们周围只有三样东西——沙丘、天空、太阳。布须蔓草、金合欢树、织巢鸟,这些会呼吸的东西,全部被驱逐出境。沙丘包围了我们,摆出"请君入瓮"的姿态,沙峰叠嶂,像一本厚厚的书,我们是书中一行小字,微不足道。太阳兢兢业业,像奥运会的火炬手,高举着火把,追着我们跑。空气干燥、发脆、滚烫,仿佛点一根火柴,就会燃烧起来,把天地烧个精光。

不到一小时,我像烤熟的玉米,浑身冒热气,散发出烤煳了的气味。喝水是唯一的抵抗,但怎么喝也是渴。倒进肚里的水,像泼到炭火上,"嗞"的一下就蒸发了,渴感从腹部开始,升到肺腑、咽喉、舌尖、双唇。我从没像现在,对水有那么疯狂的渴望。我希望遇到一条河,遇到一条水沟,哪怕遇到一枚湿润的石头。希腊神话中,爱美的少年纳西塞斯,爱上自己的水中倒影,爱得不可自拔,结果投水而死,变成了水仙花。这个故事太美,我愿像纳西塞斯,投进水里,哪怕是臭水,变成水仙花、水草或水鬼都可以,悉听尊便,一样是死,渴死真不如淹死。但是,死亡谷没有一滴水。如果说有水,它只存在于我的幻想和记忆中。

下一场雨吧,我对蓝天说。蓝天无动于衷。

很多文章,把雨比作哭,比作悲伤。在沙漠,如果有雨,一定会比作笑,小雨是微笑,大雨是欢笑,暴雨是放声大笑。总之是笑。可惜,沙漠里总听不到雨的笑声,只听到嗓子冒烟的声音。

我就此发了誓,如果活着离开死亡谷,从此一定节约用水,把每一滴水看成生命,看成父母,看成神灵。神灵有吗? 有的,水就是神灵。

人口干舌燥,脚下的路让人心尖发颤。脚下是厚厚的沙土,摩托车碾上去,沙土向两边散,像散开的蝼蚁,轮胎立即打滑,骑手死死把住车头,摩托车还是摇晃,仿佛在溜冰,不仅溜冰鞋不好,溜冰技术更不好。有时,我们在沙丘的缝隙间穿行,像一队寻找出路、疲于奔命的蚂蚁。有时,我们在沙石坡上颠簸,摩托车发出凄厉的咆哮,像穷途末路的野兽。有时,我们沿着沙丘的脊椎,像骆驼一般攀缘,离天空越来越近,仿佛就要升天了。更多时候,我们沿悬崖骑行,一边是看不到头的沙丘,一边是深不见底的沙沟。沙沟下面估计是地狱,从这里掉下去,掉到哪一层地狱,得翻翻《神曲》,问一问但丁。

骑士们不敢掉以轻心,严格执行查理的指示,身体弯成四十五度,重心向后。菲里普也是这样,他勾着身子,屁股靠后、再靠后。我像只可怜的包裹,挤在屁股和后备厢之间,变成了薄纸,呼吸都困难。但我没有挣扎,也不敢挣扎,生怕一挣扎,摩托车就滑倒,滑向某个深渊,我们就会永远留在死亡谷,实现了 Dead end。

每过一座沙丘,我就致谢一次老天爷,谢谢老天爷,让我们骑到头了。但是,老天爷又给出了新的沙丘,他拿着鼠标,不断复制、粘贴,沙丘复沙丘,没完没了。老天爷不帮忙,不能怪他,怪我们对他不够敬重,我们总是看着脚下、看着手上、看着鼻尖、看着小小躯壳,很少抬头看看天。

不久,"查理团"停住了脚步,前方出现塌方,沙堆堵住了通道。

比利说,我们得赶紧过去,万一发生流沙,我们会埋在这里,被蛇和蜥蜴吃掉。

我们又累又渴,智力变得低下,分辨不出比利是不是吓我们。

查理很镇静,他说:"记得早上的训练吗? 就那样干,看我的!"

查理首先启动,冲向了沙堆,直立、勾头、弓背,摩托车过了沙堆。查理像是飞过去的,这样的动作,我在杂技表演里见过。查理后面是史坦芬,他学查理的样,狂冲一气,却没能过去,连人带车扎进了沙堆,大家忙了一阵,拔萝卜似的,将史坦芬拔了出来。结果,查理又跑了回来,帮史坦芬把车骑了过去。

接下来,轮到伊朗人肖恩,肖恩和史坦芬是好友,他们总在一起。肖恩向着沙堆冲去,气势不错,姿势也漂亮,到了沙包面前,却"嘎吱"一下刹了车,扔下摩托车,只管自己走了。他说不是害怕,是不想学史坦芬,倒插在沙土上。于是比利出手,帮肖恩把车骑过了沙包,比利也是飞过去的,就像查理一样。

医生莎拉也跃了过去,干脆利索,像一只弹跳力很好的羚羊。

比利对剩下的骑手说,不要硬撑,死要面子没好处,把车留下,人走过去,我帮你们骑。但没人答应,嘴都很硬,说死也要自己骑,走过去太丢人,我们又不是肖恩。这话让肖恩听到了,保不定一头撞死在沙堆上。

骑手们一个个过了沙堆,不是骑过去,不是飞过去,是跨在车上迈着鸭步,一步一步挪过去的,形象不怎么英武,好歹没让人帮忙,保住了命,也保住了面子。男人的面子啊,我就不做阐述了,是哲学的范畴,我并不是哲学家。

轮到我们了,我们排在最后,唯一的夫妻档,我分析了形势,知道肯定过不去。于是,我主动下车,对菲里普说,你自己骑,我走过去。菲里普点头,发动了引擎,骑一段、蹚一段、拖一段,好死不如赖活,把自己和灰灰弄过了沙堆。

我开始步行,骑行服笨重,走不快,加上沙厚,靴子插进去,拔出来像拔钉子。没走几步,我就气喘如牛,气力全无。什么叫跋涉?这就是跋涉,沙土里拔靴子。总算明白了"跋涉"的本意。"跋涉"到塌方之处,我一脚下去,沙子就过了膝盖,拔起脚时,靴子没了。最后,我光着脚,踢踏着靴子,爬过了沙堆,我匍匐前进、坚韧不屈,就像"龟兔赛跑"中的老乌龟。

菲里普过来接应我,他抱住我的腰,把我扛了起来,像扛起我家喂鸡的玉米袋。玉米袋五十磅,我一百磅。

"我爱你。"我在他耳边说。

菲里普一听,加快了步伐,一直把我扛到摩托车上。

每骑两小时,领队查理会停下来,让大家休息一下。休息时,大家就地刨个坑,大小按屁股的尺寸,屁股放进去,尽情享受"空调"。我们抓紧吃喝,抠掉鼻中的沙,抠出血就用面巾纸堵住,所有人的鼻子都出血。我们也趁机欣赏风景,景物还是三样东西——沙丘、天空、太阳。

有时,我们会看到远处有人,他们横卧在沙地,脑袋昂起,像是在呼救。再仔细看,原来是些老木头,半截埋在沙里,半截露在外面,像是爬出来透气的僵尸。

我们看到了斑马、长角羚羊,它们在沙丘徘徊,神情专注,像在找宝贝。这儿除了沙子、石头,还能有什么呢!

我们看到了一条蜥蜴,它身穿迷彩服,在沙上东张西望,像瞭望所的哨兵,沙土太烫,它抬左脚,抬右脚,为小脚调温。我们屏住呼吸,想多看一会儿,蜥蜴却耐不住热,脑袋一低,钻进沙子里凉快去了。哎,读者,我真想告诉你,那一刻我不想做人,想做一条蜥蜴!

还有一次,我们看到了一棵树。难以置信,它真的是一棵树,个子还蛮高,有个大肚子,枝头有几片绿叶,它居然活着。导游比利说,这就是猴面包树,非洲最有名的树,体内像海绵,能吸好几吨水,只要肚中有水,猴面包树能活五千年,是沙漠上最长寿的树。

"既然这样,为什么这里只有一棵猴面包树?"我问。

"因为没有水,死亡谷十年没下雨了,树全死光光了。"比利说。

"那为什么这棵还活着?"我又问,想把比利问倒。

"过来听,它肚里有水呢,有水波的声音!"比利的耳朵贴在猴面包树上。

大家呼啦一下过去,挤在一起,贴着树肚皮听,什么也没听到。比利哈哈大笑,跳起舞来,对自己的恶作剧十分满意。

鏖战死亡谷

我们打量猴面包树，它皮肤翻翘，布满了裂缝，仅有几片绿叶，也长满了雀斑，看得出来，大树很渴，肚里的水不多了，急需补水。我们拿出一份水，浇在大树根部，但这一点点水，哪够它喝呢，只能塞塞牙缝。我们对大树说，请坚持住，坚持到雨季，为自己加满水。但是，如果雨季不再来呢？比利说，死亡谷十年没下雨，如果再不下雨，大树只能死了，走向终结，Dead end！我突然看到这句咒语，像个幽灵，飘在大树上，飘在空气中，飘在沙丘上，潜入了我的大脑，它有一张惨白的脸，目光阴冷。我突然感到恐怖，我想离开死亡谷，越快越好。

海市蜃楼和四轮车

下午五点，我们离开了死亡谷。

我们的下榻处，一个叫"MIRAGE"的宾馆，意思是海市蜃楼。

海市蜃楼是圆弧形的仿古建筑，有点儿像欧洲中世纪的古堡，体现了石头的概念，石楼、石门、石柱、石窗、石梯、石板天台。远远看去，石楼里人影幢幢，灯火忽明忽暗，让人疑惑。

我们进了海市蜃楼，里面是花花世界，有天井有花园，还有按摩椅、游泳池、酒吧、餐厅、咖啡座……女招待走来走去，她们皮肤黝黑，戴白帽、系白色围裙，端着发亮的银盘子，盘子里装满饮料。

女招待迎上来，递上冰镇饮料，她说这是果皮汁，有八种水果皮。果皮汁有果香，味道有点儿涩，对我们来说，它是一杯救命水，美过仙水甘露。

男招待也走了过来，接过我们的行李，领我们穿过花园，走上青石板，走过石头楼梯，进了我们的房间。房间四壁橙色调，家具也是橙色调，床大而软，舒服像鹅毛垫，上面放着巧克力。写字台

上,有一瓶火红的三角梅。

窗开着,风吹进来,吹开了薄纱窗帘,可以看到红色沙滩、红色沙丘。死亡谷折腾一天,突然到了这个地方,是我走进了海市蜃楼,还是海市蜃楼走进了我?

比利通知我们,海市蜃楼有娱乐活动,坐飞机看沙漠,或者骑四轮摩托看日落。

一半队友选择坐飞机,另一半队友上了房顶,他们哪儿也不想去,躺在软椅上,喝"冰啤"、吃点心,等着看落日。

我和菲里普决定去骑四轮摩托。我们厌烦了骑行,厌烦了沙丘,但我们想看落日,在沙丘上看,比上房顶看浪漫。我们这一对宝贝,累得像条狗,还要追求浪漫。我俩又穿上骑行服,抱上头盔,下楼去找四轮车。

在停车场的一角,放着二十几辆四轮车,日本的雅马哈,排量四百五十CC,重二百七十二公斤。

一个少年接待了我们,他是四轮摩托的导游,名叫阿里,皮肤漆黑,模样挺机灵,穿着宾馆制服。看到只有两个顾客,阿里表情失望。阿里请我们付钱，每人两百兰特，请我们签生死状。手续办完，阿里戴上头盔，给了车钥匙，一人一把。我把钥匙还给阿里。我说，阿里，我不会骑，我和老公骑一辆。阿里却说不行，必须一人一车，这是规定。

"不能违反，否则我会丢了饭碗。"阿里坚定地说。

这下我傻了，我得亲自骑四轮摩托？我连油门和刹车在哪儿也不知道。

"女士别怕，四个轮子，慢慢骑，翻不了车。"阿里劝我，生怕我打退堂鼓，少了一笔收入。

"不是怕翻车，我根本就不会骑！"我说。

"亲爱的，这是自动挡，把住车把踩油门，车就跑起来了！"菲里普说，像是在说怎么切土豆。

"教我！学不会我就不骑！"我说，手脚开始发软。

记得小时学自行车，老爸教了我三天，第四天老爸一放手，我就冲到水沟里。

菲里普和阿里一起教我，怎么点火，怎么把龙头，怎么加油……十分钟后，我学成毕业，上了四轮摩托，一点火，引擎突突突地叫，嗓门儿比灰灰还大。我那么一加油，摩托车就跑了起来。哈哈，我是不是大天才？其实，四轮摩托不难学，刹车、加油，加点儿胆量，就动起来了。胆量，就是胆的重量，我胆中有三块石头呢。

我们离开了停车场，骑到海市蜃楼的背面，向着沙丘的方向。楼顶上传来了呐喊声，是我们的队友，他们披着浴巾，挥着啤酒瓶，朝我们吹口哨，做弯弓射大雕的动作，我回转头，伸手向他们开了几枪。

三人车队，阿里在前，菲里普在后，我在中间，上了沙丘。沙子几尺厚,沙坡笔直向下,我不敢向下看,手脚冰凉,仿佛回到了死亡谷。我尽量骑慢车,二十码的速度,这样有安全感。阿里不断回头看我,他肯定认为我不是人,是某种爬行动物,比如蜗牛。我不理他,死死拽住龙头,拽得手心出汗。

骑了几公里,我们到了高峰上。那些耍威风的沙丘,全到了我脚下,对我俯首称臣,我成了高高在上的老天爷。我一激动,开始加速,三十码、四十码、五十码……够了,不敢加上去了。速度上去后,四轮摩托有了节奏,一颠一颠,一跳一跳,我尝到了骑马的滋味。骑行中,我们碰到了长角羚羊、斑马,它们也在奔跑,似乎在与我们比速度。翻过几十个沙丘,我变得热血沸腾,欲罢不能,脑子却糊涂了,不知身在何方,如果没有阿里,我肯定找不到回家的路。

阿里终于停了下来,我刚熄火,菲里普就跑来,吻我的额头,

四轮车

激动地说:"亲爱的,你了不起,你是真正的骑士!"阿里与我击掌,笑嘻嘻说,这是他第一次带中国女士上沙丘。

阿里抱着饮料,带我们登上峰顶,站在这里,能居高临下看沙丘。下面的沙丘,像一片起伏的红绸子,仿佛有人在跳红绸舞。西天的一角,太阳老君拿着画笔,像忠于职守的油画匠,把天空染成了橙红、酒红,把沙漠染成了玫瑰红、胭脂红。

我们坐在峰顶,喝着饮料,看着沙海、云天,听阿里说话,他是爱说话的孩子。

作者和阿里

阿里问我,骑上来怕不怕? 我说当然怕了,怕滑下沙坡,老命就没了。阿里说,女士,其实不用怕滑坡,人比沙子轻,沉不下去的。我根本就不信阿里的话。阿里张开了双臂,纵身跳下沙坡,在我的惊叫声里下滑,但滑了几米,阿里就停住了,像是被人拉住一样。

"你看,沉不下去的!"阿里一骨碌爬了上来,"你试试,好玩嘞。"

我吸了一口气,也跳下了沙坡,号叫着往下滑,但沙子托住了我,像一双有力的手。试了几次,我彻底相信了,人比沙子轻,根本不用怕滑坡。菲里普不肯试,他说他一百八十磅,肯定比沙子重,会一口气滑到地心去的。

阿里说,沙坡不可怕,流沙、塌方是可怕的,你没有逃的时间。阿里教了我们一些沙漠生存法,在沙漠饿肚子,可以吃沙鼠、蜥蜴、蛇,吸它们的血,把肉和骨头吃掉,能活好几天,实在没东西吃,可以啃枯木,啃动物的骷髅。

　　"这些也没有呢?"我问。

　　"吃蚂蚁,撒泡尿它们就出来了。"阿里说。

　　阿里亲自演示,他往沙里倒了些水,水刚渗入沙土,就钻出一群蚂蚁,阿里捉了一只,放进嘴里嚼。我想问,如果没有尿呢,但没有问,没有尿,那就等死吧。

　　听阿里上课,胜读万卷书。但我对阿里说,我不吃沙鼠,不吃蜥蜴,不啃骷髅,也不撒尿弄蚂蚁吃,我啃木头吧。阿里说,那是因为你没饿过,记住阿里的话吧。我们问那孩子,乱七八糟的知识从哪儿学的。阿里挠了挠头皮,诚实地说,他没读几天书,也没有知识,在宾馆打了几年工,带人骑四轮摩托,该讲什么,全背熟了。我们笑了,摸出一百块兰特,付给他小费。阿里高兴得来了个前滚翻。

　　菲里普对阿里说,我妻子是作家呢,她会把你写进书里。阿里请求与我合影。他说,作家,别忘记阿里,一定要写阿里。我连声答应。现在,我做到了,我写阿里了,但我不知怎样才能让他看到。

　　太阳快速下移,我们盯着太阳,怕它一个跟头跑了。但阿里说,这里不是看落日的地方,要往西走,去开阔的地方。

　　"走,我们追太阳!"阿里说着,从沙坡打着滚下去,一直滚到了四轮车边。

　　我们再次骑行,跟着阿里一路往西,追赶急速下沉的太阳。

在沙漠看日落不如海上清晰,因为沙尘影响

我的注意力全在太阳上,骑得飞快,几乎没用刹车。不知不觉,我成了好骑手。

骑到一片沙滩,我们追上了太阳,它悬在地平线上方,像一只深红色的灯笼。

我和菲里普并肩坐着,菲里普搂着我肩膀,我靠着他的胸,听着他的心跳,看着那只红灯笼,只看了几分钟,灯笼被人提走了。世界一下子陷入昏暗中。

"我爱你,我爱你……"菲里普在我耳边说。这句话我白天说过,现在他加倍还给了我。

真是一个柔情万种的沙漠之夜。

锅子路和沙尘暴

早上演讲时间,比利指着天空说,看,今天有沙尘暴!我们抬头看天,空中一片灰暗,太阳朦朦胧胧,仿佛穿着睡衣就跑了出来。总是如约而至的蓝天,竟无影无踪,仿佛与世长辞了。比利说,今天我们向北骑行,骑到南回归线,然后向西骑,骑到大西洋边,终点是骷髅海滩。"骷髅"指人的骷髅。今天要骑八百公里,为了赶时间,中间不休息不吃午餐。今天要挑战沙尘暴,路况也很差,主要是"锅子路"①。

"比利,什么是锅子路?"很多人问。

"就是让你吃不了兜着走的路!"比利残酷地说。

"晚餐是龙虾宴,希望你们活到晚餐时间!"比利补充说。

我们冲进餐厅,大刀阔斧吃早餐,肉类蛋类和奶制品,被我们

---

① 锅子路,指纳米比亚盐湖地区道路,沙盐混合物,容易破碎,形成凹状,像只锅子。

抢得所剩无几,饮料和水果也将告罄,我们疯狂吃喝的样子,像饿了一百天的狮子。其他游客不高兴了,向服务员投诉。服务员赶紧添补食物,还端来一桶果皮汁。服务员说,果皮汁是下午供应的,现在提前供应,请享受吧。我们没客气,挤上去抢果皮汁,喝了一杯又一杯,味道有点儿苦,但我们相信,它是好东西,富含"维C",人吃了会力大无比,像《金刚》里的大猩猩。你别说,抢吃的味道很好。我们抢吃抢喝,周围全是鄙夷的目光。他们哪里知道,我们今天要骑八百公里,挑战沙尘暴、锅子路,而且没有午饭,这顿早餐得撑一天!

我们离开了海市蜃楼。我喜欢这个宾馆,喜欢这个名字,可惜只住了一夜,我永远不会再回到这里,古堡、沙丘、四轮车、阿里、抢早餐的故事,从此放进记忆的抽屉。是的,人生就是一只抽屉,放进童年、少年、青春、爱情……所有的故事,只能回想、无法重来。

我们向着正北方向骑行,周围还是红色沙漠,了无边际的红,醉人的红。骑行五公里,比利描述的"锅子路"出现了,所谓"锅子",是些上宽下窄的坑,看上去像炒菜的锅,当然,锅里不是菜和肉,是咬不烂的沙子、碎石。摩托车踮着脚尖,企图绕过"锅子",但很难成功,锅子太多了,简直是蜂拥而至,像在搞烹调比赛。摩托车绕不过时,轮胎就砸进锅里,砸出蓝色火星,发出打铁的声音。砸下去跳起来,再砸下去再跳起来,真像人在打铁,人和车一起呻吟,胃袋开始抗议。我开始后悔,早餐吃得太多了。

"锅子路"很讨厌,但也不过如此。经历了搓板路、火山岩路、死亡谷,我的忍耐力大大提高,能忍高温,也能忍颠簸,还学会了审时度势,积累了应急经验,在危急时刻,能在最短时间、以最佳姿势,尽力帮助自己,避免伤痛。钢铁是怎样炼成的？就是这样炼成的。我诚实地说,相比"锅子路",沙尘暴才是我们今天的对手。从骑行开始,我们就被沙尘包围,它们悬浮在空中,像挥之不去的晦涩情绪。贴地风刮来时,地面沙土立刻打滚儿,歇斯底里,像耍赖的泼妇,然后卷成一团,向我们狂扑而来。我们没有选择,从中穿过,像会穿墙术的奇人。头盔是忠实的,但挡不住沙子的侵袭,它们无孔不入,进眼睛进鼻子,也进了口腔。口水里沙子在游动,齿间沙子咯咯作响,仿佛到了茶点时间,在品尝咖啡和坚果。沙子是什么滋味,您尝过就知道了,不那么美味,我的舌尖说。想到了老歌《潇洒走一回》,歌中唱:"红尘呀滚滚,痴痴啊情深,聚散总有时……"我们穿越风沙的样子,符合歌的意境,只是

此红尘不是彼红尘。此红尘以肉身穿越,彼红尘以情怀应对;此红尘拼上性命,彼红尘赌上青春。

　　今天的骑行,"查理团"没出大事故,也不那么一帆风顺。首先,伊恩的水袋飞了,打中后面的杰顿。杰顿年轻力壮,没被水袋打下车,但吓得不轻,以为飞来的是伊恩的脑袋。接着,三辆摩托车爆胎,米奇顶着风沙修车,快被沙子活埋了。后来,米奇的行李车也出了问题,拖车连接轴断裂,米奇去买修车材料,比利留下看管拖车。"查理团"失去了导游、机械师,查理担负起领队、导游、机械师三职。

漫漫沙尘路

"查理团"出现了伤病者,安德烈腿伤迸裂,鲜血直流,重新包扎后,咬牙继续骑,是条好汉。保罗眼疾复发,包扎后又成了独眼龙,不肯下火线,也是条好汉。彼特胆病发作,疼得喊爹叫娘,莎拉和彼特换了位置,彼特上了救护车,由老婆玛克辛开车,莎拉骑彼特的车。表面上看不出,莎拉肚里肯定在笑,她又能骑车了!一些队员开始拉稀,包括我家菲里普,他连拉三次。每次停车,他捧着肚子往沙滩跑,我追上他,帮他罩垃圾袋,于是他有了厕所。后来,我也肚子痛,跑了两次"厕所"。我们的"厕所",着实让队友眼红,他们跑来借,我都是友情赠送。今天拉稀的人不少,属于群体性事件,是沙子吃多了?还是让"锅子路"祸害了?但医生莎拉分析,是早餐问题,吃了变质食物,最可疑的是果皮汁,偏偏大家抢着喝。早餐厅,那些对我们愤慨的人,如果知道这个后果,会不会笑掉大牙?哎,我真想把这一段删去。

极品赛车

正午时分,我们接近了南回归线,这里是旅游区,路上车辆明显增多。旅游车来来往往,像个傻乎乎的大盒子,马力二百四十,体重一万一千公斤,它们一撅蹶子,沙子便集体升天,落下来时,正好盖在我们身上。仿佛把摩托车就地活埋,是大巴们的使命,它们差点儿就做到了。

大卡车更是可恶,它们长相粗鲁、身材臃肿,十八只蛮横的轮子,拉着铁矿、铜矿、石头,活像拉着一座座大山,行动不利索,脾气也不好,哐当哐当,弄出半天高的尘埃。本来就是沙尘暴天气,这下更糟糕了。吃亏的是摩托车,摩托车个子小,饱尝了沙子,受尽了冤屈。卡车司机趁机找乐子,脑袋伸出窗外,有人喊粗话,有人挥拳头,有人伸中指,做出下流的动作。有一次,三个卡车司机勾结,肩并肩,堵住"查理团"去路。查理放慢速度,窝囊地跟在后头,吃沙子吃屁,查理鸣喇叭,请求司机让路,但他们坚决不干,继续恶作剧。

终于,查理的忍耐到了极限,他抬起右手,向骑手们示意,他要做动作了。只见查理加快速度,身子前倾,"轰"的一声,摩托车像一枚火箭,从卡车之间射了出去,射到了三辆卡车前方,时速至少二百码,气得卡车司机发疯。后面的骑手也跟上,加速、冲刺、穿越,一个个从卡车之间穿了过去。轮到我们了,菲里普拍我的腿,我拍他的肩,这是我们的暗号,意思是准备好了。菲里普加大油门,灰灰钻进了卡车的缝隙,两只庞然大物,一左一右夹住我们,卡车轮胎比摩托车还高大,像转动的大山,耳边充斥引擎声、轮胎声、风声……我觉得再近半厘米,就会被轮胎吸进去,像被吸入旋涡一样。那个瞬间,我抱住了骑手,双目紧闭,关闭了思想。这是我处理危机的方法。

在很长一段路,"查理团"鏖战"锅子路",鏖战沙尘暴,鏖战大巴车,与大卡车拼命、较量,与卡车司机对骂,互相超越,仿佛在玩"NFS"①。无聊的骑行,因此变得有趣,我们尝到了做英雄的滋味。卡车司机也是喜气洋洋,没有人再打瞌睡。"查理团"越骑越亢奋,越骑越快,有人跑一百码,就有人跑一百二十码、一百五十码……我知道,大家拼着命跑,不是逞能,不是反抗查理,是为了少吃点儿沙子。显而易见,跑到前头的人,把沙子留给了后来人。我也踢着骑手的屁股,催着他快跑,我们赶上了有伤病的安德烈、保罗,趾高气扬地超上去,请他们吃我们的沙子。查理和比利很满意,他们说,这样跑下去,有望跑出一群世界冠军。

---

① NFS 即 Need for Speed,《极品飞车》。

南回归线[1]

南回归线到了,看到了著名的标志牌——Tropic of Capricorn。南纬二十三度二十六分,是地球举足轻重的刻度。

"查理团"全体停下,每个人疲惫不堪,灰头土脸,下车就擤鼻子,擤出带沙的血块,嘴巴"呸呸"地吐,但没人用水漱口,水太宝贵了,不敢浪费一滴。大家站在标志牌下,拍了一堆马到成功的照片,作为到此一游的证据。南回归线周围,空旷而荒凉,不见平顶山,不见沙丘,不见布须蔓草,不见金合欢,更没有人烟,只有沙子、石头、坑洞、土坡,一直延伸到远方。我想,如果我们登上月亮、火星,或什么星,看到的应该就是这番情景。

我们在回归线上来回走。男人们就地撒尿,像用气味做标记的某种动物。我、玛克辛、杰奎琳,三个女人跑到远处,也做了记号。世上这么多人,跑这里做记号的人不多,这件事值得吹嘘,值得写上一笔。每个人捡了一块石头,沿回归线排开,二十块石头,代表"查理团"二十个队友。大家还用石头拼自己的名字,围上一圈彩色石子,看上去像个镜框。我拼了"盛林",拼了"中国杭州",为家乡在南回归线占了地盘,有石为证。我亮出了宝贝——小小的五星红旗,举过头顶,请菲里普为我拍照。这张照片发出去,亲友们肯定认为我代表中国登上了火星。

大家忙着拍照、拼名字、占地盘,查理和比利抱着胳臂,宽容地看着我们,像大人看一群傻乎乎的孩子。他们向我们保证,会来看望我们的名字,他们年年都来非洲。查理还煞有介事,把我们的名字和地盘拍了下来,以便到时查对。查理虽然瘸着脚,却

---

[1] 南回归线通过十几个国家,纳米比亚是其中一个。

南回归线留影

夫妻二人与查理

看不出半点儿疲倦，对他来说，带我们骑行，只是微量运动罢了。他只身骑越了帕米尔高原、西伯利亚沼泽、阿拉斯加峭壁，那才是要命的骑行。

半小时后，我们重上摩托车，发动了引擎，就在我们离开时，沙尘暴又来了，风沙贴着地面、张开灰色的翅膀，从南回归线上一扫而过。沙子落了下来，盖住了我们的名字，那儿一片灰黄，什么也没有了。我们的地盘就这么丢了。

骷髅海滩

离开南回归线，我们改变了路线，由北向西直行，那是大西洋的方向。周围依然是红色沙漠，脚下依然是"锅子路"，沙尘暴还在刮，太阳还是咄咄逼人，但我知道，这样的折磨不长了，我们就要熬过去了，前面就是大海了。果然，越向西，西风越猛烈，送来了丝丝凉意，我似乎闻到了海的气味。

终于，我们离开了破"锅子路"，跃上一条黝黑发亮的盐路①。盐路两边还是沙漠，但路上没多少积沙，沙子被海风吹走了，空气干净，气温锐减。我拉起面罩，大口呼吸，任凭清风吹散头发，吹干流了一天的汗水，心里有了幸福感。幸福是什么，是没有颠簸，没有酷热，没有沙子，没有"锅子路"。路边出现了供水管，一头扎向地底，一头伸向了前方。看到供水管，就看到了民房。民房站在沙土上，房顶是两片巨大的斜坡，像一对翅膀，护住了整个房屋，屋子西面开门窗，接受海的气息，东南北面封闭，以抵挡三面风沙。这就是人的聪明，环境再恶劣，总能找到应对的办法。棕榈树出现了，它们站得笔直，像两列迎接我们的仪仗队。

---

① 盐路出现在纳米比亚西海岸，盐路成本低，适合干燥无雨的气候。

骷髅海滩

　　我们进城了，这里是斯瓦科普蒙德①，一个时髦的城市，街道整齐，建筑物考究，有红绿灯、斑马线、写字楼、街心公园、广告牌、海鲜馆、汉堡店、咖啡店、时装店、礼品店、婚纱店、酒吧、超市……总之，时髦城市应有的东西，它一样也不少。大街上人来人往，匆忙的游客，悠然的本地人，叫卖的小贩，乞讨的孩子，还有一些奇怪的女人。她们头戴牛角帽，身穿庞大的裙子，一不乞讨，二不叫卖，只是拦住游客合影，然后索取小费。我们被拦了几次，她们不怕摩托车，也不怕戴头盔的人。查理告诉我们，这种装束的女人，被称为"赫雷罗女人"。

　　穿过繁华的市区，我们到了骷髅海滩。海滩的正前方，就是浩瀚的大西洋。我扔了头盔、骑行服、靴子、袜子，急匆匆跑到了海水里，水的清凉，电流般震撼了我。我几乎要哭出来，这些天

---

　　① 斯瓦科普蒙德市，纳米比亚第四大城市，早先是德国殖民地。

身陷沙漠,我完全忘了,世上还有大海,海里有那么多水。水啊,你要是长出脚来,走进沙漠该有多好。站在骷髅海滩,就像站在一页画报里,下面是金色的沙,背后是彩色的城,城背后是红色、橙色、银色的沙滩,被称为"三色沙",正前方是宝蓝色的大海,海上滚着雪白的波浪线,到处是黑色礁石,礁石周围的水,青绿蓝紫,像彩色的油画。我抬头看到了蓝天,她失踪了一天,现在隆重出镜,承载着粉红色的夕阳,像是抹了一脸胭脂。太阳老君回到了西宫,一身红彤彤,是纯粹的无杂质的富丽堂皇的独一无二的太阳红。骷髅海滩,让人不忍离去,读者,我真希望您也和我在一起。

那么,这个海滩为什么叫骷髅海滩?查理和比利的版本有所不同。查理说,1933年,瑞士飞行员在这里失事,人们一直找不到他的遗体,故事拍成了电影,就叫《骷髅海滩》,从此骷髅海滩名扬天下。比利却说,这片海域暗礁多,地形复杂,是世界上海难最多的地方,海滩上骷髅成堆,所以叫骷髅海滩。比利还说,到了午夜时分,骷髅鬼会出来游荡,有兴趣的话,他可以带我们来看。我们不相信骷髅鬼的故事,也不愿意跑来证实,就让比利一个人来吧。

龙虾晚宴

下榻的宾馆,名叫Swakopmund(斯瓦科普蒙德),像个植物园,有棕榈、三角梅、剑麻、百岁兰、光棍草、石莲草,还有仙人掌类植物。但Swakopmund的外围,依然是重重叠叠的沙丘,一毛不长,野性而荒凉,我们就是从那儿骑过来的。我们住进了度假小屋,它是砖石结构,一面朝沙漠,一面朝花园。花园里走动着小鹿、小羚羊,它们拥有取水机、取食器,日子过得不错。

天黑后,气温降到零度左右,聚起了白雾,我们都穿上了冬装。晚餐时间,"查理团"在海鲜馆吃龙虾宴。查理宣布,今晚的酒水由他请客,大家放心喝,尽情喝,不醉不归。男人们一听,欢呼查理万岁,每人要了一瓶红酒。酒喝多了,说话就放肆,不知谁起了个头,聊起了睾丸的事。有人说,今天骑得睾丸痛。有人回应,前几天就痛了。有人再回应,不但痛,还肿了呢,沉甸甸的。有人说了粗话:"×××,居然骑得蛋疼!"

米奇坐我对面,他凑近我轻声说:"林,捂上耳朵。"

我摇摇头说:"我听不懂呢。"这句话是我的武器,用来对付诸如此类的场面。

没想到,查理也加入了睾丸的话题。查理说,睾丸痛不可怕,肿也不可怕,一大一小要小心,回去得看医生,可能是睾丸癌呢。查理话音一落,几个人当场自摸。这时,大卫问查理,当初是怎么发现睾丸癌的,发现时害怕吗? 查理说,不害怕,睾丸癌不可怕。查理说,我家有只老狗,睾丸一大一小,我妻子带它去看兽医。兽医说,狗是得了睾丸癌。我妻子说,我家查理也是一大一小。兽医说,查理得去看医生。我就看了医生,果然查出了睾丸癌,切掉了一只,装了假睾丸。大卫问查理,假的和真的有什么不一样。查理"腾"地站起,比画着手脚说,平时没什么感觉,但游泳时浮力不一样,假的浮力大,身体放不平,像要翻身的船,热的时候,真的变大,假的不会大,没有对称美。大家哄然大笑。只有大卫一本正经,继续问:"假的是什么材料呢?"查理说,假的是硅胶,有弹性,"来,你摸摸。"查理对大卫说。大卫没犹豫,一伸手就摸了过去。"噢——"男人们怪叫,吹口哨,拍桌子。

米奇又对我说:"林,捂上眼睛。"我没捂眼睛,我瞪着大卫看,看着他摸查理。我真没想到,平时那么绅士的大卫,竟会当众摸这个,我想放声大笑,没敢笑出来,我是比较矜持的女士。但玛克辛忍不住,爆发出狂笑,浑身发抖,差点儿背过气。另一个女士,英国人杰奎琳,笑得滚到桌底,她的老公独眼龙保罗花了很大力气,才把她拖出来。

查理严肃地说,有什么好笑的,都给我严肃点儿,我这是给你们上课呢,我在英国演讲了好几场,场场爆满,我还出版了一本书,卖得可好了。几个人同时问,查理,书名是什么,哪儿有卖,我们要买。查理翻翻眼睛,没答上来。我知道查理醉了,他出版的书我家全有,每一本都写摩托车冒险,哪儿有写睾丸的。

大餐终于上来,一人一只大铜锅,掀开锅盖,里面是大龙虾,有半米长,配着土豆泥、西兰花、柠檬片。于是,睾丸的话题戛然而止。大家刀叉齐下,一心一意对付龙虾。只有大卫吃米饭、啃生菜,然后出去抽烟了。大卫一走,刀叉之声变得更响亮。

"比利呢?"有人想起了比利,比利一大早叫嚣吃龙虾,现在却不见人影,跑哪儿去了。约会去了,还是被骷髅鬼捉去了? 醉鬼们一顿乱猜。

龙虾宴临近结束时,比利现身了,背着一把吉他。比利说,他去买吉他了。大家斜着眼睛,要他老实交代,还干了什么。比利不交代,一边嚼龙虾,一边问:"一会儿,谁跟我去看骷髅鬼?"他以为能把大家吓倒,没想到,所有人吼了起来:"我! 我去!"

醉酒真是件好事,连鬼都不怕了。

关键词：

第二个跟头、断岩山、

赫雷罗女人、天台和电脑事件

第二个跟头

斯瓦科普蒙德的早上，雾色浓郁，雨丝飘飘，让我们领教了海边的倒春寒。

集合时，大家冻得牙齿咯咯响，但没人叫冷，更没人添衣服。我们知道，跑进了沙漠，我们就会被太阳活捉，一边承受酷刑，一边想念这儿的寒冷。

比利说，今天雾气重，出去就是盐路，盐路光滑，大家要注意力集中。"请别滑到卡车底下，压扁了你们聪明的脑袋。"比利警告道。比利还说，今天要翻越布兰德伯格山①，也称"断岩山"②。"断岩

---

① 布兰德伯格山，Brandberg，位于卡拉哈里沙漠西北，海拔两千六百米，纳米比亚最高峰。淘金者天堂。

② 断岩山，Massif，岩层受力断裂，上下移动，形成断岩，地震是主要原因。

山"三大看点,一是石柱山①,一是岩石画②,一是赫雷罗女人。与赫雷罗女人合影,要准备好小费。今天的路况是碎石,请瞪大眼睛,碎石中有宝石和金子,目的地是"Ugab"天台,一座迷人的石柱山。

"明天是休息日!"比利宣布。

我们精神振奋,未来是美好的,有盐路、有石柱山、有金子、有岩画、有赫雷罗女人、有天台,还有休息日……最诱人的是休息日。幸福是什么? 幸福就是休息日。

我们离开了Swakopmund,骑上一条发亮的盐路。朦胧的雾色,像一层厚厚的奶油,涂抹在冰冷空气中。雨丝还在飘,天空垂着灰色帘子,帘子的后面,太阳正襟危坐,就像垂帘听政的太上皇——希望他永远不要出来。盐路上冒着水珠,晶莹、细密、潮湿,像一张拼命出汗的脸。盐路是平坦的,几乎没什么摩擦力,就像光滑的玻璃,倒映出车和人的影子。

正是早高峰,车辆你来我往,各奔前程。这也是人世的缩影,不管世界多拥挤、多混乱,道路千万条,人各有目标,各有所归。摩托车陷入了车流,大卡车、大巴车、小轿车,四条腿的家伙,挤兑两条腿的摩托车。查理加快了速度,想把队伍带出混乱,骑手行骑手礼,礼貌超车,四条腿的东西不肯相让,于是,就像昨天一样,大家玩起了"NFS"。摩托车是小个子,速度一起来,就像冲天的火箭,"查理团"甩掉了竞争者,跑到了最前沿,成了"NFS"领跑者,骑手们做着V手势,庆祝胜利。

我喜欢盐路,盐路干净、平整、光滑,如果沙漠只有盐路,没有搓板路这类怪物,那该有多好。总之,盐路让我心情很好,好得像

---

① 石柱山,断岩层经风沙雕刻,形成坚硬、独立的石柱形。
② 岩石画,专指刻在岩石上的象形古画。

过节一样。

万万没想到，我的"过节"心情很快被粉碎了。摩托车突然打滑，向左向右，发出刺耳的刮擦声，"砰"的一下倒地，菲里普被甩出路基，我直接摔在路当中。车辆呼啸而来，从我头顶压过。那个瞬间，我认为我肯定死了。

我还过了魂，发现自己活着，但左腿被摩托车压住，我发出了哭喊声。菲里普已站起身，踉跄着朝我扑来，想把摩托车搬开，我狂喊"No"。我怕他扶不住，我再被砸一下，砸出肚肠都说不定。摩托车二百七十二公斤，我四十五公斤。

摩托车摔倒的划痕

援兵到了，队友从前面折了回来，他们是保罗、杰顿、大卫、史坦芬。一位卡车司机告诉他们，你们有两个人摔死了，吓得他们赶紧回头。

我还活着，还能叫唤，队友们不再哀伤，与菲里普联手，搬开了我身上的摩托车。

莎拉为作者验伤

大卫在给莎拉打电话，我听见他在吼："莎拉医生，救命啊，林的腿断了!"

我被大卫吓了一跳,想爬起来,检验一下腿功能,但菲里普、史坦芬摁住了我,就像警察逮犯人,不许我动弹,还审问我,你从哪里来,要到哪里去,今天几号,明天几号,丈夫叫什么……我说对了菲里普的名字,其他一概出错。我哪知道这是什么地方,要到哪里去,我只知我躺在盐路上,腿很疼。确信我脑瓜子没事,菲里普拉开了我的面罩,给我喂水,但还是不敢摘头盔。

断后的比利到了,他单腿跪下,低下雪白的脑袋,连声说:"林,别怕,比利来了,你是女英雄,比利最爱你了……"比利的口气,像是念悼词。

莎拉、米奇的车到了。米奇跑来看摩托车,莎拉跑来看我,检查我的头盔,看我的眼睛,还问了话,认定头部无伤,帮我摘下了头盔,扶我进了救护车。关上车门,莎拉为我体检,头骨、颈椎、肩骨、腰椎、尾椎、骨盆、腿骨、脚腕。检查完毕,莎拉笑着说,头部没伤,骨头没伤,内脏没伤,软组织受伤,但不用担心,没有大事。"你很幸运!"莎拉抱了抱我。我知道,我幸运,她也幸运,查理和比利都幸运,假如我受了重伤,他们的旅程全完了。

查理火速回转,下了摩托向我跑,由于紧张,腿瘸得更厉害了,几乎是跳过来的。查理听完莎拉的汇报,表情放松下来,拥抱了我,表达一个领队的安慰。

查理说:"林,别怕,你是轻伤,但不能再受伤,你坐莎拉的车吧。"

查理转向菲里普,问他情况如何。菲里普如实相告,他身体没事,但心情不好,觉得对不起妻子,他不是好骑手,不是好丈夫。查理拍拍菲里普,温和地说:"别这么想,没人愿意出事,有时就是发生了，发生得很快，不可挽回，这就是骑摩托车。林没什么事，你放心吧，接下来你单独骑。"

我看着菲里普，他眼里饱含羞愧，仿佛就要迸出泪水。我知道，如果我离开他坐救护车，他会羞愧一天，抑郁一天，这一天算是完了。我不愿让菲里普羞愧，我要保全他的面子，我要让他快乐地度过一天。于是，我单脚跳了跳，试了试力气，拍拍受伤的左腿，像要把疼痛拍掉一样。

我对查理、比利、莎拉说："我想，我还能骑。"

比利说："林，恩爱夫妻分开一天，别这么舍不得。"

我说："是，我是舍不得！"

比利拍着脑袋说："得，得，我的上帝，爱情原来是这样的！"

队友们笑了，一起鼓励我："Lin, Hard Way！"

菲里普拥抱了我，亲吻我的额头，我知道，这是感激的吻。我问菲里普疼不疼，他说他不怕疼，男人就是拿来摔的，女人不同，女人摔不得。

"亲爱的，我希望你不再疼了。"他看着我说。

我马上诉苦："我很疼呢，疼得要命！"他一听，伸手把我抱上了车。

我们在盐路上继续前进，查理在前，比利在后，像母鸡护小鸡一样护送我们。

现在，我对盐路的好感荡然无存，它可不是什么好人，它是毒蛇，是魔鬼，是跑来索命的，说不定就是骷髅鬼。我抱紧骑手，身子贴紧他，让他感觉到我的体温，让他知道我爱他、依赖他、信任他，一点儿都不怪罪他，让他心情好起来，才不会再吃跟头。我表现得像英雄，但实际我的状态并不好，伤腿火辣辣的，疼痛在增加。恐惧也在增加,摩托车每次打晃,每次打滑,都让我魂飞天外,紧闭了眼睛,准备接受另一个跟头。看到队友翻跟头,在盐路上打滚儿,我也是感同身受,疼得浑身发抖,怕队友摔死了。我死了他们伤心,他们死了我也会伤心的,跑进沙漠后,我们不再是陌生人。某种程度上,我们彼此间的关心,已超越了亲人。亲人在远方,而队友就在眼前。

旅游就是这样一件事,让爱情更浓,让友情更烈,哪怕萍水相逢的人,也会成为生死之交,甚至擦出爱情的火花,这才是不虚伪的旅行。虚伪的旅行,就是一帮人走马观花,心灵却无动于衷。

断岩山

几小时后,我们离开了盐路,骑在了搓板路上,像蚂蚱一样蹦跳。我喜欢搓板路,宁愿受它的折磨,也不要再看盐路一眼,我和盐路结下了仇恨。

我们向西北方向骑行,地势不断升高,人烟变得稀少。不到两小时,我们看到了高山,它茕茕孑立,如同沙漠上的"孤岛",这就是布兰德伯格山,也称"断岩山"。

"查理团"进了断岩山,山路迂回,像回形针。

断岩山之中,分布着石柱般的山头,孤注一掷的表情,如同游走江湖的浪人。石柱山让我想到海边的皱褶岩,它们异曲同工,但走势、颜色不同,皱褶岩横向、彩色,体积再大,也像平躺的美人;而石柱山灰白,向上挺直,有的圆浑,有的尖削,有的方整,不管哪一种,都像用刀片削出。石柱山的前身是断岩山,岁月和风沙将它们打磨成石柱的模样,还赋予了象征意义,象征力量,象征传奇,象征寓言,象征精神。

摩托车往上攀,气温也往上攀,太阳摆出惯有的姿态,对我们狂轰滥炸,石头山也不遗余力,全力反射太阳的光辉,我们就像骑在太阳上面。脚下是碎石路,其间有彩色石子,有的石子闪着金光,我们停了下来,准备捡金石头,捡一大袋,像《天方夜谭》中的阿里巴巴,喊着"芝麻开门",成为富人。但我们放弃了努力,石头山上太热,我们一停下来,就像蜡烛一样流汗。我们会在捡到金子之前,晒成无水的石头。对金子的渴求,做富人的梦想,在酷热的威胁前土崩瓦解。

骑到半山腰,看到了"岩画谷"石碑,写着一段古老的故事。

1917年,一个德国学者来到布兰德伯格山,他发现一个岩洞,洞壁上刻着岩画,其中一幅引起他的注意,画上是个白人女子,手拿弓箭,戴满珠宝,身边围着小人、牛羊。德国学者惊讶,非洲的岩画,怎么会有白人女性?他把消息传了出去。欧洲的考古学家来了,他们的结论是,那幅白人妇女的岩画,从画技和色彩看,至少已有五千年。画上的白人女子,来自一艘海轮,海轮遇到海难,幸存者逃进断层山,在岩洞中生活到死,为世人留下了岩画。洞里的岩画,被他们鉴定为南非最古老的岩画,这个"岩画谷",也成了著名景点。

我们在"岩画谷"转圈,想找到那个岩洞,但一无所获,山上岩洞太多。在一块突兀的石壁,我们发现了一些小岩画,画上载歌载舞的小人,只有手指头大小。这是五千年前的岩画,还是一千年前的,或是十年前的,难以考证。就在这块石壁上,我用小刀创作了岩画,画了白人和黄人,骑着摩托车,落款是:美国人菲里普,中国人盛林,公元2017年9月某日。抱歉,我实在想不起今天是几日。

断岩山

我们满意地离开了，带着一些冥想。再过五千年，考古学家会不会按图索骥，来一个溯本求源，先到浙江分水，那是岩画家的祖籍，然后到浙江临安，那是岩画家的出生地，再到杭州文三路，那是岩画家住得最久的地方……最后来到美国德州沃顿，那是岩画家的美国故居。我们的故事就像《一千零一夜》，家喻户晓，子孙们跑到这里，参拜岩画，缅怀先辈……哎，如果这样，我今天就不枉此行，晒成人干儿也值了。

赫雷罗女人

两公里高度的地方，出现了石滩，我们靠边停车，喝水休息。石滩面积很大，占去了整个山谷。石滩上扎着一些棚子，材料是

作者与赫雷罗女人（摄于斯瓦科普蒙德市）

弯曲的木棍，棚子没有顶，也没有四壁，如同镂空的鸟笼，里面有什么，一目了然。木棍棚前方，坐着一个或几个女人，我一眼认出，她们是赫雷罗女人，头戴牛角帽，身穿肥大的长裙，裙子款式考究，袒胸、打褶、有绳边、有流苏，裙摆过膝……这是一条有气势、有气质的裙子。然而，再往下看，她们脚上没有鞋

子,大脚板沾着泥沙,或者绑着两片轮胎。她们坐在毒辣的太阳下,守着一堆彩色的石头,正在卖石头。

石滩上,还有一群小孩子,他们赤身裸体,在太阳下蠕动,似乎在搜寻石头。他们黑亮的小脑袋,被阳光照得晶晶亮,就像地上的石头。

在我们附近,也有个赫雷罗女人,四五十岁,戴蓝色牛角帽,穿金黄的花布长裙,脚上没有鞋,趾甲破裂了,她正在卖石头。我们向她走去。女人边上有两个男孩,三四岁左右,拖着鼻涕,怯生生望着我们。我掀开头盔的面罩,让他们看清楚,我是个女人,对他们没什么威胁。

我蹲下身看石头,石头按颜色分类,玉色、蓝色、赤色、黑色、杂色。我挑了五块彩石,我不懂石头,只挑喜欢的颜色。我问那女人,石头多少钱一块。女人伸出十个手指,我猜是十兰特一块。菲里普递给她五十兰特,那女人不接,连连摇头。菲里普又加了二十兰特,她还是摇头,指指她的石头,说着听不懂的话。是嫌钱少?还是希望我们再买几块?我们搞不清状况。结果,女人抓起五块玻璃石,塞到了我手里,这才收下了五十兰特。原来是十兰特两块,不是我们钱给少了,而是给多了。她穷成这样,她那么需要钱,还守着买卖公道的原则。石头是她和孩子从石滩捡来的,并不好捡,捡的人很多,竞争激烈,天气又这么热。她的行为,简直不可思议,让我差点儿掉下泪来。

我们做石头交易时,两个男孩一直盯着我,鼻孔被鼻涕堵住了,发出吸溜的响声。我送了女人两包面巾纸、三瓶矿泉水、一瓶佳得乐,还摸出一把糖果分给了两个男孩。男孩接过糖果,目瞪口呆,仿佛不相信有这样的好事。他们咀嚼糖果时,用小手掩住嘴巴,怕糖水跑出来。我问母亲,可以和孩子合影吗,我晃了晃手机,她点点头。合了影,菲里普又给女人二十兰特,付拍照的小费,这是"查理团"的纪律。

就在这时,十几个小孩向我们跑来,他们光着脚,跑得像羚羊一样快,他们把我围住,挥舞手里的彩石,希望我把它们买下来。我摇头、摆手,告诉他们,我已经有石头了。他们没有放弃,把小石头举到我嘴边,仿佛想让我吃下去。我眼前全是黑色的小脑袋、小肚子、小屁股,还有乞求的黑眼睛。突然,孩子们安静了,他们看到了吃糖的男孩,愣了一下,像听到命令似的,一起扔掉手上的石头,向我摊开了手心。他们没喊"Sweets",高山上的孩子,也许根本不知道这个词语。这些傻孩子,为得到糖果,把辛辛苦苦捡来的石头扔了。也许在他们心中,糖果比石头好得多,是世界上最好的东西。我们搜刮出所有零食,糖果、饼干、薯片,全部送

卖石头的人

给了这些孩子。石滩上跑来更多的孩子,老远就伸出小手,而我们的零食已经告罄。我们骑上摩托跑了。

沿着石滩骑行,到处有赫雷罗女人,她们卖着石头,眼巴巴看着我们。五六十度的高温,她们做着石头的营生,穿不起鞋,却没摘下厚厚的牛角帽,没脱下肥大的花裙子,她们华丽的着装,与寒酸的处境,格格不入。

赫雷罗女人,为什么戴牛角帽、穿这样的长裙,而且不肯脱下来呢?

赫雷罗部落,曾是纳米比亚一个族群,人口八万。

1880年,德国占领了纳米比亚,抢走了赫雷罗人的土地和牲口。

1904年,赫雷罗人开始反抗,很快被德意志帝国镇压。威廉二世皇帝发布了"种族清洗"令,赫雷罗人逃进卡拉哈里沙漠。德国人又追进了沙漠,封死了水源,渴死了成千上万的赫雷罗人,杀死了成千上万的牲口。

截至1908年,七万五千名赫雷罗人被杀死,一个八万人的种族消失了。

幸存的赫雷罗人,逃进布兰德伯格山,就是我们今天经过的断岩山,在这里苟延残喘、传宗接代。从那时起,赫雷罗女人开始戴牛角帽,穿长布裙。裙子的款式,来自德国的传教士,是由德国人传进非洲的。赫雷罗女人说,戴牛角帽是为了纪念惨死在德国人手下的牲口;穿敌人的服装,为了记住历史,羞辱敌人,为赫雷罗人讨回公平,挽回失去的尊严。

一百多年过去了,直到今天,赫雷罗女人从没摘下牛角帽、脱下长裙子。那么,她们讨回了什么,要回了什么?

1912年,德国总督说:"没有人认为,保存非洲一个种族,比扩大伟大的德国更重要。他们没理由存活。"1985年,联合国宣布,德国人对赫雷罗人的屠杀,是二十世纪第一场种族大屠杀。但德国人说:"事情过去了,一个道歉对赫雷罗人毫无意义!"

赫雷罗人的血,赫雷罗人的冤屈,被时间擦干,被人们遗忘。

赫雷罗人继续留在布兰德伯格山,男人打猎,女人捡石头,孩子也捡石头。这是他们的归宿,没有更好了,也没有更坏了。赫雷罗女人的裙子,虽然是颇具寓意的德国教士装,但也只是一条裙子。对于大多数旅行者来说,赫雷罗女人是路上的一道风景,仅此而已。

在我写作本书时,事情有了转折。2021年5月28日,德国政府承认,二十世纪初对赫雷罗人犯下了种族灭绝罪,并承诺用三十年时间,拨款十一亿欧元,造福赫雷罗族和纳马族后裔。德国外长海科·马斯说:"我们的目标一直以来就是,为了纪念受害人、实现真诚和解而寻求共识,包括正视殖民时期在纳米比亚土地上发生的事件,不加以略过或修饰……如今,我们正视从当代的角度描述这个事件:这是一场种族屠杀。"

Ugab 天台

傍晚六点,我们到达了目的地,Ugab天台。

Ugab天台,布兰德伯格山的石柱山,一公里左右,圆柱体,山路笔直向上,上山就像登天,顶部平坦,就像广场平台。这个石柱山被称为天台,名副其实。

天台顶上,有四五十幢小木屋。木屋一边是游步道,曲折向前;另一边是悬崖,一脚踩空,你会垂直下落,落到公里之下的公路。木屋顶上是芦苇,缝隙很大,白天可以晒太阳,晚上可以观天象。木屋背后有小柴炉，管道接进屋里，供水、供暖。我们每家分到一个这样的木屋。

天台的平面上，还有停车场、厨房、餐厅、花园、高空滑索站、游泳池。

看到游泳池，我心里很别扭，这东西太奢侈了，一公里高的天台，水得从山脚抽上来，山脚的水是从地下抽上来的，如果抽不到水，水就得用人工背上来。天台的水比血还金贵，却修建游泳

Ugab 天台

池，简直是暴殄天物，谁敢下水糟蹋，就是罪该万死。

没想到，队友们做的第一件事，就是跳进游泳池，像大鲸鱼一样拍起水花。真是罪该万死，我心里痛骂，自己也下了水，没拍水花，只是湿湿脚。水的诱惑实在太大！

洗澡时，为了节约用水，我就像平日，拉着菲里普一起洗，但菲里普说，一起洗或分开洗，用水量是一样的，只是情调不一样。我不信，合并同类项，怎么会一样呢？就算一样，我也要一起洗，感觉省掉了一半水。我在"死亡谷"发过誓，从此节约用水。我知道，我有些过分，自从进了沙漠，在用水这件事上，我确实有强迫症，害怕没水用，用水时，又怕被我用光了，成了千古罪人。这种

心理障碍源于幼年。小时候我妈天天说菜油不够吃,我看见油瓶就害怕,生怕把它打了。偏偏有一次,我玩石头打破了油瓶,吓得想自杀。妈妈没骂我,我却像个罪人,骂了自己一辈子。什么都能浪费,可不能浪费菜油。水呢,水也一样!

晚餐时间到了,我左大腿肿了,迈不了步,菲里普扶着我到了餐厅。

队友们对我夹道欢迎。马库思说:"可怜的林,瘸得像查理了。"肖恩说:"不是像查理,林就是女查理。"哄笑声中,查理走过来,给我一杯水、一包止痛片,他说止痛片能止痛,也能消炎,马上吃。我听命令,吞了一片。

这时,安德烈喊我:"林,过来,我弹吉他给你听。"

安德烈成了中心人物,大家围住他,听他弹琴,我们这才知

安德烈的吉他表演

道,他不但是摩托疯子,还是大学音乐教授,会乐器会作曲会填词会写书,是个奇人怪兽。"查理团"人不多,但奇人怪兽还真不少,从领队查理开始。安德烈弹完琴,对我说,他一见我就有好感,因为他媳妇也是中国人。我问,媳妇哪里人,他说是苏州人。他拿出照片给我看,媳妇一家人在吃螃蟹。

"天啊! 好美啊!"我说。

"是啊,我媳妇很美!"安德烈得意地说。

其实我是赞美螃蟹。

开饭了,晚餐有鹿肉、羚羊肉、木薯饼、玉米粥、水果色拉。

饭吃到一半,米奇进了餐厅,脸色很难看,他说他的电脑包被偷了。事情是这样,附近有个加油站,米奇停车加油,来了一个警察,警察带着一个小孩,警察找米奇说话,米奇加完油就上山了,到了山上,发现电脑包不见了,里面有电脑、护照、过境材料。估计那人是假警察,和小孩联手偷了电脑。

"你你你你……"查理手指米奇,口吃病发作了。比利愤怒地盯着米奇,仿佛要把他吃了。我们吓得不敢吭声,也不敢吃东西。其实不该怪米奇,怪小偷。

天台总管Trevor(特雷弗)走了过来,他是个英俊的黑人小伙。Trevor问了情况,对米奇说,别急,我有办法,找小镇广播站,请他们广播一下,谁把电脑交回来,奖励谁五百兰特①。Trevor说,这里没网络,电脑派任何用处,小偷只是想偷钱,会用电脑换钱的,五百兰特是大数目。

"小偷会听广播?"米奇哭丧着脸问。

"肯定会有人听到,口口相传,我们试一试吧。"Trevor说。

---

① 相当于四十美元。

查理、比利脸色好看多了，同意试一试，交给 Trevor 两千兰特。

Trevor 下山了。米奇沉着脸，越想越觉得不保险，他决定下山，夜奔温得和克①，去澳大利亚领事馆补护照，来回八百公里，不吃不喝不睡才能完成。

查理、比利同意米奇的方案。

于是，大家纷纷站起来，表情悲哀，送葬一样送走了米奇。大家继续吃饭，心情沉重。再过几天，我们要离开纳米比亚，下个国家是博兹瓦纳，如果没有护照，米奇只能留在纳米比亚。米奇留下了，谁为我们搬行李，谁为我们洗摩托车，谁为我们订宾馆、当后勤呢？大家突然意识到，"查理团"最重要的人物，不是查理和比利，而是米奇。

饭后，男人们开始喝酒，没人说笑。我腿疼坐不住，菲里普便送我回屋休息，他自己返回餐厅喝酒。男人们喝酒喝到很晚，一直没有说笑声，也没人弹吉他唱歌。

今天是骑车以来，最不高兴的一个晚上。

---

① 温得和克，纳米比亚首都，建于 1890 年，曾是德国的殖民地，后被南非吞并，于 1990 年实现独立。

关键词：

游步道、石柱山、白蚁塔、

红泥女、Zip Line

游步道

　　早上醒来，我觉得神清气爽，仿佛不是睡了一觉，而是睡了一百觉。昨晚菲里普喝酒到半夜，我早早就睡了，睡得极为甜美。这个叫天台的地方，入夜后寂静无声，伸手不见五指，透过天棚能见星光，仿佛远离了人世，睡在星空之上。腿伤好多了，肿消了一半，疼痛也减轻，皮肤变成了彩色，青黄红蓝紫，如同雨后的彩虹，配得上李白的诗句："两水夹明镜，双桥落彩虹。"

　　早餐时间，比利对大家说，今天是休息日，不要睡懒觉，可下山看石柱山、白蚁塔、红泥女，和红泥女合影，请付小费。有人问，什么是红泥女？比利不回答，卖关子的表情。

　　早餐后，队友们驾上摩托车，屁股朝上、头朝下，狂风般下了天台。他们以下山看风景为名，摆脱了查理和比利，准备自由飙车，释放一下野性。杰奎琳和玛克辛，两位坐车的女士，今天也上了摩托车，夫妻双双下山。我没嘲笑她们的意思，我挺敬佩她们，她们七十多岁，还敢来沙漠，抗风沙、战高温，我到七十岁是什么样子呢……哎，还是不想吧，我真不想变成七十岁。

Ugab天台，剩下三辆摩托车，一辆是我们的灰灰，还有两辆是查理和比利的。他们在替米奇干活，查理预订明天的宾馆，比利修理米奇的拖车。

我们没下山，因为我不愿意，我对菲里普说，我腿伤没好，骑不动车，我们散步吧，天台上看风景也一样。菲里普赶快回答"Yes, Ma'am"，眼睛却瞅着灰灰，灰灰也瞅着他，互传相思之苦，几乎要抱头痛哭。我假装没看到，我心如明镜，他们就是想下山，就是想飙车，就是想发疯。我啊，我就是不让！我们沿人行道走，我的腿瘸拐严重，仿佛到了残疾的边缘，必须让菲里普扶着。走到天台尽头，这里有个小石滩，铺着彩色石头，闪闪亮亮的，像一地彩色眼睛，我尖叫起来，动手捡石头，蹦来跳去，忘了自己是瘸子。"我真高兴，小石头治好了你的腿伤。"菲里普阴阳怪气地说。"快帮我捡，趁别人还没发现！"我大声催他，像个发现聚宝盆的强盗。小石滩的石头是捡不完的，就算捡得完，我也带不走，那会把我累死。

我走到山崖边，坐下看风景。这里视线开阔，往下看，看到公里之下弯曲的公路。往前看，看到几座石柱山，有的像削尖的铅笔，有的像打仗的炮台，有的像吃饭的桌子。在我们脚下，是片陡峭的山坡，坡上生机盎然，荆棘长出了新绿，合欢树开出了黄花，仙人掌结着紫色浆果，小野花钻出了石缝，茅草头上开茅花，脚下抽新枝，举行青和黄的交接仪式。听到了一些声音，草虫的嘀咕声，雄鸟的求偶声，羚羊穿过灌木的沙沙声。闻到了一种花香，是一簇金黄的迎春，花枝向天空喷发，如同喷发的焰火，散发出幽幽的体香。

游天台

天台风景

我突然意识到，沙漠的冬天过去了，春天已经驻扎，雨季快来了，沙漠快有水了。我仿佛看到了成片的云，看到了任性的雨水，落到沙漠，落到箭袋树，落到猴面包树，布须蔓草在接水，人和动物在接水，整个沙漠在过泼水节……我的心被空洞的想象指引，越走越远，填满了真实的欢愉和感恩。感恩春天，感恩雨水，感恩老天爷。我相信老天爷还是会眷顾沙漠的，不会厚此薄彼。沙漠卑微、贫瘠，也是地球的一分子，是万物的同类，拥有平等的权利。穿越"死亡谷"时，我就想过老天爷。结论是，我们必须敬畏他。敬畏并非信仰，或者说敬畏比信仰更为实在。信仰有了"信"字，就变得不确定、不肯定、得靠"信"支撑。而我们敬畏的东西，是具体存在，是"现世"，比如宇宙，比如太阳，比如地球，比如人类本身，比如氧气水分植物动物……加在一起，统称为"老天爷"，也未尝不可。这是我对"老天爷"的理解。那么，敬畏老天爷吧，敬畏这个实体，这个存在。

…………

我的思绪像云朵般聚集，也可称为"心得"。旅行总给你五花八门的心得，说到底，旅行是心的旅行，心是愿意流浪的家伙。所以，写到这里，我想对您说，去旅行吧，帮助心离开老房子，哪怕离开一会儿，让心与大自然为伍，没有杂质，没有妄念，没有批判，没有崇拜，没有执着，没有人情世故。心干净时，心就获得了自由，就发现了世界，就认识了自己，就有了心得。

石柱山、白蚁塔

公路上传来引擎声，"查理团"的摩托车一晃而过，得意扬扬。我站起来，拍拍菲里普的肩头，笑着对他说，走吧，我们也去骑车。

菲里普狐疑地看着我,不敢表态,怕我是欲擒故纵。我跑回了小木屋,开始穿骑行服,菲里普这才喜出望外,过来帮我穿靴子,嘴里谦虚地说,老婆,我听你的,你说去就去,不去就不去。

我们双双走向灰灰,郁闷中的灰灰,也有了欣喜若狂的表情。下山的路垂直向下,我们头朝下往下冲,一直冲到公路,骑在搓板路上。灰灰奋蹄奔跑,踢起高高的尘埃,仿佛这是它应尽的责任。我们骑进了山谷,观看一座座石柱山。从天台上看,它们像铅笔,像炮台,现在全成了通天的擎天柱,人和车显得如此渺小,就像绕着石头瞎转的蚂蚁。石柱山下,我们碰到了队友,他们也像蚂蚁般绕着圈。蚂蚁和蚂蚁打个招呼、嗅嗅彼此的气味,急急忙忙分开了。

花一个多小时,我们看完了附近的石柱山,也观看了白蚁塔。白蚁塔在灌木丛,上尖、下粗、坚硬、银白,形如山上的宝塔。大部分白蚁塔两米宽、三米高,也有八九米高的,我们得仰视它,对小小白蚁来说,白蚁塔真的是摩天大楼,堪比迪拜的哈利法塔。白蚁塔内,是个庞大的帝国,白蚁平等、富足、团结,秩序井然,人丁兴旺,过着与世无争的日子。

在白蚁塔边,我们遇到了采白蚁的人,他们赶着骡车来,选中一座蚁塔,在底部打洞,打通后用烟熏,将木棍塞入,拉出来时,棍子上沾满了蚁虫。也有人挥舞铁棒,一阵打砸,白蚁塔被砸得粉碎,白蚁像水一样涌出。再庞大的白蚁帝国,再团结的白蚁居民,也抵不住人类的攻击,百年家园毁于一旦,成了人类的桌上餐,我为它们感到遗憾。当然,对于采白蚁的人、卖白蚁的人、吃白蚁的人,我没任何歧视之心。他们在做必要的事、正确的事,他们靠白蚁活下去。其实,我们和他们有什么两样,他们采白蚁,我们打工

石柱山

白蚁塔

挣钱,他们吃白蚁,我们吃白米饭,目标一致——活下去。肉身活着,灵魂才有活路,灵魂再伟大,也是肉身的寄生虫,灵魂必须吃饱,才能异想天开,才能作画吟诗。灵魂饿了,只能做乞丐,带着梦想和信仰,沿途乞讨。拯救你的灵魂,首先要吃饱,粮食才是真正的救世主。

红泥女

我们遇到了红泥人①部落。这个部落被荆棘围住,有五个木棍搭的棚子,三、四平方米,半圆形,涂着厚厚的红泥,像朵漂亮的红蘑菇。部落里有女人、孩子,身上涂着红泥。这样的邂逅令我们激动,激动得差点儿滚下车来。

我们装成喝水的样子,目光却溜向了红泥女。她们上身赤裸,乳房暴露。年老的红泥女,乳房如同秋天的瓜果,有成熟的风韵;青壮年红泥女,乳房饱满,意气风发;少女红泥女,小乳房刚刚发育,像尖尖小荷,俏皮而活泼。无论老少,身上都有装饰物,脖子挂项圈,腰间缠着珠带,臀部是绚丽的兽皮,红泥巴从头发涂到脚尖,在阳光的渲染下,她们的身体精致艳丽,如同刚刚完工的红色雕塑。我们看红泥女,她们也看我们,有人还扭动腰肢,邀请我们过去,或许只是邀请菲里普,他是唯一的男人。菲里普金发碧眼,身材挺拔,有漂亮的胡子辫。

"比利说,红泥女喜欢男人,你过去吧。"我对菲里普说。

"什么话,你不喜欢男人?"菲里普反驳我。

我知道他想过去,但没这个胆,认为我是测试他。我亲自出

---

①红泥人,也称辛巴人,是纳米比亚最后的土著,有独立的生活习俗,用赭石粉覆盖自己。

美丽的红泥女

马,慢慢向部落移动,移到一堆红石头面前。这里坐着一个女孩,十二三岁,脖子上戴草编的项圈,乳房小小,像一对结实的小石榴。她正在劳动,搅拌桶里的东西。我看明白了,女孩是在拌红泥。菲里普也凑了上来,我们一起蹲下身观看。女孩为我们演示,往桶里加红泥粉、液体,双手使劲搅拌,像个熟练的面包师傅。红泥粉在女孩手里变得黏稠、鲜红,仿佛她的手在流血。女孩突然扬起手掌,在菲里普脸上抹了一把,留下了红手印,吓得菲里普跳到了一边。我也跳开了,怕她也抹我一把,但她没这个企图,只是冲着菲里普笑。我付给女孩子二十兰特,算是观赏费。

菲里普用一瓶纯净水,洗掉脸上的红手印。我瞅着他说:"瞧瞧,红泥女喜欢你呢,她怎么不给我一巴掌?"他马上回敬:"哈,你吃醋了!"我吃醋?好像有点儿,她为什么不抹我一脸红泥呢?

接下来的骑行,我们又遇到几个红泥人部落,驻守的都是女人和孩子。看到了我们的队友,他们脸上也有红印子,舍不得洗掉,向我们大肆炫耀,这样的艳遇,生怕我们不知道。

最后一次看到红泥人,在一片沙滩上,那儿烧着篝火,一对十几岁的红泥女,绕着篝火起舞,摇头、摆臀、抖肚皮,饰物叮当作响,像一对跳舞的精灵。她们的乳房丰腴圆润,像打足气的红气球,蹦蹦跳跳的。看表演的人可多了,有我们的队友,有路过的游客,也有当地人,大家一边看,一边扔小费,有人扔一次,红泥女就吆喝一声,表示感谢。

莎拉医生开着车来了。她停下车,登上了车顶看表演,看了一会儿,她跳下车,过去和红泥女跳到了一起,队友们欢呼起来:"莎拉,脱啊!"莎拉果然脱掉外衣,露出紧身的运动背心,以及一截小麦色肚皮。红泥女围住莎拉,为莎拉打扮起来,头上插珠子,腰上围彩带,脸上抹红泥,莎拉成了半个红泥女。然后,她们带着莎拉一起跳。莎拉五官精致,身材苗条,但舞姿不怎么样,像一枝被狂风吹得东倒西歪的芦苇。她咯咯地笑着,笑出了眼泪,全没了医生的威严。观众拍手

莎拉和红泥女

叫好、吹口哨,一起扭动起来。

我心里痒痒,想过去一起扭,但伤腿还是痛,只好忍住了,主要还是羞涩。我喜欢运动,敢于冒险,但生性内向、害羞,不那么擅长抛头露面。

关于红泥人的故事,我略知一些。红泥人就是辛巴人(Himba),纳米比亚土著民,非洲最原始人种,他们用红泥遮身,防晒、

防虫、防皮肤病,顺便打扮自己。红泥是红泥人的化妆品。直到今天,红泥人依然独处,守着自己的文化,不参与社会,也不让社会参与进来,像古老的印第安人,有自己的社会秩序。红泥女喜欢男人,倒也是个事实。传说,辛巴人有家族遗传病,导致男孩夭折,族群女多男少,女人地位比男人高,她们担任长老,管理部落,分配食物,教养孩子,主持祭拜活动。红泥人没有固定的神,祖先和火是他们的图腾。由于男少女多,男人容易娶妻,女人却难以成婚,她们甚至很少见到男人。男人总在大漠游荡,他们不喜欢回家,就像不喜欢回家的公鹿。红泥女独守空房,等待着男人,对婚姻大事看得很开,以生育为先,也摒弃了从一而终的思想。红泥女不依靠男人,还能养护男人。她们采集种子、编织首饰、制作红泥、做小买卖、为游客表演,不会挨饿,日子自得其乐。

莎拉、赫雷罗女人、红泥女

对于游客来说,红泥女、赫雷罗女人,都是不容错过的景观。

Zip Line

下午五点,"查理团"在天台集合。

比利带我们到山崖边,这里是 Zip Line 基地——高空跳索。铁杆上架着铁索,铁索上挂着铁钩,人挂到钩子上,从这个山头往下跳,跳向对面的山头,再从那个山头跳向另一个山头……就是 Zip Line,或者说跳山。比利说,Ugab 天台的 Zip Line,长度、落差是非洲第一、世界第二,请大家玩尽兴,跳一次两次三次都可以,费用查理请,查理有钱。

"抗议!"查理冲着比利吼。"好吧,我也请一次!"比利说。

队友们抢着报名,抢着签生死状,抢着系铁钩,抢着第一个跳,他们激奋的样子,仿佛不是跳山,而是跳金矿,去抢金子。那只大铁钩,那条长长的铁索,公里落差的沟壑,吓得我肚子疼,想跑厕所。我大声表态,我退出,我不玩,我不跳。杰奎琳和玛克辛劝我。杰奎琳说,林,跳吧,你骑车都不怕,怎么会怕这个呢。玛克辛也说,林,骑摩托车可怕,跳山不可怕,跳吧,不跳你会后悔的。我看着她们,两位姐姐已穿戴好,等着吊上铁索,一脸的正气。我真想反问她们,你们跳山都不怕,怎么会怕骑车啊!我的老天爷!

男人们朝我嚷:"Lin,Hard Way! Hard Way!"

比利说:"林,你跳几次,比利请客几次,比利说话算数!"

我不为所动,我宁愿骑一百条"Hard way",也不从这里跳下去,别说请客,送我钱也不跳,如果送黄金、钻石……可以考虑一下。你看出来了,我极度恐高。

除了我,还有三位爷们儿没报名,菲里普、丹、安德烈。菲里普喊肚子疼，抱着肚子，快疼死的样子；安德烈直喊腿疼，疼得站不住了。丹哪儿也不疼，说自己太重，三百磅，会把铁索压断，害得大家玩不成。三个男人遭到了围攻，大家嗤之以鼻，用"胆小鬼"羞辱他们，称他们"娘们儿"。但是没用，不跳就是不跳。我知道，菲里普没说假话，他恐高，肚子疼是真的。至于另两位，我们现在是同伙，我就不批评了。

跳山的人排好了队，一个个像旷世大英雄，嚷着请我帮他们拍英雄照。工作人员哨子响了，真的要跳了，英雄们犹豫不决了，互相谦让起来，希望别人先跳。杰奎琳和玛克辛也怕了，满脸惊恐，看着沟壑要哭。活该啊，我希望她们哭出来，哇哇大哭。结果，工作人员飞起一脚，把查理第一个踢下去，接着是比利、杰顿……这些人一边往下坠，一边鬼哭狼嚎，回音在山谷经久不息。

高空跳索

队友们一个个跳走了，我和菲里普又去散步、捡石头，然后跑进厨房偷黄瓜吃。丹下了泳池，肚皮朝天，死鱼一样漂着。安德烈躺在石头上，也是肚皮朝天。

电脑回来了

我们晚餐在观景台吃，今天吃烧烤。

观景台搭了临时灶台，厨师抱来了合欢木，用它们做燃料。铁板上有四种野味：野羚羊肉、野牛肉、野鹿肉、野马肉。厨师烤肉时，我们站一边等，烤一块，抢一块。

我们抢肉吃，大卫捧着蔬菜、土豆、水果，牛一样咀嚼着。有人开导大卫，说他吃亏了，总吃便宜的东西，应该让米奇退钱。大卫不屑地说："闭嘴吧，吃什么亏，我不觉得吃亏。"于是有人说："大卫，你不吃肉，却不见瘦下来，还是胖乎乎，真是个奇迹！"大卫一听恼了，"砰"地丢了盘子，走到山崖边，大家瞪着眼睛，生怕他跳下去。还好，大卫开始抽烟。我走到大卫身边，安慰他。我说，这些家伙真讨厌，别生气！其实大家爱你、敬佩你，你因为爱动物才吃素，我也爱动物，我可做不到吃素，我不吃肉就没力气。没想到，大卫吐着烟圈说，他吃素一半因为动物，一半是为了减肥，"我之前三百多磅，现在一百九十了！"他低声告诉我。我大吃一惊，原来如此！我无意间知道了大卫的秘密。

饭吃到一半，米奇回来了，半死不活的样子。米奇说，护照办好了，七个工作日才能拿，他不能跟我们去博茨瓦纳了。"你们自己照顾自己吧。"他冷酷无情地说。查理、比利看着米奇，气得说不出话来，我们吓得不敢吃肉了。

就在这时，天台主管 Trevor 走了过来，他满头大汗，怀里抱着电脑包。Trevor大声说:"电脑! 电脑回来了! 才花了三百兰特!"
真像是演戏剧,剧情突然翻转。米奇拉开电脑包,看到了护照和
材料,东西一件不少。米奇拥抱了Trevor。查理和比利也拥抱了
Trevor。我们也抢着拥抱Trevor。这场面就像演戏。米奇吞了几
大块肉,回家睡觉去了,他两天一夜没合眼,快死过去了。

　　比利扛来了一箱红酒,霸道地说,今晚谁都不许睡觉,陪比利
喝酒,米奇请客。我们举起了酒杯。吉他手马库思、杰顿轮流献
艺,伊恩和约翰也抱起了吉他。

　　安德烈再次出手,这个音乐教授,为我们弹奏《爱的罗曼史》
《月光》,还弹了一曲中国的《茉莉花》。他弹《茉莉花》时,只有我
跟着哼,其他人干瞪眼。我喜欢安德烈,因为他有个中国媳妇,也
喜欢听他弹琴。他弹得柔情似水,与他粗壮的身材、大酒糟鼻子
毫不相称。

　　天上挤满了星星,它们凝视着我们,也是柔情似水。

　　真是个不错的夜晚。

天台烧烤

关键词：
侧翻的卡车、牧场上的
打劫者、埃托莎国家公园

侧翻的卡车

早上整理行李，我把彩色石头集中起来，共五十五块。我把小石头放在桌上，排成士兵方阵，第一排的是排长，最前方的是连长，而我是司令，检阅着我的军队，欣赏它们的迷彩服。我把"排长""连长"放进了行李箱，其余的全留在了桌上。不带走全部石头，怕它们压扁了行李车，米奇要吃苦，我挺心疼米奇的，他够可怜了。我要把石头还给天台，如果每人带走一堆石头，天台就没有石头了。

集合时，莎拉过来问我伤势，我原地跳了跳，告诉她我好了，不疼了。查理向我走来，还是一瘸一拐，他祝我康复。比利趁机说："你们看，林不瘸了，查理还在瘸啊！"这句话把大家逗乐了。

天台的工作人员出来，站成了一列，一起向我们道别。一个小姑娘跑来，手里捧着彩色石头，对我说："女士，您忘了石头。"我对她说："石头是在天台捡的，请你帮我放回天台吧。"女孩笑了，她说，石头就是她放的，让游客捡着玩儿。原来是这样，幸好我物归原主了！

领班Trevor过来，和每个人拥抱告别，动了感情。Trevor说，我们再也不会见面了，祝你们平安骑行、平安回家，别忘了天台。我们也动了感情，邀请Trevor到自己国家玩，中国、美国、英格兰、爱尔兰、德国、瑞士、澳大利亚、伊朗……Trevor获得了八国邀请。Trevor满口答应。但我们知道，实现这件事很难，我们的世界并不大，但鸿沟太深，道路也过于曲折。我喜欢Trevor，他生活在贫困的沙漠，并不孤陋寡闻，智商、情商都很高。我们永远不会忘记，是他帮米奇要回了电脑，为"查理团"扭转了困境。

离开Ugab天台，我们骑在山中，又见到石柱山、白蚁塔、采白蚁的人。经过加油站时，我们看到了三个红泥女，她们正在摆摊，卖自己编的首饰、挂件。经过山上的石滩，我们看到了赫雷罗女人，她们正在卖石头。石柱山、白蚁塔、红泥女、赫雷罗女人都是布兰德伯格山的人文，如果你来到这里，建议你寻找一下、见识一

翻倒的大卡车

下,千里迢迢,也算是没白来,而且会有很多心得。

我们顺利下山了,但刚转到国道,便遇到了一辆侧翻的大卡车。

"查理团"停止前行。大家跑过去营救,看到了血迹,但没发现伤员。这是一辆SCANIA(斯堪尼亚)牌卡车,长三十米,十八个轮子,驾驶室变形,挡风玻璃支离破碎,车周围散落着编织袋,煤块撒了一地。从血迹、油渍、车轮印,大家判断出,卡车司机疲劳驾车,突然间失去控制,翻车时间在五小时前,司机也许去了医院,也许自顾逃逸去了。

这时,来了一辆小车,跳下一对男女,衣着体面,都有手机。他们绕着卡车转圈,对编织袋有了兴趣。女的开始打电话,估计是喊人搬煤。男的开始动手,往车里塞麻袋。我们离开前,又来了一辆车,破旧的小皮卡,跳下四个壮汉,直奔卡车,分工合作,两人搬煤,两人拆卡车零件。先来的男女过去交涉,双方争吵起来,估计是争夺财物,阐述先来后到的道理。战争升级,先来的拿出了刀具,后到的拿出了铁棒。

比利报了警。比利说,他们争什么呢,警察一来,人和东西全由警察处理。

牧场上的打劫者

"查理团"骑到了埃托莎牧场,全体停在铁栅门前。

比利说,今天的目的地是埃托莎动物保护区。这个埃托莎牧场,是通往保护区的近路,从这里开始,我们进入了白色沙漠——非洲最美沙漠。比利还说,牧场有十八道铁栅门,请记住,谁打开铁栅门,谁负责关上。穿越牧场时,会遇到当地人,他们一无所有，会向我们要东西，请尽量满足他们，不要起冲突，牧场没有警察，但那些人有弓箭。比利说着，做了射箭的动作。

"之前发生过血案。"查理插嘴说。

"不怕，我们有摩托车！"史坦芬说："我们逃得快！"大家听了哈哈大笑。

"查理团"骑进了埃托莎牧场，周围都是白色的沙漠。白色沙漠不是纯粹的白，是温柔的奶白，如同温柔的月光，轻轻洒落大地。刚进卡拉哈里时，迎接我们的是黄色沙漠，接着是红色沙漠，现在，白色沙漠接待了我们。

卡拉哈里沙漠，你还有什么秘密呢？

"我一无所有，只有沙漠，我用沙漠爱你。"沙漠对我说。

埃托莎牧场

铁栅门出现了，队友们互相照应，你帮我开，我帮你关，顺利过了两道门。骑到第三道门，铁栅门紧闭，菲里普停车，我下车开门，拉开门锁、推开大门，放摩托车进去，然后关门、扣上锁钩。

我们顺利过了第三道、第四道、第五道,但在第六道卡住了。这道铁门前,站着一个少年,十三四岁,立正的姿势,仿佛在执行重要军务。少年冲着我们吆喝:"Sweets(糖果)!"原来是个"打劫者",要求并不高,打劫糖果。我摸出糖果,少年扑上来接糖,但没有开门,盯着我的口袋。我明白了,我们是两个人,得给双份。于是,我又给了几块糖,少年清点一下,认为有了资本,往嘴里塞进一粒,笑了,打开铁栅门,双腿一并,敬礼送行,像训练有素的士兵。我们通过后,少年立马关门,又站得笔直,迎接下面的糖果。我们有二十个人,今天他要发财了。

一公里后,是第七道门,守着三个少年,他们拦着门,也打劫糖果。我们没让他们失望,除了给糖果,还给了薯片、饼干。"打劫者"欢天喜地,屁颠颠开门,向我们连连鞠躬,嚼着糖果,吧唧嘴巴。我真想笑,这些爱吃糖的小家伙!我们用糖果、零食,一次次过关,满足了一批又一批"小强盗"。

第十一道铁门,空无一人,像失守的城堡,弄得我有些不习惯。等了一会儿,打劫者没出现,我只好下了摩托车,亲自去开门。门上缠着尼龙锁,绕了十几圈,五花大绑的样子,我找不到解锁的钩子,越急越找不到。远处传来了叫喊声,我回头一看,百米外有个草棚,棚前有几个女人,是她们在喊。在喊叫声里,一个小男孩跑了过来,六七岁左右,胖乎乎的。他跑到铁门前,伸手一拉,锁就拉开了,像个经验十足的开锁师傅。小男孩屁股一扭,刚要往回跑,那边的女人又喊了,估计是教男孩,应该做什么,于是小男孩站住,仰起了小脸,向我伸出了小手。

小男孩没喊"Sweets",他妈妈教他开锁,却没教他这个单词。我给了男孩一把糖、几块薯片、一瓶水,他抱着东西,腾不出手吃

糖果打劫者

糖,急得口水直流。我剥出糖果,塞进他湿湿的小嘴,他嚼着糖果,滴着有弹性的口水,眼睛瞪得滚圆,似乎被糖的甜味惊到了。

菲里普拿出手机,对准了小男孩,那边的女人又吼了,干劲十足地跑过来,手拿木棍比画着,吓得我赶紧上摩托车,灰灰连滚带爬,带着我们逃跑了。女人们不许拍照,也许是认为,拍照会偷走孩子的灵魂。这样的故事,我在三毛的书中读到过。

事实上,菲里普已拍下了小男孩,如果我们真的取走了孩子的灵魂,那么他就在这里,在这一页书里,在这一行字里,看着我,也看着你。你不用怕,这是一个干净的灵魂。

铁栅门不止十八道,至少有三十道,比利的情报完全错误。

打劫者也源源不断。后来,打劫者变成了大人,三四十岁,或五六十岁。大人排挤了小孩,占领了军事要地,比小孩更讲原则:一不让道、二不开门、三不要Sweets,四只要钱,五给足了钱才开门。五大原则。这些人不容易,气温四五十度,风沙漫漫,他们岿然不动,他们今天活着的意义,就是守住这道门。我们没有介意,给足了过路钱,大家相安无事。

有一次,遇到一个女人,带着两个婴儿,一个在背上,一个在胸前,婴儿都在睡觉,垂着毛发稀疏的脑袋。女人身体瘦弱,意志却是强大的,她坚定地挡着门,摩托车别想过去,要过就得从她身上过。我可怜她,给了糖果、饼干、薯片、水、几十个兰特,她照单全收,但还是不开门,我违反了五大原则第五条,于是又给了一些钱,另加一包面巾纸、两块小香皂。女人拿到香皂,表情有些困惑,翻来翻去看,终于做出了决定,为我们拉开了门。

骑出很远我才想到,我干吗送她香皂呢,沙漠上没有水,香皂有什么用。但我实在没东西可送了,要送只能送雨衣了,但沙漠上同样用不着雨衣。

又到一道铁门,站着三个男人,上身赤裸,下身包着破布,肩上搭着弓箭。他们捧着木雕长颈鹿。"三十兰特!"他们用蹩脚的英语向我们推销长颈鹿。菲里普摇摇手,给了他们几个零钱。"二十五兰特!"拿到小费,他们降了价。我对他们说,我们不买木雕,请打开门,我们得赶路,谢谢。我的话不起作用,他们没动弹,眼珠子也不转,就像手上的长颈鹿。就这样僵持了,我们不买,他们不开门。终于,他们不耐烦了,脸上有了火气。我们在拖时间,等后面的比利,他是断后的,应该上来了。但比利没有出现。事后才知道,他也被打劫者缠住了。我们孤立无援,"三箭客"觉察到了,靠了上来,贴近了摩托车,有一个拍拍后备厢,想打开来瞧瞧。我用双手压住,里面有钱,有救命的饮料,有我们的护照。

那男人伸手拉我,菲里普跳下车,拉开了面罩,一脸怒气,对那人说"No"。"三箭客"围住了菲里普,仿佛他们就在等这个时刻。我吓得双腿发软,他们有弓箭,哪怕没弓箭,菲里普也是打不赢的。我拉住菲里普,给了他们每人三十兰特。"三箭客"拿到钱,塞给我三个木雕长颈鹿,客客气气开了门,点头哈腰,送贵宾一样,让人哭笑不得。

下一道门出现了,也站着"箭客",也捧着长颈鹿,也是三十兰特一个,一分不让。我老老实实买下长颈鹿,后备厢快满了,住进一堆长脖子东西。现在,我看到铁栅门就怕,怕那些拿弓箭的人,怕箭头追我们,后脑勺凉飕飕,凉很久。

又一道铁门临近,这里站着"箭客",也站着我们的人——查理、丹、大卫。查理拉开门,向我们做"前进"手势,我们一下子蹿了过去。查理是壮汉,丹和大卫膀大腰圆,打劫者不敢动,眼睁睁看着我们离开。接下来,查理、丹、大卫陪我们骑,人多势众,再也没人敢打劫我们了。我非常感激查理,我知道是他安排的,他在保护我们,菲里普是"查理团"最弱势的,因为带着女人。女人能增加乐趣,也能带来麻烦,成为男人的累赘。

当然,公平地说,今天碰到的打劫者,带弓箭或不带弓箭的,都不是真正的强盗。他们要钱、要物、卖东西,并不想要我们的命,我们的命对他们没什么用处,还不如木雕值钱。至于那些少年,也做拦路打劫的事,但胃口不大,有糖果即可,到目前为止,他们还是正常的人类,灵魂还是干净的。谁知道他们成长后,会不会背上弓箭,成为真正的强盗呢?但愿不会。但不这样又能怎样呢,他们像沙漠的石头,谁来眷顾他们,谁来雕琢他们?

埃托莎国家公园

下午四点,我们离开了牧场。牧场也许很美,但我没什么印象,只记得那些铁门和那些打劫我们的人。

到了埃托莎国家公园①,比利买了票,全体上了观光车。埃托莎公园,依然处在白色沙漠,蓝天与白沙,相得益彰。白沙间草木

---

① 埃托莎国家公园,始于1907年,德国人建立,是纳米比亚最大的动物保护区。

葳蕤,生长着布须蔓草、三角梅、银合欢、仙人掌、荆棘、胡杨①……我特别爱看胡杨,它们姿势优美,伸着胳臂、拧着身子,如同罗丹的雕塑,似乎能找到《青铜时代》《巴尔扎克》《思想者》《雨果》……白沙上出现了水潭,亮晶晶的,像镜子,潭中水不多,可以看到水底的石灰质。但不管怎么说,这里有水! H_2O,水分子,沙漠里最稀罕的东西。

观光车停在公园中央,这里有个水潭,椭圆形,半个足球场大小,是公园里最大的水潭。显然,这儿是风水宝地,造访者络绎不绝,跳羚、麋鹿、黑斑羚、犀牛,它们都会过来喝水,喝完就走。看大嘴犀牛喝水,我着实为水潭担心,怕犀牛一口舔干了水。

小鸟冲出灌木,空中盘旋一番,降到了浅水区,斜着翅膀洗澡,溅起细密的水珠。

火烈鸟也来了,它们腿长、羽毛粉红,站在水中央,宛如一枝枝红莲。

突然,水潭对面来了长颈鹿,一身花格子衣服,腿和脖子修长,步态极为优雅。它们走到水边,照了会儿镜子,低下脖子饮水,水里是它们动人的身影。长颈鹿喝完水,昂起精致的头颅,隔水向我们凝望。它们比画报上高大,比电视里秀气,完全不是你想象的样子,必须到实地来看才能感受。

公园西部是草原,移动着大象、斑马、野牛,互不干涉,从从容容吃草,身披粉色霞光,这个画面和平、和谐、和煦、和美、和和气气。我们赞美埃托莎国家公园,称它是美丽的世界、动物的天堂。但比利说,现在不是最好的时候,水太浅,草木不够茂盛,食草动物不够多。

---

① 胡杨是中型天然乔木,形态多样,被称为沙漠雕塑。

游览埃托莎国家公园

非洲走鹃

斑纹角马

斑马

大象一家

长颈鹿

黑斑羚　弯角羚

"最好的时候,这里有成千上万的动物,它们戏水、恋爱、生儿育女,那就是动物天堂。"比利说。

"什么是最好的时候?"我们问。

"雨季。"比利回答。

又是雨季! 春天到了,雨季应该快来了吧,但比利说,这里五年没下雨了。就是说,哪怕雨季到了,并不意味着下雨。

关键词：

赤道的方向、猴面包树、卖木雕的人、河滩上的安哥拉人

赤道的方向

早上七点半，全体在停车场集合。

比利说，今天我们向北，向着赤道的方向。天气非常热，目的地是RUNDU 小镇，在奥卡万戈河畔。RUNDU小镇以木雕闻名，有很多木雕艺术家。

"喜欢木雕的人，请多买一些，支持民间艺术。"比利说。

大卫举手发言，他知道RUNDU小镇。他曾参加联合国维和部队，平定安哥拉内乱，驻扎在奥卡万戈河边，对面就是RUNDU小镇，他去过多次，买过木雕，结识了一些朋友。"我在安哥拉驻扎了三年。"大卫说。

我们的队伍向赤道前行

我看着大卫,想象他身为维和战士、戴蓝色贝雷帽、抱冲锋枪的形象,何等的威武,何等的帅。大卫不苟言笑,为人低调,却有不凡的经历,是个奇人。当然,他是奇人之一,"查理团"人不多,奇人却很多。

我们向着赤道方向前进。

白色沙漠渐渐退出。黄色沙漠,这位卡拉哈里的元老,告老还乡一阵,现在隆重复出,装饰了我们的世界。沙漠金光闪闪,像披上了太阳神的战袍。沙漠总是美的,黄色、红色、白色,都有不可替代的独辟蹊径的美。当然,对于骑行者来说,沙漠永远意味苦难、流汗、煎熬和挣扎。现在,我们面对黄色大漠,脚下是搓板路,空气里浮着沙尘,人与沙子共舞,不分你我。当然,这已是常态。从进沙漠第一天,我们就与沙子结成联盟,不见不散,不离不弃。

如果说今天有什么不同,就是太阳不同,太阳的脾气比哪天都暴躁。现在是九月中旬,太阳走到了赤道,精力过剩,需要发泄的对象,正好我们一头撞了上去,太阳伸出火钳似的手,捉住我们,不肯放手了。空气在升温,像被设定温度的烤箱,数字节节攀升,烧红了铁板,而我们是铁板上的肥肉,吸取着热量,冒着水蒸气,滴着油水,发出嗞嗞的烧烤声。

我们不断停下补水,但补水只是权宜之计,抗拒不了酷热。我知道,我只要逃到米奇车上,或逃到莎拉车上,和杰奎琳、玛克辛在一起,就有清凉的空气,冰镇的饮料,还能躺倒睡觉,没人笑话我,我是女人,这是女人的特权。男人是用来折磨的,就像牛马;女人是用来维护的,就像珍珠。但是,如果我逃了,菲里普怎么办?让他独自在火焰山焚烧?我与菲里普有个约定,或者说誓言,在阿尔卑斯山立下的,是"他骑我也骑,他停我也停"。做怕死

喝再多也渴

鬼不可耻,做违约者是可耻的。熬吧,也许能熬过去,熬不过也没办法,我们一起死在太阳下面。我怕死,很怕死,但怕到尽头就不怕了,横下一条心,眼睛一闭,什么也不怕了。人总要死的,迟死早死,死在哪里,有什么不同呢。和心爱的人死在一起,死也值得。这么一想,我为自己感动,想马上告诉菲里普,你三生有幸,娶了我这么好的老婆。

我意志坚强,身体却不肯配合,两小时后,有了休克前兆,头晕、心虚、恶心、腹疼、出冷汗、眼前发黑,一堆蛾子从幽谷飞出,试图搅浑我的意识。我知道,我快晕倒了,我有过这样的体验。我拍了菲里普肩膀,他立刻停车。我滑下摩托车,仰卧在沙地,手脚抬高,让血液回流,为大脑输氧,给心脏加油,感觉开始好转。这套自救法,由我大舅传授,大舅叫贺贤章,是位德高望重的民间中医。我童年时瘦小，豆芽菜体质，常常晕倒，大舅教了我处理办法，并叮嘱我锻炼身体。后来，我迷上了体育，成了短跑运动员，体质日日向好，不再发病。成人后，也只在我虚弱时发作，比如怀孕时，或在大病后。今天发病，因为太热，因为太阳，因为太阳快把我晒死了！

我在沙地躺着，菲里普给我喂水，用身子为我挡着太阳，汗如雨下。眼望高高在上的太阳，我很想把它射下来，就像后羿一样。记得在开普敦，第一次和查理聊天，查理问我，沙漠上什么最可怕，"狮子"，我当时回答。查理听了摇头，他说不是狮子。我认为他故弄玄虚。现在我明白了，沙漠上最可怕的，确实不是狮子，是太阳。我宁愿遇到狮子，也不愿与太阳碰头，但我从没遇到狮子，和太阳却成了冤家对头，天天与它见面，天天被烈日煎熬。你看"烈日"二字，再看"煎熬"二字，有那么多火，简直是熊熊烈火，烧着沙漠，烧着经过沙漠的人。

最可怕的是太阳，这个结论，我不来沙漠，不经烈日，不受煎熬，永远无法知道。我会读着"大漠孤烟直，长河落日圆"，而不知大漠为何物，落日为何物，煎熬为何物。我会哼着《热情的沙漠》，为歌词激动，什么"我的热情好像一把火，燃烧了整个沙漠，太阳见了我也会躲着我……"真想让歌手、词作者来沙漠看看，谁躲着谁，谁燃烧谁啊！

猴面包树

向着赤道骑行，一口气骑五小时，查理这才停下脚步。摩托车停在路边，查理带我们走向沙滩，走了五百米，看到一棵猴面包树。树高三十多米，腰围二十多米，树冠撑开，在我们眼里，这不是一棵树，而是一个凉亭。查理说，这棵树三千多岁了，是这一带最老的猴面包树。比利说，猴面包树全身是宝，叶子可当菜吃，果肉可榨汁吃，种子磨成粉可做糊糊、做饼，果皮能搓绳子、做衣服。为什么叫"猴面包"，不叫"人面包"，因为果子还没熟，猴子就来摘了，等果子熟了，人得与猴子抢，一棵树能养活一村人，所以也叫"饭树"。

猴面包树

我们摘了头盔，脱了骑行服，坐在树下喝水、吃点心。树上挂着去年的果子，长圆形，像葫芦瓜，也像橄榄球。我们看着"饭树"，盯着它的果子，希望来一阵风，吹下几个果子，一个也行，享受"一饭之恩"，但一直没有风，空气仿佛凝固了。大树底下，我们坐了半小时，散掉了热气，重新振作起来，像晒蔫了的菜苗，顽强地抬起了脑袋，再次上"马"，再次奔跑，向着赤道的方向。除了奔跑，忍受太阳的折磨，别无选择。

卖木雕的人

接近 RUNDU 小镇时，大漠突然有了绿草，草上缀着黄色小菊花，牛群羊群出现了，有的吃草，有的打盹儿，有的排成一行过马路。

我们还看到了庄稼地、菜地，看到了玉米、南瓜、番茄、包心菜、土豆叶子、黄瓜架子。路边走着一些女人，她们顶着木桶，木桶里装着蔬菜，听到摩托声，她们侧过脸，嘴半张着，吃惊地看我们，仿佛看到了从天而降的怪物。

没多久，大河出现了，河面宽阔，装满了清水，缀满了水草，岸边站着芦苇，白花像手一样举起，向我们打着招呼。河，静静地流着。这就是奥卡万戈河①。因为她，这里有了牛羊、庄稼，有了活跃的生命。

奥卡万戈河出现后，我们看到了卖木雕的人。他们在公路边搭起木棍架，架上排列着小木雕，架子和架子连成一气，连出了一条长龙。有车辆过来，卖木雕的人就开始行动，跑到马路当中，举着木雕叫卖。刚开始，我们极有新鲜感，一次次停下来，卖木雕的人挤上来，向我们宣称，他们是艺术家，木雕是他们刻的。男女老少都这样说。层出不穷的艺术家，让我们崇拜，也把我们搞得晕头转向，买了一大堆木雕。木雕不便宜，四五十块一只，比昨天背

卖木雕的人

---

① 奥卡万戈河，非洲南部第四大河，全长一千六百公里。

弓箭人卖得还贵。我们离开时，艺术家们急起直追，抢着打折，打到十块钱一对，我们又买下一些，拉平了差价，心里挺高兴。后备厢塞满了，我也糊涂了，这样的买卖，到底谁占了便宜，谁吃了亏，还真难分辨。后来，我们再没停下来，沿路都是艺术家，而木雕们长得完全一样。

快到 RUNDU 小镇时，我们看到了卖橘子的少年，他坐在路边，身边有一小盆橘子，我们已经骑过，又退了回来，退到橘子边上。橘子脏兮兮的，蒙了一层灰，照样勾出了我满嘴酸水。少年跳起来，递给我最红的橘子。我快速剥开橘子，给了菲里普一半，连果肉带沙，我们把橘子吞下肚子。我敢保证，这是世界上最甜最好的橘子。少年变魔术一样，变出几个木雕，他说他是艺术家，木雕是他刻的，三十块钱一对，买几对吧，橘子可以白吃。

我打量着少年，他浑身灰土，脖子上有毒疮，脚上也有毒疮，流着脓水。我买了两对小木雕，给了少年五片创可贴、一支眼药水，让他用来治疮毒。少年收下了药品，塞给我一个橘子，算是感谢。边上跑来一群男女，挥着木雕，喊着什么。我知道，他们肯定喊，他们是艺术家，木雕是他们刻的。我不讨厌他们，他们不一定是艺人，但他们以做艺术家为荣，卖艺术品养家，帮助了自己，也弘扬木雕工艺，支持了真正的艺术家。但我们实在不能买了，后备厢满了。

RUNDU 小镇

下午四点多，我们到达 RUNDU 镇，停在了加油站。

跑进加油站餐厅，遇到了马库思、丹、史坦芬、肖恩。我们各吞下一只大汉堡，压住了饥火。然后，我们出去逛街，队友们也跟着,我成了小分队队长。

比利说RUNDU镇以木雕闻名,果然如此,木雕店比比皆是,卖木雕的人满大街走,都说自己是艺术家,木雕是他们刻的。我们走到哪,他们跟到哪,像是贴身保镖。

街上有可爱的娃娃,追着我们讨糖果,他们穿着鲜艳,脸色健康,不像在饿肚子,但就是喜欢糖果,把游客当成糖果使者,似乎谁掏不出糖果,谁就是坏人。我们可不想当坏蛋,给了糖果,也给了零钱,有时还抱抱他们。

我们逛进了交易市场,这里有菜市场、木雕市场。

逛市场

我们先去看菜市场。水果摊有大路货,也有沙漠特产,刺头刺脑的刺角瓜,黄色的火龙果,紫红的仙人掌果,红黄相间的树番茄。蔬菜摊也一样,除了南瓜、黄瓜之类,还有特殊的风味,比如某某根球、某某树芽、某某种子、某某花干。卖肉的摊子,有鹿肉、羚羊肉、猪獾肉，等等。还有昆虫类，蚂蚁、蝗虫、蟋蟀、甲虫、蜈蚣、毛毛虫。有的昆虫制成了熟品，散发着丁香、花椒的香气。看到虫子，我想发表感想，回头一看，小分队只剩下菲里普，其他人都被虫子吓跑了。"这些胆小鬼！"菲里普点评。于是我说："亲爱的，要不要来几条蜈蚣？"菲里普临危不惧，坚定地说："来！你先来！"我没买虫子，不是不敢吃，是因为刚吃过汉堡。

在木雕市场，我们看到了真正的木雕艺术家。艺术家们一边摆摊，一边忙活，有的削木，有的雕刻，有的磨砂皮，有的给木雕上色，有的为顾客打包。我们碰到了比利，比利告诉我们，刻木雕的人，是RUNDU小镇的居民，都是木雕世家，属于布须蔓人①。布须蔓人？我想到了沙漠中的布须蔓草。我打量着布须蔓人，他们个头矮小，衣着破烂，也称不上"衣着"，只有一条破裤子，沙土积在他们背上，让汗水冲出了小沟。艺术家的形象，与概念中的艺术家相差十万八千里。但他们是真正的艺术家，有艺术家的手和眼睛。他们用黄花梨木雕出了小型动物，用合欢木雕出了大型动物，用黑木雕出了鸟类，用红木雕出了人物……无生命的木头，经过他们的手，俨然有了呼吸、心跳、灵魂。

金贝鼓

我看到了金贝鼓，它用黑木制作，鼓身绘着彩图，鼓面蒙着兽皮。我拍了几下金贝鼓，拍出了好听的声音。鼓的主人见了，马上放下活计，抱起了金贝鼓，边拍边扭动身子，"咿呀呀"吼了几嗓子。我喜欢金贝鼓，

---

① 布须蔓人，纳米比亚与安哥拉的原始民族，又称桑人。

木雕艺术

很想买一只,我热衷于收集乐器。可惜我无法带走,它是个大家伙。我给了艺术家二十兰特,是他表演的小费,还买了一只小鹿,他当场刻的。

在其他摊位,我们买了三只斑马、两只大象、一只犀牛、一对木碗,后备厢放不下,绑到了车头、车尾。

我和菲里普决定,回家后用木碗吃饭,吃一日三餐,记住卡拉哈里沙漠,记住木雕,记住木雕艺术家。他们值得记住。比起养尊处优、有工作室、有人吹捧的艺术家,他们是寒碜的,寒碜得就像布须蔓草,但他们的作品不寒碜,一点儿都不寒碜。如果您也在现场,一定会同意我的说法。

河滩上的安哥拉人

今天的下榻处,River Lodge,野生园,在奥卡万戈河之畔。

野生园像个大农庄,有菜地、玉米地、草场、牛羊、火鸡、土鸡、珍珠鸡。公鸡追母鸡,母鸡带小鸡,小鸡叽叽叽……真让人高兴。

园子中央是戏水区,两个游泳池,三个按摩池,喷水龙头朝天喷水,放烟花似的。我们经过时,被水龙头淋了一身水,真是罪该万死,如此糟蹋水,我心里在骂,人却不肯离开,站在水下淋了个透湿。

我们的木屋,艺术气十足,屋顶雕着大象,屋檐雕着羚羊,门窗雕着合欢树。屋里有木刻、雕塑，但家具简陋，沙发塌陷了，床脚摇动了，水泥地有缝，几条蜈蚣爬出来，被菲里普踩死了。我们刚走进门，蚊子就来打招呼，我赶紧把蚊帐放下。浴室小得像鸡笼，没肥皂和洗发水，放出来的是冷水，颜色浑浊。我们毫不介意，用冷水洗澡，冷得直跳，边跳边笑。相比火热的沙漠，小木屋堪称天堂，我们倍感快乐，怎么会抱怨呢？苦难是快乐的镜子，对照着苦难，你才能体会到快乐，否则你永远不知何为快乐。如果没有苦难，只有快乐，更不是好事，那等于没有快乐，也没有快乐的人。如林清玄在《生命的酸甜苦辣》中所说："想想看，人生如果是一桌宴席，上桌的菜若都是蛋糕、甜汤，也是非常可怕的呀！"

傍晚六点，我们去小码头集合，参加集体游河。码头上只有肖恩、杰顿，其他人鬼影没有，比利也缺席。这些大懒虫，肯定在泡澡、睡大觉，或去酒吧痛饮了。杰顿说，他参加游河，为了摸一摸对面的安哥拉，回去可以吹吹牛。肖恩说，他参加游河，为了替老婆拍落日，他老婆疯了似的爱看落日。我们说，我们参加游河，因为这是集体活动，我们是老实人，不敢随便缺席。

船工是个小伙子，名叫巴罗拉。巴罗拉搬来一箱饮料，有啤酒和橙汁，他说，比利付过钱了，这些全是我们的，请放开肚皮喝。

我们的船向西行，左边是纳米比亚，右边是安哥拉。

纳米比亚这边，有楼台、木屋、帐篷、码头、沙滩，沙滩上停着汽车，撑着帐篷，跑着花花绿绿的人。安哥拉这边，沿河是野草、芦苇、静静的河滩。看起来，左边的富庶，但右边的风光更好。

太阳吊在西天，河水托着晚霞，宛如斑斓的扎染。鳄鱼藏在水中，露出半个脑袋，闭目养神，仿佛对外界无动于衷，但船头稍微靠近，它就立即浮出水面，目光锐利，时刻准备战斗。天空中，鱼鹰翻飞,忙得像螺旋桨一样,想捉到今天的晚餐,我为它们捏一把汗,怕它们一头撞进鳄鱼的嘴巴。

太阳不断下移,西天彩云氤氲,就在这时,安哥拉这边有了动静,河滩上出现了女人和孩子,他们脱得一丝不挂,走到河里洗澡,看见我们也不回避。女人们洗完澡,穿上衣裙,帮助小小孩儿洗澡,或者站在水里洗衣服。大一点儿的孩子们还在水里,大呼小叫,互相撩水,打打闹闹,像一群活泼的黑色小鱼。少女们光着身子,笔直地站在水里,她们正在发育,身子挺拔,像含苞欲放的黑郁金香。

我们的船过去时,男女孩子同时喊"Sweets"。糖果真是好东西,他们脱得精光,还是念念不忘。但我们没带糖,只有几个硬币。我们把硬币扔向河滩,男孩女孩扑上去抢,抢到硬币的欢呼,没抢到的,向我们扔石子,扔得挺准。一个少女向我们游来,我扔给她一听橙子汁,她抢到便潜水溜走。更多的孩子游了过来,索要饮料,不给就泼水,我们哪里抵挡得住。巴罗拉加快了船速,把我们带出了"敌占区"。

太阳越来越低,水里的安哥拉人越聚越多,他们洗澡、聊天,像在开例行的碰头会。游船也越聚越多,船上人看安哥拉人,安哥拉人看船上人。船上的人是来看风景的,而船下的人正是风景本身。

河面有了渡河的男女,他们光着身子,衣服顶在头上,走得小心翼翼,到达河心时,水流湍急,人像浮标一样晃动,像是被鱼咬住了似的,我心里好紧张,怕他们被暗流带走。但他们成功了,登上了纳米比亚的河滩,穿上衣裤,头也不回地走向小镇。他们是去打工、购物,还是去会情人? 前方出现了无人的河滩。我们要

安哥拉河滩

奥卡万戈河日落

求靠岸,摸一摸安哥拉的土地。船靠了过去。巴罗拉警告说,摸摸可以,不要上岸,说不定有边防军。我们连声答应。但是,船刚刚靠边,杰顿就违反了纪律,撑着船桨跳上了岸,脚刚碰地,又飞身弹了回来,短短几秒,完成了登陆安哥拉的行动。我没敢跳,怕动作不利索,没跳回来就吃了子弹,万一有边防军呢!我老老实实趴在船头,伸手摸了摸安哥拉,顺手折了一段芦苇,抓了一把沙土。

菲里普喝着啤酒,喝得脸色红润,他表扬了我们,他说,你们真棒,摸了安哥拉,"侵略了"安哥拉,"抢了"安哥拉的财产和土地……菲里普话音没落,芦苇后跑出一群男人,吓得我抱住脑袋,以为来了边防军。但他们是来洗澡的,脱下衣裤就走进河里。他们不为裸体羞涩,我们也看习惯了,不就是人体,地球的自然物,像芦苇一样天然。

船到了河口,这里视线开阔,是看落日最佳的位置。此时的太阳老君,慈眉善目,没了白天的气焰,笑眯眯地下沉,仿佛在向我们道晚安。

肖恩得意地告诉我们,他拍了一百多张落日,回宾馆就发给老婆。肖恩是伊朗人,我以为他是骄傲的大男人,却很爱老婆,我十分感动,但还是残忍地提醒肖恩,宾馆既没有热水,也没有网络。

关键词：

芦苇部落、四进芦苇
部落、波帕瀑布

芦苇部落

今天，我们要贴着奥卡万戈河骑行。

导游比利说，选择这条线路是为了看奥卡万戈河、看芦苇、看芦苇部落里的人，他们是奥万博人、布须蔓人、达马拉人，是纳米比亚的主要民族。所以，今天主要是看河、看本地人。我喜欢这个安排。这些天，我们野兽般奔波在沙漠，没有机会与当地人接触。

出发后，路还是搓板路，坑坑洼洼，尘土飞扬。大清早，太阳已开始发威，完全没了落日时的好脾气。太阳是喜怒无常的君王。

我们的左手边，就是奥卡万戈河，河床蜿蜒，波光迷人，隔开了安哥拉、纳米比亚，向两岸人民奉献着清水。奥卡万戈河向东流，横穿半个卡拉哈里沙漠，断流在马卡迪卡迪盐沼，化作水蒸气。奥卡万戈河只有前半生，前半生是河，后半生则是沙漠。我为奥卡万戈河骄傲，为它的坚持感动，它是一条悲壮的河。

林清玄有篇美文名为《飞越沙漠的河》，文章以河的故事为引

奥卡万戈河

子。在沙漠上,有一左一右两条河,"右河"听从春风劝告,飞过沙漠去找大海。"左河"却没听从,"左河"认为,河是不会飞的,只会死在沙漠,它哪儿也不去。结果,"右河"归依大海,获得新生;"左河"断流在了沙漠,就像眼前的奥卡万戈河。林清玄批评了"左河",说它墨守成规,赞美了"右河",赞它超越了自我。当初我并没异议。但现在想起"左河右河",有了新的感觉,我认为"右河"是明智的,也是自私无情的,为求生抛下了沙漠;"左河"是固执的,同时有情有义,它明知会死在沙漠,还是留了下来。这样说,并非批评林清玄,他有智慧有正气,是我崇尚的作家,这篇文章很励志,不管引用了什么,只为表达某种境界。而我的想法也是真实的,当我看到奥卡万戈河,就想到了"左河",它们是一样的河,它们流经之处,有绿草、清水、生命,它们断流之处,一切重归于荒芜。它们把前半生献给了沙漠。

从寓言的角度,奥卡万戈河、"左河",都算是沙漠英雄,我们应该赞美它们、记住它们,学习它们的品格。这也算是一点心得。我喜欢分享心得,有了就说出来。

　　芦苇荡出现了,芦苇苗条,枝叶简洁,白花温柔,水中的倒影清清秀秀。

　　看到了芦苇荡,我们就看到了芦苇部落。芦苇部落紧靠河边,部落与部落相连,连成一条长长的生命线,它们相依为命的样子,让我想到沙漠的筑巢鸟。部落里有芦苇棚,芦苇棚用芦苇编织,顶上是几层芦苇叶。芦苇棚周围有芦苇墙,用了两层材料,比芦苇棚高出了一倍。芦苇棚、芦苇墙,被太阳晒成金黄色,棚子不那么结实,像轻飘飘的篮子,风一吹就摇,缝隙也挺大,小狗们钻来钻去,仿佛在捉迷藏。当然,这样的建筑,能挡住一些炎热、风沙,不用担心雨雪,这儿也根本没有雨雪。重要的是,芦苇棚组建了部落,有部落就有人家,有人家就有子孙后代,就有血脉相承,如同根系发达的芦苇,今天被人砍倒,明天生根发芽,苗壮生长,向着太阳,开着白花。人和芦苇的生命接力,是因为有水,因为奥卡万戈河。水,成全了生命。

　　奥卡万戈河啊,我再说一次,我敬仰你。

　　我们沿着芦苇部落骑行。

　　很多芦苇墙外,长着一些大树,树下成了女人的活动中心。女人们在树下纳凉、奶孩子、聊天,也有人在晒玉米、做家务,女人们看到我们,摇着手打招呼,我们一次次停下,送女人纸巾、肥皂、牙刷。路上有上学的孩子,他们没有书包,书本顶在脑门,或抱在怀里,看到摩托车,他们又蹦又跳,喊着"Sweets",为了追上我们,有人扔掉了书本,仿佛嫌书本碍手碍脚。我们忙得像发糖果机器,发完一拨,再发一拨。幸亏我们带了一大包糖果。

有一次,我们看到一个集会,大树下,聚集了上百个女人,在搞物品交换,裙子换衬衫,裤子换胸罩,围巾换毛巾,鞋子换袜子。交易最火爆的是儿童用品。参加集会的,清一色是年轻女子,身上挂着一个或两个婴儿,她们笑嘻嘻的,一脸的喜气,仿佛在参加节日派对。风一阵一阵刮来,卷起层层黄沙,女人们毫不理会,甚至不遮挡一下怀里的婴儿。也许对她们来说,沙子像草木一样自然而然,没什么大不了。有个女人注意到了我,向我走来,提着一条绿色灯笼长裤,丛林图案。我笑着摇头,我没东西可交换。那女人指指我的围脖。我把围脖拉到脸上,告诉她,围脖不能换,它为我遮阳、挡沙、吸汗水。女人便看上了我的头盔,我连连摆手。

走进沙漠后,想要我头盔的人还真不少,他们用头盔做什么用呢?当锅子?当水桶?对于骑摩托的人,头盔就像脑袋一样重要。我付给女人四十兰特,买下了灯笼裤,当场试穿,套在骑行装外,我像条肥胖的菜青虫,女人们咯咯地笑,我们离开时,她们还在笑。她们的笑声很好听,像鸽子叫。当然,世上的女人都这样笑。女人和女人完全一样,笑声一样,爱美心一样,快乐时的心情也一样,只是快乐的理由不一样。

四进芦苇部落

我们共走进芦苇部落四次。

第一次走进部落,因为我出鼻血。可怜的鼻子,跟着我赴汤蹈火,每天都有带沙的血块。鼻子周围长满红斑,嘴唇边也有,像牛皮癣,很恶心。

那天骑到半路,我鼻子突然出血,血柱喷出了鼻孔,滴到骑行服上。看到血，我猛拍骑手脑袋。我们停车的地方，正好有一堵芦苇墙，两三米高，墙下有一块阴影，菲里普扶我坐下，卷起纸巾，塞进了我的鼻孔，一边一个，像长了象牙。鼻血没有止住，菲里普便捏紧我鼻子，像捏紧水管子，为我断流截水。

"亲爱的，别紧张，流鼻血能降温，你热坏了。"菲里普安慰我。什么谬论，流鼻血能降温？真能降，得流好几碗吧，流光了，身体就凉了。

这时，芦苇墙里走出一个女子，二十岁左右，抱着一个柔软的婴儿。她邀请我们进去，于是，我们第一次走进了芦苇部落。

这个部落不大，六七个芦苇棚，有一棵雨伞般的合欢树，树下坐着几个女人。一条黄狗躺在沙上，下巴贴地，肚皮也贴地，看见我们抬了抬眼皮，懒得起来打招呼。我和黄狗躺在一起，沙地是硬的，有丝丝凉意，难怪黄狗不愿动，我也不愿动弹了。南下的鼻血改变了线路，北上涌进了咽喉，我强迫自己咽下去，肥水不能外流。几分钟后，我坐了起来，鼻孔依然插着"象牙"，但血是止住了。

这样的女人很多

我打量树下的女人。两个女子敞着怀，在给婴儿喂奶。一个老妇坐地上，表情严肃，抽着一杆长烟管。其他女人在剥果子，猴面包树的果，果子晒得金黄，手一拍就裂开，掉出奶白色的种子，像杭州的白莲。她们搓掉果皮，种子扔进木盆，由专人捣鼓，咚咚咚，捣鼓声像敲金贝鼓。种子被捣成了果浆，黏稠而油腻。

这时,跑来了一群鸡,争抢沙地上的果壳、果皮。

"我家也养鸡。"我看着鸡说。我真高兴,终于找到了话题。

菲里普开了手机,请她们看照片,鸡、鸭、鹅、孔雀、火鸡……他还播放视频,火鸡载歌载舞,演出很成功。女人们盯着看,嗤嗤地笑。

小孩子闻讯而来,有的五六岁,有的十来岁。我们马上翻口袋,掏出糖果、零钱,平均分给了孩子。

我们给了老妇几张兰特,她不干活,戴金属项圈,抽大烟管,应该是部落的头领。老妇接了钱,不再那么严肃,指指我的脸,手指蘸了些猴面包树的果浆,抹到我的鼻下、唇上,感觉很清凉,像抹了风油精。我自己动手,往脸上抹果浆,也给菲里普抹,他的鼻子也烂了。我俩成了大花脸。女人们笑,气氛变得轻松。

我们和她们一起干活,剥猴面包树的果子,捣鼓种子。

沙土上有个土坑,围着石头、吊着瓦罐,是做饭的灶头,她们要做午饭了。有人往灶里塞芦苇段,点起火来,芦苇熊熊燃烧。有人往罐里放进食材,玉米粉、碎野菜、猴面包树的果浆、清水,还有看不懂的调料。水沸腾起来,那老妇站起身,以长者的姿态亲自操作,搅拌着瓦罐,罐里的东西变糊、变稠,有了香气。午餐做好了,芦苇正好烧光,像是计算好似的。老妇去了芦苇棚,取来一只瓶子,舀出一勺东西,浇在糊糊上。我凑上去看,像是蚂蚁酱。女人们邀请我们共进午餐,糊糊盛到菜叶上,卷起来吃,像我们吃的春卷。"春卷"味道不错,有果浆的甜,玉米粉的香,野菜的清新,蚂蚁酱腌得很鲜,有点儿像咸鱼酱。我们只吃了一个卷儿,不敢消耗她们的午餐,特别是宝贵的蚂蚁酱。离开时,女人们没说再见,但看得出来,她们希望我们多留一会儿。

我第二次进芦苇部落,是为了找厕所。

在荒漠上骑行,我从不担心厕所的事,处处是厕所,可随心所欲。今天不同,路边有人,树下有人,河滩有人,男人的事容易解决,女人就麻烦了。

我们看到一个部落,几十个芦苇棚,这么大的部落,应该有厕所吧。于是,我们停了车,准备在这儿找厕所。

部落外的大树下,一群少女在打珍珠粟①,分工合作,有人打穗头,有人收粟米,有人揉粟米。揉粟米的女孩,提着大棍子,唱着号子歌,粟米在棍下粉身碎骨,成了雪白的粉末。几个女孩在一边观战,她们抱着孩子,丰满结实,衣着鲜艳,表情也欢快。

我走向其中一个,她看上去十七、八岁,抱着一岁左右的婴孩。我向她问好,给了小孩糖果,提出了要求,请她带我上厕所。女孩不解地看着我,我又说一遍,怕她不懂英文,动用了肢体语言。女孩开口了,一口好英文。"我带你去。"她说,转身带我走向部落。

我回头看了一眼菲里普,他紧张地盯着我,做了个手势,意思是不要离开他的视线。

我们穿过芦苇墙,进了芦苇部落,里面是沙土,芦苇棚立在沙地上,互相保持几米的距离,空地上

她带我上厕所

---

① 珍珠粟又名非洲粟,一年生草本植物,在非洲广为栽培,是主要粮食。

堆着芦苇秆,看到了女人和孩子,没看到男人。

我告诉女孩,我叫林,中国人,来非洲骑摩托车,骑越沙漠。女孩笑笑,不太想说话,我问一句,她才挤出一句。她十九岁,有三个孩子,读过几年书,英文在学校学的,她喜欢学校,但有了孩子不能再上学了,要在家管孩子、做农活。这个部落有二十五户人家,一百多个人,都是亲戚,他们只与亲戚住一起。

我问她结婚了吗,她摇摇头。我问她家在哪儿,她指指一个小棚子。她的"家"两米多高、四平方米左右,"地板"是黄沙,沙上堆着衣服、鞋子、瓶罐,还铺着一块花布,应该是睡觉的床。这样的棚子,怎么会有厕所呢!

"我想上厕所。"我又向她表达。这么多人的部落,总得有厕所吧。

我也来打珍珠粟

女孩笑笑,带着我向后走,穿过后面的芦苇墙,我们到了外面。这儿有几棵树,树下有垃圾和粪便,苍蝇嗡嗡地飞,对我夹道欢迎。看来,这儿就是厕所了。

女孩转过身,等在一边,我想马上逃跑,越快越好,但还是走过去,躲在大树后面,鬼鬼祟祟上了厕所,不敢捂住鼻子,怕伤害女孩的自尊。往回走时,我送了女孩二十兰特,又给了她一把糖果,她有三个孩子呢。

回到菲里普身边,他正急得冒汗,因为我离开了他的视线。他问我厕所怎么样,我说还行,问题解决了。

大树下面，少女们还在砸珍珠粟，我一身轻松，要求砸几下，作秀拍照。她们给了我一根最小的棍子，我只抢了几下，就觉得胳膊要断了。劳动是辛苦的，作秀也不轻松。

我们骑得老远了，还能听到少女们的号子声，像唱歌一样好听。

第三次进芦苇部落，因为肚子饿了，恰好闻到了烤肉香。

在一个部落前，挂着"BBQ"招牌，烤肉香从里往外飘，把我们勾引了进去。

部落里有两个烧烤摊，做烧烤的都是男人，总算见到了男人！

第一个烧烤摊，炉上挂着些肉团团，有卷卷的小尾巴，身体金黄色。看到卷尾巴，我们知道是什么，没走过去，对这东西没胃口。

第二个烧烤摊，炭上烤着小鲫鱼，鱼身、鱼头分开烤。烤鱼的男人是瘦高个儿，只有一只眼睛，身边有两个男孩、一个女孩，孩子们穿着衣裤，光着脚丫，身上全是泥巴。地上有只水桶，漂着

独眼老爸和他的孩子

几条死鱼。独眼男人朝我们看，满怀希望。我问他，烤鱼多少钱，他伸出五个手指，五兰特一份。我买了一个鱼头，菲里普咬了一口，我咬了一口，气味令人作呕，鱼头没去腮，也没有去鳞。

我正要扔鱼头，三个小孩围住了我，眼睛盯着我，准确地说，盯着我的鱼头。他们流着口水，目光惊讶，似乎无法理解，我为什么没把鱼头一口吞掉。我把鱼头递过去，三个孩子争抢起来，我

高高举起鱼头，谁也抢不到。独眼老爹吼了一声，用小刀把鱼头切成三份，一人一份，天下才恢复太平。

我们给孩子们糖果、薯片，给独眼老爹一百兰特，他显得手足无措，向我们敬礼。我们敬重这个男人，他是我们见到的、唯一带着孩子讨生活的男人。

第四次停车，为了参观芦苇小学。

小学不算是芦苇部落，但围墙是芦苇，传达室是芦苇棚，校舍也是芦苇棚，可称为芦苇小学。校园满地黄沙、枯草，没看到篮球架之类的东西，既简陋又寒碜。但校门很大气，校门的位置，是两堵对称的石墙，右墙画着国徽，国徽上有国旗、太阳、鹰、羚羊、钻石、沙漠。左墙也画着国徽，但内容改了，画着太阳、沙漠、粟米、书、钥匙。书本是翻开的，钥匙是金色的，放在国徽正当中，还有一行字：纳米比亚共和国。这是一个庄重、有尊严、有气势的校门，对这个芦苇小学，我们肃然起敬。

路边停着几辆摩托车，我们的队友已进了学校。

芦苇小学

我们找到一个教室，看到了查理、比利、肖恩、史坦芬、丹，他们被孩子围住了。孩子们叽叽喳喳，像一群无法安静的小麻雀。

老师过来了，是一个朴素的黑姑娘，她维持了纪律，让孩子们站成一堆。老师起了一个音，孩子们放声高唱，小手放在背后，嘴巴张得很大，脖子起了青筋，额头上全是抬头纹。他们越唱越响，唱得走了调，仿佛不是在唱歌，而是在比嗓门儿。孩子们唱完，老师告诉我们，孩子们唱的是纳米比亚国歌，表示对客人的欢迎。他们是一年级新生，年纪六七岁，是芦苇部落的孩子。他们学习用功，理想是周游世界。

老师还说，2012年，纳米比亚实行了免费教育，每个孩子都能上学，哪怕最贫穷的沙漠，也有了官办小学、专业老师，开设了英语课，但教学质量不高，师资也一般。

我们问老师，她是哪里人，她说她是本地人，是芦苇部落的子弟，大学在温得和克读，毕业后回来当教师。教师是一份好工作，她喜欢当教师。

"我爱我的学生，谢谢你们来看他们。"她真诚地说。

我们摸出所有糖果，但还是不够分，有几个孩子没拿到。拿到糖果的孩子，把糖果咬成两半，分给没有糖的同伴。他们集体吃糖，表情陶醉，仿佛世界上再没比Sweets更好的东西了。糖在嘴里融化，像急速融化的雪花，一下就不见了。

于是，孩子们又站得笔直，为我们唱《友谊地久天长》。他们唱的不是英语，但没有关系，旋律一样、节奏一样，我们跟着哼了起来。哼着哼着，我红了眼睛。我知道，他们来自芦苇部落，住在芦苇棚，靠吃玉米、珍珠粟、猴面包树的果子长大。这些是最平常的植物，不怕炎热，无须施肥，却喂大了沙漠的孩子。孩子们就像沙漠上的布须蔓草,在风沙中挣扎、在贫困中成长。值得欣慰的是,他们已走进学校,开始接受知识的启蒙,他们依然贫穷,但不再是一贫如洗。

老师说,孩子们的理想是周游世界,我祝他们好好学习,实现理想,有一天飞起来。天高任鸟飞,但必须有能飞的翅膀,想飞的心灵。

Divava宾馆和波帕瀑布

我们到达了Divava宾馆,它在奥卡万戈河之畔,宾馆里草木芊芊,鲜花盛开。

我们领到了一幢别墅,一百多平方米,红木地板,真皮沙发,冰箱里放满了饮料。

别墅里有两个厕所,两个淋浴房,一个雪白的浴缸。浴缸边放着红酒架。卧室很大,床很大,能睡下两头大象,床头柜点着红蜡烛,仿佛有人要结婚了。

落地门外是大露台,放着雕花木椅,桌上有红酒瓶、酒杯。露台下就是奥卡万戈河,河岸花草葱茏,河面波光粼粼,河中间有礁石、木船、游轮,听到了汽笛声。

我们的别墅,外面像天堂,里面像宫殿,看了一天芦苇墙、芦苇棚,突然置身于此,我就像走进了魔幻的情节,有些迷迷糊糊。同一个世界,却有两样人生,那边的人,住芦苇棚、求生存;这边的人,住宫殿、醉生梦死,而且大家都觉得合理,仿佛世界生来就是这样的。

如礁石般的河马

　　晚上六点，"查理团"登上游轮，去看Popa Falls，波帕瀑布①。

　　河上有一些小木船，轻轻摇动，船上的人撒网捕鱼。比利说，这种小木船叫"Mokoro"，是用完整的原木制造的，木质坚硬，能抵抗河马的攻击——河马比鳄鱼凶猛，会把人撕成碎片。

　　"看，那就是河马！"比利向前指。

　　我们伸长脖子，没看到河马，只看到了黑魆魆的礁石。正在奇怪，"礁石"移动了，喷出了水柱，一直喷到我们船头。"礁石变河马了！"大家喊叫起来。

　　我们明白了一件事，河马像礁石，礁石像河马，它们静止时，很难分清谁是谁。两只河马拱出水面，头大脸大嘴大，满口尖牙。它们脸对脸、眼对眼、牙对牙，不共戴天的样子，突然间撞到一起，撞出了滔天巨浪，再一起沉了下去。

　　"河马打架了！"大家再次喊。

　　但比利纠正了我们，他说河马不是打架，是谈情说爱，不信你们可以下河去看看。谁敢下河？没有志愿者。

――――――――――――

　　① 波帕瀑布，位于奥卡万戈河三角洲，流速极快，落差三米，宽度1.2公里。

横卧的波帕瀑布

行驶一小时,游船停在河湾,这里有个小岛,积着厚厚的白沙,像积了一层厚雪。我们脱鞋上岛,赤脚走在白沙上,走了一百多米,看到一片礁石,激流正从礁石间冲下,连成横卧的瀑布,这就是"波帕瀑布",世上最宽的河上瀑布。

我们坐到礁石上,看着瀑布,双脚放进水里,感受水的清凉。瀑布奔腾不息,溅起活泼的水珠,织起一片雪白的水雾,水雾与阳光重叠,出现了几道彩虹。彩虹们同台演出,就像同台演出的演员,穿同样的七彩戏服。飞来几只雨燕,它们穿过水雾,穿过彩虹,向着太阳飞去,似乎想追赶太阳。

太阳丢下了一地金辉,瀑布、礁石、芦苇、白沙、看风景的人,全被染成了金黄色,像是涂了一层昂贵的金粉。没多久,太阳老君换上深红色睡袍,被云彩们簇拥着,慢慢走向了寝宫。

这时,听到肖恩说:"两百张!"他为老婆拍下了新的落日。

天黑透了,我们回到了宾馆,园内有了音乐和歌声,客人们的夜生活开始了。

"查理团"聚在河边的餐厅。晚上的开胃餐是一条胖胖的蜗牛,用红酒炮制,配着香菜。几位队友表示,他们不想吃蜗牛,看到蜗牛,就想到老鼠这类东西。我吃得津津有味,队友们把蜗牛赠送给我,惶恐地看着我吃,像看着敢死队员。我一口气吞了几条蜗牛。队友们问,蜗牛什么味儿,我说像甲鱼的裙边。

"天啊!"他们叫了起来。

"你们也不吃甲鱼?"我问。

他们的脑袋摇得跟拨浪鼓似的。我说,甲鱼是好东西,蜗牛也是,你们是大笨蛋。他们不同意,列举心目中的美食,他们喜欢

Divava宾馆

汉堡、牛排、熏肉、香肠、奶酪、三文鱼……我们聊到了非洲饮食，大家意见一致，表示很难接受。不过大家承认，如果投胎在非洲，如果肚子饿得很瘪，也会吃老鼠、虫子，不能让自己活活饿死。

接着，大家开始说今天的经历。今天很多人进了芦苇墙，在芦苇部落吃了午餐，很多人走进了学校，和孩子们待了一会儿，请他们吃糖果，听他们唱纳米比亚国歌。大家都说，今天糖果带得太少了，明天必须多带一些。但比利说，明天我们要离开奥卡万戈河，再也看不到芦苇部落了。

晚餐后回家，我们的宫殿变样了。服务员帮我们放下了帐子，拉好了窗帘，开好了红酒，床上洒了巧克力，蜡烛换成了红玫瑰，更像有人要结婚了。

菲里普冲了个澡,就坐到了露台,一边喝酒,一边抽烟斗,欣赏夜色中的奥卡万戈河。

我泡了热水澡,穿上柔软的浴衣,手里端着红酒,在房间里踱步,像个趾高气扬的贵妇人。我打开了电脑,搜索Divava宾馆,我们的宾馆也称"夜明珠",房间一夜五千兰特。我跑到露台,把这个数字告诉菲里普。他马上扔了烟斗,抱了一瓶红酒,进浴室泡澡去了,他说,今晚不睡了,不能把五千兰特白白睡掉。我问他,不睡觉干吗呢?他说,泡澡吧。德州红脖子啊,就这么点儿追求。我可不泡澡,我喝免费饮料,不喝白不喝,喝胀了肚皮,多上几次厕所,厕所一人一个,日本马桶,热水冲屁股,还帮你烘干呢。

有人在花园弹唱,是队友马库思。听到歌声,我想到了芦苇部落,想到了唱歌的孩子。于是,我从电脑里搜出一支歌——《纳米比亚,勇敢的大地》,纳米比亚国歌,歌词如下:

> 纳米比亚,勇敢的大地,
> 争取自由,我们取得胜利,
> 光荣归于流血的勇士,
> 我们奉献忠诚和心意。
> 团结在一起,
> 为纳米比亚,我们的大地。
> 高举起自由的旗,
> 祖国纳米比亚,我们热爱你。

巴布瓦塔丛林[①]

早上全体集合,听比利演讲。比利照样长篇大论,喋喋不休,大家习惯了,正像查理所说,哪天不听比利说话,哪天就活不下去了。

比利说,今天向东北方向骑,穿过两个丛林:巴布瓦塔丛林和穆杜穆丛林,全是原始丛林,有食草动物,也有食肉动物,比如狮子、猎豹,看见它们不要问好,直接撒开腿逃命吧。

比利还讲了一个悲惨的故事。去年,一对美国来的夫妻,跟旅游团来到巴布瓦塔丛林,休息时,他们违反规定,跑进密林上厕所,不幸碰到了狮子。狮子扑倒了妻子,丈夫逃出来搬救兵,等大家赶到时,妻子已被撕成碎片,这个新闻登在美国报纸上,惊动了世界。听完故事,男人们盯着菲里普,菲里普马上表态:"我不会

[①] 巴布瓦塔丛林,纳米比亚东北部丛林,面积六千二百七十四平方公里,有五千五百种野生动物。

扔下妻子的,谁敢吃我妻子,我吃掉谁!"马库思说:"菲尔,你不用吃狮子,吃掉比利就行了,狮子是他喊来的!"是的,比利天天拿狮子吓人,到今天为止,我们只见过狮子的大便。

但是,查理开口了,他说故事是真的,大家要小心,不许单独去林子,林子里除了猛兽,还有毒蛇、毒虫、毒蚊子,弄不好会染上黄热病、疟疾、恙虫病、丛林伤寒等。

查理把大家吓到了。查理轻易不开口,一开口就是金玉良言,或是警世恒言。

我们告别了宾馆,沿奥卡万戈河骑行十分钟,河就消失了,我们进入了黄沙世界。

进入大象村

两小时后,出现了"Elephant(大象)"标志,巴布瓦塔丛林到了。

巴布瓦塔丛林给我的第一印象,绿色苍茫,春意盎然,是个清凉清静清心之地。但没想到,我们还没骑进丛林,就遭遇了一群大象。大象们正在过马路,排着整齐的队列,踏着雄健的步伐,甩着纤长的鼻子,像一支纪律严明的威武之师,只差举一杆大旗,上面有斗大的"象"字。

查理停止前行,摩托车停靠在一起,马库思和丹跳下车,趴到公路上,摆弄大炮似的镜头,其他人也拿出手机,伸长手臂,恨不得和大象来几个

路遇

自拍。大家一边拍照，一边向大象问好，"哈罗"声一片。"不要出声!"比利吼起来，他的声音比谁都响。

两头大象屁股一转，头朝向了我们，一声长鸣，鼻子卷起，耳朵收拢，摆出打架斗殴的姿势，吓得大家赶紧闭嘴。

查理下令：关掉引擎！人和车安静了，大象却没放弃，迈着举世无双的大脚板，"嗵嗵"地跑过来。

查理再下令：全体后退！骑手们跨着摩托车，双脚踩地，连连后退，像面见了皇上后退的文武大臣。

两只大象没止步，又来了一只，三只大象肩并肩，低着脑袋冲了过来。我吓得想跳车。我看过一个视频，大象踩汽车，就像踩可乐罐。

马库思收起相机，仓皇中摔了一跤，差点儿滚到大象脚下，我们的脸都吓绿了。

查理又下令："RUN（跑）!""查理团"掉头就跑，往原路跑，差点儿跑回了奥卡万戈河。

再进巴布瓦塔丛林，"查理团"重新编队，我和菲里普排在正中，为了保护我，确保我不让狮子叼走，我是骑行团唯一的女人。对这个安排，我感激涕零。现在，前面是大卫，后面是丹，如果来了狮子，要么吃掉大卫，要么把丹拖走，怎么也轮不到我。

　　骑到了丛林深处，我们没遇到狮子，但遇到了其他家伙。遇到一群非洲狼，它们穿着棕色皮衣，体格健壮，威风凛凛，但面对十五辆摩托车，逃得比风还快。遇到一群野猪，准确地说，一只母猪带着一群小猪，小猪逃散时，母猪向我们冲来，母性的疯狂，让它显得比胡狼可怕。这一回，逃的是摩托车，谁也不想与野猪撞个满怀。我们几次与斑鬣狗①相遇，它们穿花斑皮衣，听到引擎声，极为淡定，趴在草丛里，眼睛盯着我们，似乎在清点人头，吓得我频频回望，怕它们突然拖住我，就像拖一只包裹。

巴布瓦塔丛林的捻角羚母子

---

　　① 斑鬣狗，食肉动物，能将猎物拖行一百米。分布于卡拉哈里沙漠，数量众多。

有一次，一根"树藤"从天而降，击中骑手的头盔，滑到我的手臂，扭着身子往下掉。我看清了，不是什么树藤，是绿色的长蛇！我尖叫起来，像蛇一样扭动，勒紧了骑手，差点儿把骑手吓疯，以为是狮子拖住了我。后来，我发现了一件事，树上像藤蔓的东西，可能是蛇装扮的，树上像蛇的东西，只是普通的藤蔓罢了。我既怕蛇，也怕了藤蔓。丛林中还有很多令人不悦的东西，蜈蚣、香烟虫、蚊子、草螨、跳蚤、虱子……最阴险毒辣的是草螨、跳蚤、虱子，它们潜入骑行服、靴子，咬得我直跳，却怎么也捉不到凶手。我忐忑不安，怕它们送我一些礼物，比如疟疾、森林伤寒……

总之，巴布瓦塔丛林步步惊心，处处令人提心吊胆，有些惶惶不可终日。我想快快离开巴布瓦塔丛林。

不过，话说回来，如果不考虑蛇虫之类，从感官和审美的角度，巴布瓦塔丛林是漂亮的。

这个丛林接近热带雨林，生长着雨林植物，比如棕榈、芭蕉、龟背竹，还有沙漠上难得一见的乔木。乔木高大粗壮，被藤蔓包围，藤蔓细身细腰，似血管般覆盖大树，爬得很高，缠得也挺紧，似乎攀上一个好男人，再也不肯放手了。藤蔓们的追捧，让大树显出雄风，显出风流，就像妻妾成群的男人。

大树的脚下，是爬不高的小东西，苔藓、地衣、蘑菇，它们小巧玲珑，匍匐在大树脚下，像是树的耳朵，倾听着树的心跳。树的心率如何，它们最清楚了。

大树的周围，有蕨草、兰草、小野竹、猪笼草，它们外柔内刚，不喜欢攀龙附凤，不屑抱权贵大腿，自由行走。小草虽小、也有走天涯的坚强信念。

莓子和坚果无处不在,像是丛林的眼睛,从各个方向窥视着我们。

另外,雨林植物的高度,为我们阻击了阳光,空气凉爽,像有人打开了空调。太阳老君只好放软身段,须髯伸进林子,放下丝丝金线,怎么也奈何不了我们。没想到,太阳也会委曲求全。当然,你不得不承认,太阳老君是美髯公。

巴布瓦塔丛林是美的,美得像交叠的、有层次的阶梯诗,让我想起马雅可夫斯基①的阶梯诗。他的阶梯诗有趣,但读的时候要小心脚下。如:

> 听众
>   递来
>   一大堆条子,
>   想要将我一军,
>   问题里面带着刺儿
>   马雅可夫斯基
>   请朗诵
>   你的
>   最好的诗

两个多小时后,眼前豁然开朗,我们离开了巴布瓦塔丛林。

我们回到了荒漠,太阳对我们进行报复性打击。我们又变成流汗的蜡烛,心烦意乱,头脑要爆炸。不由自主地,我想起了巴布瓦塔丛林,怀念那儿的清凉和幽静。如果没有野兽,没有蛇和草

---

① 马雅可夫斯基,20世纪20年代初苏联诗人,阶梯式诗为其风格。

虱子,我愿意待在丛林,那儿好极了。如果没有酷热,我也愿意待在沙漠,这儿没有虱子,更不会"空中降蛇"。我是没出息的怕吃苦的患得患失的家伙。

当然,我们可走的路很多,多得像蛛蛛网,却只能选择一条,因为我们只有一双脚。做人也一样,二元对立,多元选择,人只能做选择题,因为人只有一条命、一条人生路,走对了,是你的造化;走错了,一错到底吧。我们小时候,父母总是说,别这样,我们吃过苦。但我偏这样,果然吃苦,却没了回头路,死磕到底,真希望有两次人生啊!

穆杜穆丛林①

我们骑进了穆杜穆丛林。

比利说,穆杜穆丛林沼泽多、湖泊多,因此野生动物也多。

"睁大眼睛,看到狮子,给我夹起尾巴跑!"比利再次警告我们。

我不担心狮子,狮子不像大象,不会走到我们面前,排着队让我们参观,除非比利把自己变成狮子。说实话,我真想拜见狮子大人,它们能帮我写一段哗众取宠的文字。但是诚实地说,我没见到狮子,所以我不能瞎编,真实是纪实文学的生命。

不过,在穆杜穆丛林,我们见到了众多食草动物,这倒是证据确凿。

我们见得最多的是羚羊。这里的羚羊属于丛林羊,与沙漠羊有所不同。有一种羚羊叫灌木羚,身材细长,像一段树枝,直到我们接近,"树枝"才一哄而散,把我们吓一跳。有一种羚羊叫飞羚,

---

① 穆杜穆丛林,纳米比亚东北部的卡普里维区,占地一千零九平方千米,野生动物的集聚地。

奔跑如飞,摩托车也追不上;有一种羚羊叫马羚,枣红色,鬃毛飘飘,如果没有头角,简直就是上好的枣红马;还有一种羚羊,前腿短、后腿长,能在水里游、水上走,所以叫水羚羊。水羚羊是比利介绍的,他见过多次,我并没见到。

穆杜穆丛林湖泊多,到处都有野牛、河马。野牛在草滩聚集,黑压压一群,静静地吃草;河马在芦苇间行走,每走一步,芦苇倒下一片,留下脸盆大的脚印。

我们见到了尼罗鳄①,它们藏在泥潭,灯泡大的眼睛,万向轮似的转动着,打着谋财害命的主意。所以,一见到尼罗鳄,野牛和河马就谦逊地走开,我们也谦逊地走开,没人想与尼罗鳄打成一片。

有一次,我们看了一场好戏。一只美丽的小鸟,正在草滩孵蛋,来了一只蜥蜴,它袭击小鸟,想偷走鸟蛋。小鸟与蜥蜴搏斗,它哪是蜥蜴的对手,危急关头,水里跃起一条尼罗鳄,幸亏蜥蜴逃得快,没被尼罗鳄剥了皮。美丽小鸟逃生了,站到尼罗鳄背上,唱着歌,仿佛在表示感谢。

花斑鸟斗蜥蜴

---

① 尼罗鳄,Crocodile,非洲最大的鳄鱼,捕食羚羊、斑马、水牛,会袭击人类。

比利说，这种小鸟叫花斑鸟，是尼罗鳄的朋友，它愿为尼罗鳄捉虫，尼罗鳄保护它的家人。原来，尼罗鳄也有朋友，也会见义勇为，做出英雄救美的事。

大象湖、老虎鱼

天近黄昏，我们骑到了丛林边缘，停在一个湖泊前。

查理说，这里是看落日最好的地方。比利说，这里离宾馆近，看完落日就去宾馆。我们高兴极了，漫长的骑行终于结束了，还有落日看。于是，我们脱掉骑行服，舒舒服服坐在湖边，盯着西边的太阳。肖恩架好了三脚架，准备大动干戈，再为老婆拍一组落日。

湖面平静，没一点儿皱褶，泛着河草的绿、天空的蓝、夕阳的红。

突然，听到查理说，大家注意，大象来了，请原地不动，保持安静。

我们回头，果然看到了大象，几十头，它们一路纵队，笔直向我们走来。它们的大脚板，像铁铲一样，铲起了浑浊的沙土。我们瞪大眼睛，捂住嘴巴，哪敢发出半点儿声音。我们在这里无处可逃，除非跳进湖里。

大象并不理睬我们，从边上绕过去，一起走到了湖边，走进了水里，弄出一片哗哗水声。它们围成一圈，鼻子对鼻子，像进行某种仪式，然后低头畅饮。大象集体喝水的声音，如同海浪拍打礁石，它们每喝一口，湖水就绽开涟漪，仿佛笑得合不拢嘴了。小象们开始游戏，鼻子喷水，在浅水里打滚儿，溅起白色珠帘般的水花。

湖面的宁静不复存在，喧闹和欢愉代替了一切。太阳老君也

大象湖

兴奋起来,脸越来越红,像是喝醉了酒。太阳的红光,渲染了云天,渲染了湖水,为大象抹了一层薄薄的粉红。

第一批大象离去,第二批又来了,不到一小时,两百多头大象轮流过来喝水。

查理说,每天日落前,大象们都来这里喝水,这个湖名叫"大象湖"。

比利说,他来这打前站时,只见到一百多头大象。"你们是幸运的家伙!"比利说。

我们恍然大悟,他们说看日落,其实是烟幕弹,目的是让我们看大象,给我们一个大大的惊喜。我们果真是惊喜交加,这样的"大象湖",一生能遇到几个呢?

太阳终于掉下去了,最后一批大象走远了,与灌木融为一体,无法分辨了。湖水恢复了平静,隐入了夜色,只留下点点星光,像烛火一样闪动。明天这时候,大象还会来喝水,它们为什么不睡在湖边呢?为什么来来回回折腾呢?换了我,一定在这儿扎帐篷、埋锅子,再也不走了。当然,大象们一定有充分的理由。动物的世界,人的世界,都有自己的逻辑。好吧,亲爱的大象,让湖水滋润你,让穆杜穆丛林掩护你,祝你们今夜平安,做个好梦。大象的梦会是怎么样的呢?

宾馆叫 Lianshulu River(列士露河),一面是丛林三面是沼泽。隔着一片湖泊,是一片起伏的轮廓线,那儿就是博茨瓦纳,明天我们要去的国家。

每家领到一个帐篷,方方正正,四面是纱孔,能看到外面的芦苇、沼泽。帐篷外有河马的脚印,看来,今晚我们要与河马睡一起。帐篷很小,一张床、一只马桶、一只洗澡龙头,这是全部的家当,但我们觉得不错,不用钻睡袋,也不用去外面上厕所。我们一起洗澡,帐篷是透明的,洗澡时得留意外面,有人走过,要马上蹲下,抱住身子,偏偏过路的人特别多,我们蹲下站起,像在做体操。后来干脆关了灯,黑灯瞎火搓肥皂,帐篷里人影摇曳,笑声不断,吓得路人狂奔,以为帐篷里闹鬼。

晚餐在露台吃,是自助餐,有牛排、羊排、老虎鱼①。我们第一次吃老虎鱼,对这个名字感到惊讶。厨师介绍说,老虎鱼是这里的特产,放下钓竿就能钓上来,但人千万不要下水,老虎鱼牙齿厉害,围攻尼罗鳄时,能把鳄鱼撕碎吃光,只留下骨头。我们吓得目瞪口呆,世上竟有吃鳄鱼的鱼?鳄鱼也有吃亏的时候?但想想也合于情理,老虎鱼吃鳄鱼,鳄鱼吃人,人吃老虎鱼,世界就是这样运转的。

查理在露台升起了炭火,比利背着吉他,搬来了一箱红酒。

夜色浓了,气温骤降,我们围着炉子烤火,喝着红酒,抬头看

---

① 老虎鱼,非洲的淡水鱼,会对各种鱼类发动攻击。

向星空。今夜的星空和平时一样,璀璨如万家灯火。星星们每晚都有灯火晚会。

我们回顾白天的经历,分享着照片,但没人提起两天后的事。两天后,"查理团"就要吃散伙饭了,大家会各奔东西,一切都变成回忆。相聚难,别也难,想到这件事,大家嘴上不说,心里却很难受,没有人谈笑风生。

突然,湖里传来"轰隆"一声巨响,有东西从水底跃了出来。"老虎鱼!"大家喊。"不,不,是河马。"比利说,"不相信,你们下水去看。"

查理用手电照着湖水,对比利说:"比利,你顺手电光下水,我帮你照着!"比利没好气地说:"查理,你想害比利,你关了手电,比利怎么办?"

这个家喻户晓的笑话,把大家逗笑了,谁也不想分离的事了,今宵有酒今宵醉,明天的事明天想。其实想也没用,天下哪有不散的宴席。

马库思抱起吉他,弹奏 *Paranoid Android*,这是一首英国老歌,会唱的人都一起哼。河马再没弄出响声,仿佛也在侧耳倾听。

Please could you stop the noise

I'm trying to get some rest

From all the unborn chicken

voices in my head

What's that?

What's that?

…………

早餐聊天

早餐是意大利风格，Lianshulu River 的主人，是意大利的后人。

我吃了两片比萨、一碗通心粉、一堆火腿和香肠，还有烤面包、酸奶、水果。这些天，骑行那么辛苦，我每天骑得半死不活，因为会吃，竟长了五六斤肉。

吃早餐时，查理和米奇坐在我对面。米奇吃得不比我少，但他对我的吃相发生了兴趣。米奇说："林，我发现你很会吃，早餐、正餐都吃很多，特别喜欢吃肉。"我向他解释："吃得多是为你们着想，有力气骑摩托车，不给你们添乱，你们麻烦够多了。我是有同情心的女士。"米奇听了，感动地说："是，是，我建议查理给你发吃饭奖。"查理笑着摇头。查理说："林，贪吃就是贪吃，别找借口，吃吧吃吧。"我说："没找借口，在沙漠骑摩托车，不把自己喂饱，说不定掉下摩托车，被太阳晒死，或者喂了狮子。"查理大笑，笑声好听，像银勺子敲金盘子，有磁性。他当过电影演员，嗓子好。

米奇问了我一个问题，骑越阿尔卑斯山、骑越卡拉哈里沙漠，哪个更苦？我不假思索地说，骑越沙漠苦多了，我每天咬紧牙关熬日子，阿尔卑斯山险峻，但有雪山、草地、山花，没有见鬼的沙子、搓板路、火山岩路，既干净又凉爽。骑越阿尔卑斯山，是"A peace of cake（小菜一碟）！"我说。我的"A peace of cake"，把边上偷听的队友逗乐了。

米奇说，其实非洲之行不算苦，你要是跟查理冒险，去世界上最危险的地方，才会苦死你、吓死你。我说，我才不跟查理跑嘞，我不是疯子。

查理翻着眼睛问，难道我是疯子吗？我说，你是，我读过你的 *Long Way Down*①，你单枪匹马，九十天骑了三万公里，你就是疯子。

查理又爆发出大笑，笑得我耳朵嗡嗡响。

米奇说："林，今天上我的车，我带你兜风，你不用吃沙子流汗，享受享受。"

我说："你说什么呀，我坚持了那么多天，最后当逃兵？苦不是白吃了吗！"

米奇嘿嘿地笑，狡猾地说："我呀，我是试试你的，看你是不是上当？林，你真是好样的，真英雄！"

米奇接着说，他的"指南针"旅行社，有个"东方行"计划，组一个骑行团，从欧洲骑到亚洲，终点是中国的北京，长度两万多公里，骑越二十几个国家，历时九十天。

"什么时候？"周围的人有了兴趣。

"2020年春天。"米奇说。

"我去！"男人们喊，挤到了米奇身边，要马上报名。

---

① *Long Way Down*，查理的新书，关于车祸及车祸后重返摩托车的故事。

菲里普也激动了，征求我的意见，骑不骑亚洲？我瞅着他说："亲爱的，非洲还没骑完呢。"菲里普马上对米奇说："你听听，林说了，骑完非洲骑亚洲！我们也报名！"天啊，亲爱的读者，这是我的本意吗？

这时，比利走进餐厅，给大家发过境表。他说，今天离开纳米比亚，下一站博茨瓦纳，博茨瓦纳是沙漠国家，但我们所到之处是城市，见不到沙漠，所以，我们要向沙漠告别了。比利说，去边境的路有两条，一条 Soft Way，走柏油路；一条 Hard Way，走沙漠。"你们选吧。"比利说。

毫无疑问，所有人选 Hard Way。大家说，向沙漠告别，得来一次野性的骑行。

杰奎琳、玛克辛也表示，今天和丈夫一起骑摩托，感受冒险的滋味。

大卫拿出了纳米比亚国旗，大家扯着国旗，喊着"cheese（奶酪）"，拍了集体照。

野性的骑行

查理带队，摩托车队骑进了沙漠。

这里是纳米比亚边缘，是纳比米亚最后的沙漠，也是我们最后的沙漠。金色的沙地，金色的沙丘，金色的平顶山，金色的布须蔓草，金色的合欢花，金色的灌木，金色的羚羊……还有金色的阳光。沙漠一派金黄，仿佛是用金子打造的。今后写"金色沙漠"这样的文章，我知道怎么写、怎么把握了。

摩托车在颠簸中前进，下面是搓板路，铺着厚沙，埋着乱石，藏着害人的坑洞，步步有惊险，处处是杀机，但"查理团"毫不理

野性骑行

会,跑得风驰电掣。多日的征战,骑手们汗水流够了,教训攒够了,见多识广了,精神变得强大,骑术也炉火纯青了。

澳大利亚帮——伊恩、约翰、亚瑟、安德烈、杰顿,突然揭竿而起,疯了一样追查理,企图干掉查理,夺取领队的地位。查理不急不躁,追兵到了身后,才从容加速,忽地一下不见了,像子弹一样飞走了。澳大利亚人追上查理了吗? 此事无法考证,因为他们也没了影子。

这个头一开,其他队员也开始火并,互相叫板,互相咬着尾巴跑远了。大卫本来在我们后面,骑得有板有眼,没想到,这个公认的绅士,也按捺不住了,突然超越我们,卷着尘埃狂奔而去。大卫也疯狂啊!留下了夫妻阵营,我和菲里普、保罗和杰奎琳、彼特和玛克辛。我们打起了"内战",公鸡带母鸡,你追我赶,想把对方置于死地。结果,保罗和杰奎琳胜出,跑到了最前沿,我真为菲里普脸红,但菲里普说,他是让着保罗,保罗八十岁嘞,不能欺负老人哦。这话要是让保罗听到,非找菲里普打架不可。保罗从不服老,事实上,他骑车的架势,哪像八十岁,说十八岁也不会言过其实。

"查理团"狂奔,上演着野性骑行,所经之处,风尘滚滚、"硝烟弥漫",不知道的人,以为沙尘暴来了。可恶,我的小相机进了沙,镜头又盖不上了。

在一个沙坡,"查理团"停下了。查理说,你们过瘾了吧,要离开沙漠了,前面就是纳米比亚的边境站。

比利说,伙计们,向沙漠告别吧。

我们下了车,脱了头盔,眺望着沙漠,人人抓起一把沙,抛向了湛蓝的天空。

天上,太阳老君看着我们。太阳老君会惦记我们,但我们不会,它把我们害得好苦,这些日子,它镇压,我们反抗;它不依不饶,我们不屈不挠。它穷追不舍,我们无处可逃,只能与它硬拼,一直拼到了今天。太阳是固执的,为了证明荣耀、不可战胜,用烈火燃烧自己、燃烧世界。人也是固执的,为证明决心和勇气,用苦难惩罚自己。

"再见了,沙漠!"我们由衷地说,带着一些伤感。

我们重新上"马",向边境站骑行。沙漠被我们丢在了后面。

就这样,告别了卡拉哈里,告别了给我们神奇,也给我们苦难的沙漠。我们什么也没带走,但留下了脚印、汗水、鼻血,以及疼痛时的惨叫声。自我折磨,自我消耗,无怨无悔,这样的骑行,可定义为野性骑行。从进入沙漠起,我一直在忍受,如同苦行僧,我早就想逃离沙漠了。但是现在,我回头看沙漠,想记住沙漠的模样,记住布须蔓草,记住合欢树,记住孤独的平顶山,记住曲线形的搓板路,记住不肯妥协的阳光,记住阳光下的人和动物。它们相依为命,驻扎在无水的沙漠,没有别处可去,也不想去别的地方,沙漠是它们的家,是它们的父母。它们的父母贫瘠、穷酸,但无限慷慨,喂养着孩子,而不求任何回报。

卡拉哈里沙漠,我要以我的温情,为你祝福,祝你河流有水,祝你草木繁荣,祝你走进雨季,祝你有水的日子越来越多,祝你祝你祝你。

再见了，卡拉哈里沙漠

"我一无所有，只有沙漠，我用沙漠爱你。"沙漠对我说。

我流下了眼泪，沙漠那么大，沙漠的爱会有多大啊！

博茨瓦纳①

下午两点，我们到达了纳米比亚边境，一个叫恩戈马的哨所。

恩戈马哨所建在路边，简陋的小屋子，服务窗对着马路，过境者在太阳下排队，气温四十多度，人体散发出了臭鱼烂虾味。

边境官也是汗流满面，他们不停地工作，"当当"敲着印章，像勤奋的啄木鸟。"谢谢光临，欢迎再来。"他们说。"再见，我们爱纳米比亚。"我们说。

离开恩戈马哨所，骑行不到一百米，到了博茨瓦纳的"乔贝"

---

① 博茨瓦纳共和国，曾是荷兰和英国殖民地。独立后没有太多动乱，投资环境较佳，发展水准可与南非相比。

边境站。

"乔贝"边境站南边,是纳米比亚的土地,有猴面包树、布须蔓草、大象。"乔贝"边境站北边,是博茨瓦纳共和国,那儿植被茂盛,有一条柏油路,大车小车在奔跑。

南边北边,只隔一个边境站,却仿佛两个人间。

"乔贝"边境站,漂亮的小楼房,大理石铺地,大厅宽敞明亮,空调吹着凉风。我们一走进去,汗水就被吸干,体温降了下来,一个个眉开眼笑。

办入境手续时,工作人员手脚麻利,队友们顺利过关,没想到,轮到我却卡住了。

我是中国护照,得出示博茨瓦纳签证。两个月前,我就办好了签证,但女官拿着我的护照,翻来覆去看,还上网查询,甚至撇开了大家,单独跑到里屋打电话,十几分钟后才出来,还是不放我,要我出示博茨瓦纳的宾馆信息。米奇赶紧递上宾馆订单,上面有我的名字、护照号。女官向我逼视,又问了一番话,为什么入境,入境后做什么……菲里普怕我说错,抢着帮我回答,女官找不到破绽,敲下印章,把我放过了。为我一个人,消耗了四十分钟。

我吓出一身冷汗,菲里普也吓得满脸通红,怕我卡在这里,博茨瓦纳进不了,纳米比亚回不去,像卡在下水道的堵塞物,那可怎么办。

队友们一脸迷惑,查理、比利一脸怒气。

队友们问我,他们都不要签证,为什么我要签证呢。我说,你们问我,我问谁去呢。我心里明白,不是签证问题,那女官是想刁难我一下,也可能,她今天心情不好,她不代表博茨瓦纳人,我不生气,我不介意,我得有泱泱大国的胸襟,是不是。

我们踏上了博茨瓦纳的国土。迎面是柏油路,跑着各种车辆,婚车、老爷车、大巴车最多。

博茨瓦纳国旗

乔贝河①出现了,是一条高歌猛进的河,笔直向东流。乔贝河沿岸,别墅比比皆是,一律是欧式风格,漂亮得像花篮,白人小孩在花园玩,骑单车或荡秋千。我感觉回到了南非,这样的情景,我在开普敦见过。草滩和绿岛上移动着各种食草动物,大象、野牛、斑马、羚羊、麋鹿、狒狒、猴子。优美的长颈鹿出现在河滩,也出现在公路,迈着骄傲的步子,带着主人的优越感,居高临下看我们。我们马上停车、行注目礼,尊敬有加地靠边站。

对于博茨瓦纳,我的初步印象是干净、秀丽、车多、水多、绿多、富人多、动物多,动物们日子过得不错。博茨瓦纳是奇异的,像是多棱镜里的世界,真实存在,却令人难以置信。比利说,博茨瓦纳

---

① 乔贝河,chobe river,发源于安哥拉中部,是博茨瓦纳和纳米比亚的边界。

是沙漠国家，五分之三是沙漠，可是沙漠在哪儿？我只看到绿洲。是沙漠变成了绿洲，还是老天爷移走了沙漠，移到了纳米比亚？

中国餐厅

我们到了目的地——卡萨内小镇①。这是个花花世界，充满了诱惑。

查理还在前面傻跑，他的部下一个个开了小差，消失在灯红酒绿之中。

我和菲里普也抛弃了查理，骑到了商业中心，找到一家银行，换了五百个普拉②，我们在博茨瓦纳只住一夜，这点儿钱够我们花了。口袋有钱了，腰板就笔直，我们抱着头盔逛街，买了纪念品——博茨瓦纳国旗。每到一个国家，收藏钱币、国旗，是我们的规定动作。

美食街有家中国餐厅——CHINESE DELIGHT（中国菜），我们毫不犹豫地走了进去。

中国餐厅有中国味儿，桌子是八仙桌，雕着中国龙，放着毛竹筷。天花板吊着红灯笼，墙上贴着对联，"年年有鱼"对"万事如意"，横批位置画着红鲤鱼，横批应该是"吃饱"。不好意思，我正饿着肚子，没有别的妙句。柜台有中英文菜单，写得密密麻麻，菲里普点了牛肉水饺，我点了牛肉炒面。

店主不是中国人，是好看的黑女人，白衬衫配黑西裤，头发高高束起，精明能干，对我挺客气，因为我是中国人。等待时，她端

---

① 卡萨内，位于乔贝河南岸，博茨瓦纳、纳米比亚、赞比亚、津巴布韦四国交叉点。

② 普拉是博茨瓦纳流通货币，意思是"雨露"，非洲最坚挺的货币。

中国餐厅

来绿茶,茶里有茉莉花,这个细节很中国。店主说,她去过中国,在某某地方学了厨艺,回来就开了中国餐厅。"正宗中国饭！绝对正宗！"她向我们夸海口。

饭上桌了,我这份果然正宗,炒面红光满面,牛肉鲜嫩可口。但菲里普的牛肉水饺,似乎不太对头,是牛肉加馒头,馒头有半斤重,菲里普傻了眼,不知如何吃。我帮他打开馒头,塞进牛肉,再关上,做了个超大饺子。菲里普吃得欢,腮帮子鼓鼓的,像只搬运粮食的硕鼠。

乔贝河

宾馆叫乔贝野生园。您肯定发现了,我们一路住的都叫"野生园"。"野生园"这名称,野性、任性、有挑逗性,十分迎合游客心理,特别迎合唐·吉诃德式的人物。其实每个人身上都有一个或半个唐·吉诃德,说白了就是冒险激情。冒险激情,人类的远古天性,像一条尾巴,平时深藏不露,旅游时就跑了出来。天性渴望释放,就像渴望自由的犯人。而旅游给了天性越狱的机会。所以,我们应该与天性结伴,一起旅游,住进"野生园"。

野生园在乔贝河码头,这里是旅游中心,游客熙熙攘攘,纪念品店排成一行。

宾馆大厅,米奇在发行李,比利在发房间钥匙。比利说,今天的房间很好,是漂亮的河景房,但要小心猴子,它们什么都偷,请看管好东西。米奇却说,偷了也好,给行李车减负。他说着瞪我一眼,我带了那么多的衣服和泡面,米奇耿耿于怀。

"查理团"包下一幢三层楼房,我们住二楼,隔壁、楼上、楼下全是自己人。客房是豪华的,阳台也很大,大得可以开舞会。阳台上能看乔贝码头、乔贝河。码头挤满了彩色游客,像开了花儿一样。河上跑着游船、快艇,全是兴冲冲的。洗完澡,我们像平时一样,骑行服、靴子扔到阳台,一阵暴打,放在太阳下晒。然后,菲里普抽着烟斗,我吃着薯片,欣赏乔贝河的景色。

队友们出现在阳台,也在晒东西,衣服、鞋子、袜子、内裤,什么都晒,弄得阳台像跳蚤市场似的。就在这时,两只猴子从房顶跳下,跳到对面的树枝,一个转身,跃上我家阳台,一个抢走菲里普的烟袋,一个抢走我的薯片,纵身一跳,又回到了树枝。整个作案时间不到五秒。等我们反应过来,大声咒骂,已无计可施。邻居们发出幸灾乐祸的笑声。

"林,跳过去,抢回来!"他们笑着嚷着拍着手。

邻居们很快不笑了,也发出了怒吼声,他们也被抢了。大卫的裤衩没了,丹

抢了杰奎琳的围巾

相机的袋子没了,马库思的皮带没了。杰奎琳刚晾好丝绸围巾,被猴子一把抢走,那厮披着围巾,在墙头上狂跑,表演着杂技,杰奎琳高喊,谁把围巾抢回来,我请谁喝咖啡。可是谁抢得回来啊,

谁都不会飞墙走壁。最惨的是肖恩,他摊开比萨、水果、红酒,还没享用呢,被一抢而空,酒杯也碎了。肖恩追猴子时,差点儿摔下楼去。得手的猴子们,有的坐房顶,有的坐树枝,吃着东西,玩着烟袋,有的把裤衩套在了头上,一个个乐不可支,对我们的叫骂声置之不理。

三楼阳台出现一个人,白头发白胡子,笑得浑身哆嗦,然后向大家吼:"I told you before(我告诉过你们)!"没错,是比利。

傍晚六点半,"查理团"上了游船,夜游乔贝河。

游船向正西方向走,河北是博茨瓦纳,河南是纳米比亚,河水拉链一般,连接着两个沙漠国家。几十条游船,向着同一方向,行驶到最开阔的地方,一起停了下来。这里有几个河中岛,岛上主人不同,分为野牛岛、大象岛、河马岛、鳄鱼岛。

游船越聚越多,船与船靠在一起,船上人抢占着最佳位置,伸长脖子看动物。人看动物,动物也看人。到底谁是主角,一时很难弄清楚。人喜欢看动物,因为动物可爱、单纯、天性十足,就像人类的当初。动物喜欢看人,因为人确实好看,穿花衣、戴鸭舌帽、戴墨镜、拿手机,吵吵闹闹。动物们还发现,人毛发稀少、皮肤苍白、不喝生水、不吃生肉、不会爬、不会飞、不会跳、不会钻洞、没有尾巴、没有尖锐的爪牙……"人不够强壮,所以得关进笼子。"动物们同情地想。对此我们无话可说。动物风餐露宿,野地交欢,而我们住进房子,躲进船舱,天黑后不敢出门,婴儿养到十八岁才独立,全是不争的事实。

太阳越走越低,河上有了渡船,渡船从博茨瓦纳出发,划向对面的纳米比亚。船上装着男人女人,打完了一天工,他们急着回

乔贝河景色

非洲翠鸟

家了。一些大象也在渡河,它们离开小岛,走进河里,水满到胸口时,开始游泳,狗刨式,不怎么漂亮。我们的视线,跟着大象上岸,去了那边的纳米比亚,那儿是大象的家,那儿是卡拉哈里沙漠,我们刚向它告别,现在又见面了。我们会心一笑,向沙漠挥手,仿佛见到了久违的老友。

游河进行了两小时,河上一直人山人海,这种群聚性活动,千篇一律,"查理团"的人兴致不高。我们想骑车,想去沙漠流浪,想去险要之处,想虐待自己,仿佛这样才过瘾,才算旅游,才算做了人。我们是吃苦不记苦的家伙。

今天,肖恩也提不起精神,一直在喝酒,然后打起了呼噜,有人把他推醒,催他拍落日,太阳快下去了。肖恩懒洋洋地说:"厌了,天天都一样。"大家对他说:"不一样!这是博茨瓦纳的落日!"肖恩这才一跃而起。

博茨瓦纳的落日不同吗?当然不同,这是我们一起看的最后一个落日。明天,我们就要吃散伙饭了。

"查理团"晚宴

晚宴在野生园的露台举行,边上是乔贝河,对面是纳米比亚,那边一片漆黑,这边灯火辉煌,笑声歌声鼓声一片。

露台有一排烧烤炉,厨师们忙得脚底朝天,制作各种野味,鹿肉、野牛肉、羚羊肉、刺猬肉、角马肉、野羊肉、烤全鱼、烤野猪、烤鳄鱼尾……

近千名游客,刚才同时游河,现在同时吃饭,像抢骨头的蚂蚁,一副副大快朵颐的表情。这些野味,我们早已吃厌了,我们就是吃着这些东西,骑越了卡拉哈里沙漠的。

晚宴进行到一半，我走到查理身边，拿出两本书，一本是他的 *Long Way Back*，请他为我签名；一本是我的《骑越阿尔卑斯山》，是送给他的礼物。查理大吃一惊，没想到我有 *Long Way Back*，还背到了非洲。他更没想到，我也写书，也写骑摩托的事。他用大眼瞪我，仿佛刚认识了我。

查理为我签书

我又拿出一本《骑越阿尔卑斯山》，请队友们签名、留言。队友们传递着《骑越阿尔卑

队友在我的书上签名留言

斯山》，为我签字留言，快速翻书，快得像数钞票似的，因为后面的人在催。队友们为我骄傲，夸我写得好，虽然一字不懂。他们问我，写不写骑沙漠的书，我说也许会写。他们说，一定要写。我说，好的，一定写，写你们，写疯狂的骑行。有人喟叹一声，说："早知林要写书，我就表现得好一点儿。"是德国人史坦芬。我笑着说："史坦芬，你很好，你是我们的开心果，我喜欢你。"于是，男人们开始大献殷勤。

马库思说："林，我会侧身骑摩托车，明天骑给你看，你写进书里。"

伊恩说:"林,我平时骑得太快了,明天我骑在你后面,好好保护你。"

肖恩说:"亚洲老乡,你怎么也得多写写我,请把日落的照片印在书上。"

丹说:"林,别写我摔跟头的事。其实我是好骑手。"

我说:"要写的,除了比利和查理,你们都摔过跟头,昨天马库思又摔了呢。"

男人们哼哼着,仿佛牙疼,脸上是一失足千古恨的表情。

比利说:"林,可别在书里提我的白头发白胡子,我其实不老,我才五十九。"

查理说:"去你的吧,比利,你十年前就五十九了。"

大家"哄"地笑起来,追问比利,你到底多老了,有没有结婚。

比利说,跟你们说实话,比利十年前离婚了,摆脱了可怕的婚姻,从此跟查理走天下,天为房,地为床,摩托车做婆娘,每天喜洋洋,不过比利还是想结婚,比利想有个家。"林,拜托了,书上写一句,比利,英国人,一米九,英俊潇洒,演说家、冒险家,没有钱,但永远五十九。"比利对我说。

"比利,你想找怎样的女子呢?"菲里普问。

"像林这样的,敢和男人一起拼命,敢走 Hard Way!"比利说。

在哄笑声中,我大声答应了比利——好,一定写上!但我告诉大家,我回家不会马上写作,我有更重要的事要做,我要整理菜园、花园,要孵小鸡、小鸭、火鸡,还想养一只猪、一对山羊。我的话引起了共鸣,大家开始说自己的计划。

丹说,他回家后要给女儿过两岁的生日,他有两个可爱的女儿。

植物博士玛克辛说,她回去后继续种树,她有一个很大的园林。

保罗、杰奎琳说,他们退休了,继续旅行,下一站去撒哈拉沙漠,骑着摩托车。

马库思说,他回家后得上班,多赚点钱,下一个目标,骑越澳大利亚。

七个澳大利亚人听了,表示要在澳大利亚接待马库思,请他喝酒,吃澳大利亚烧烤,听他弹吉他。

大卫说,他暂时不回家,他要去南非、纳米比亚、肯尼亚,去学校讲课,讲关于动物保护,还要去大象基地,传授有关大象的知识。

杰顿说,他也暂时不回家,他要去找爸爸,爸爸在赞比亚,他二十八岁了,没见过爸爸。

医生莎拉说,她男朋友参加赛车受伤,断了三根骨头,回澳大利亚后,她要专心照顾他。另外,她会继续为米奇打工,希望米奇录用她,成为专业导游。

总管米奇说,他妻子查出了乳腺癌,回到澳大利亚,要陪妻子开刀。

米奇还说,莎拉是个好医生,也是好助手,他正考虑录用她,他的旅行社需要这样的人才。他又提到了"东方行"计划,等妻子身体恢复,他就去亚洲踩线,带莎拉一起去,确定最佳线路,然后就招募骑行团,2020年春天成行。

"我去! 我报名!"像早上一

作者夫妻与查理

样,男人们跳起来吼。

比利说,他也想参加"东方行",不当导游,当演说家。"没有比利,你们肯定活不下去,是不是?"比利问。"是!"所有人回答。

查理最后开口,他说骑完非洲,他得回英国动手术,腿部第二十八次手术。2019年,他带团出征澳大利亚。2020年,他要与电视台再次合作,完成一次长途冒险,从南美合恩角出发,向北穿过沙漠、高山、冰峰,目的地阿拉斯加北部,历时一百天。

"伊凡也和我一起骑。"查理说。

"哇,太酷了!"男人们羡慕得要哭。

"查理,骑到美国喊我一声,我陪你骑一段。"菲里普说。

"我也来。"我说。

"Hard Way, Lin!"大家冲着我说。

于是,话题又转到我身上,朋友们说,林,快把非洲的书写出来,我们等着看。菲里普说,你们放心,林会写给你们看的,不过是中文,先把中文学好吧。

"天啊!"大家一声惨叫。

露台上,吃饭的人渐渐散去,"查理团"还在码头,大家想多待一会,过了明天,就要各奔东西了。二十个人,来自八个国家,在沙漠颠簸、晒太阳、吃沙子、翻跟头、流血流汗,每个人的故事烙在了一起。大家才认识二十天,已是好朋友。有些人同行一辈子,还是陌路人;有些人认识一辈子,还是陌生人。世上什么距离最远?心的距离。心的距离什么时候最近?旅行时。那么,读者们,我们去旅行吧。

关键词：
一错再错、非洲之行第三
个跟头、我骑到了终点

一错再错

今天是 2017 年 9 月 14 日，周四。非洲之行最后一天。按旧时说法，9·14 是不吉利的数字，但我从不认可，数字是没有威力的。不过说来奇怪，9 月 14 日，非洲之行最后一天的最后一小时，我们真的出事了。

听上去像一部戏剧，故事末了，给观众一个意想不到的高潮。事实上，今天发生的一连串事件，包括最后的结果，真有点儿戏剧性。仿佛有人早就写好了剧本，设计了一个个陷阱，引诱我们一步一步犯错，落入失误的圈套，在所难逃。

第一个错误，发生在清晨，早餐厅。

比利对大家说，今天是最后的骑行日，从博茨瓦纳骑到津巴布韦，终点是维多利亚瀑布①，今天是美妙的一天，骑在柏油路上，入住维多利亚女王宾馆，享受歌舞和晚宴。

① 维多利亚瀑布，世界三大瀑布之一，宽约一千七百米，高一百二十八米。

"宾馆一千美元一夜！"比利说。

大家惊呼起来，互相击掌，恨不能一步跨到终点，跑进一千美元的房间，好好享受一番。

马库思按捺不住，抱起了比利的吉他，乒乒乓乓乱敲，其他人跟着扭屁股。他们戴着头盔，穿着骑行服，脚上是大靴子，一个个像大笨熊。

我可没跳舞，大清早跳舞，有点儿神经兮兮。我转动着脑筋，准备做一件事。我跑进了卫生间，脱下骑行服，解除了护背、护肩、护臀、护膝，今天骑柏油路，没有搓板路，没有石头路，这些家伙可以下岗了。从卫生间出来，我一身轻松，身材苗条，不再像摇摇摆摆的企鹅。当然，我的想法极端错误，行为更是错得不可饶恕，骑行的最后一天，我居然放弃了保护装置，就像士兵扔掉了枪支，毫不犹豫，还自以为是。我不知为什么会出错，我不是故意出错，只能说鬼使神差，某种力量引诱着我，而自己浑然不知。至于那是什么力量，为何引诱我，答案只能在风里。而风不言语。

第二个错误，发生在加油站。

离开宾馆，骑行一小时，我们进了加油站。查理命令大家，不管油箱满不满，全部加满，到了津巴布韦很难找到油，那儿在闹油荒。于是，男人们排队加油，我在一边啃苹果，我总是不失时机为自己添加些燃料。就在这时，菲里普向我走来，身后跟着马库思、丹、杰顿、大卫。菲里普说，亲爱的，我们骑越了卡拉哈里沙漠，你是"查理团"女英雄，朋友们想和你拍英雄照，庆祝胜利。我咧嘴一笑，还没明白咋回事，菲里普、马库思、丹、杰顿，"嗨"的一声把我举了起来，一直举到了天上，我感觉自己要飞了。

周围的人鼓掌,听到大卫喊:"再举一次!"

我终于被放了下来,大卫给我看照片,我被男人们捧在手上,像个横过来的大奖杯。大卫说,林,这张照片印到你书里,请注明摄影师——David Higgs。马库思、丹、杰顿也提醒我,林,别忘了写我们的名字,是我们把你举起来的。我郑重地点头,庄严地承诺了他们,这不,我写在了这里。

这时,有人提出了尖锐的批评,亚洲老乡肖恩,他说,庆功照、英雄照,应该在终点拍,你们懂不懂啊。史坦芬也说,加油站乱糟糟、脏兮兮,你们选错了时间,也选错了地点。他们的话得到多人认可,他们做出了决定,骑到终点再把我举起,面对青山,春暖花开。哎,这句话不说为好,让我想到自杀的海子。肖恩说,下次他一个人举我,我们是老乡,他最有权力。我好感动,肖恩是好老乡,我会考虑他的要求。

本来事情结束了，没想到菲里普画蛇添足，说了一句错话，他说："没第二回了，英雄照、庆功照，只能拍一次，你们别想有机会了！"

举我的男人声援菲里普："对，没机会了！你们做梦去吧！"

菲里普的话应验了，后来真的没机会了，我受伤了，他也受伤了，队友们哭了。你说，菲里普是不是说错了话？你说，早早把我举起来，是不是操之过急？你说，我飞上天的感觉是不是预示着我要重重摔下来？肖恩是对的，没到胜利的那一刻，高兴得太早，得意得太早，乐极是要生悲的。事实上，我们果然受到了惩罚。我不信神不信鬼，不信先知先觉，不信掐指一算这类鬼东西。但菲里普这句话，似乎有点儿鬼气。

第三个错误，错在换边境站这件事。

按"查理团"原定计划，我们从卡赞古拉哨所①出境、入境。我们到达哨所时，都吓了一跳，那儿全是等待出境的车，主要是装铜矿铁矿的卡车，它们一气呵成，长度至少一公里，趴在太阳下纹丝不动，像一条被打中七寸的蛇。司机们在公路上晃荡，丢了魂似的。我们排队等待，差不多等了两小时，车队只移动了几米。这样等下去，我们会看不到维多利亚瀑布，赶不上宾馆的歌舞晚宴，一千美元房间的价值大大缩水，想到这些，大家心力交瘁，悲痛不已。于是，比利、查理、米奇开了小会，做出一个决定——换哨所。

"查理团"掉转头，离开了卡赞古拉哨所，奔向另一个哨所，名字我不知道，不在《骑行手册》上，是临时更改。而这个更改，扭转了大方向，我们走向了一场危机。

———————————
① 卡赞古拉哨所，四国交汇处。

到达新的哨所，这里也排着长队，出关至少等半天，情况不比卡赞古拉哨所乐观。时间已过正午，我们没吃午餐，晒得汗流浃背，心里也烧起火来。

于是，查理、比利、米奇再次开会，决定再次更换哨所，去偏远的潘达马滕加。我们继续骑行，三小时后，潘达马滕加哨所到了，一个小型哨所，位于偏僻的山口，出入境车辆少，冷冷清清，门可罗雀的样子。我舒出一口气，终于能出关了。但我并不知道，这个哨所，离"那件事"越来越近了，可以说一步之遥。

非洲之行第三个跟头

从潘达马滕加哨所出关，我们踏上了津巴布韦的土地。

"查理团"骑在柏油路上，队形漂亮，整齐划一，像一队掠过天际的候鸟。

伊恩果然不再疯跑，一直骑在我们后面，实现"保护我"的承诺。马库思也说话算数，与我们并排骑行，为我表演侧身骑车，他侧坐在车上，架起二郎腿，像一只得意的猴子。史坦芬、肖恩、杰顿等人，为我表演了双放手、海底捞月、金鸡独立。比利也为我表演车技，他前轮竖起，后轮沾地，像在表演马戏。菲里普也露了一手，他加大油门超越了队友，滑行时手臂张开，像准备起飞的大鸟。我积极配合，直立起来，扶着骑手肩膀，眼观四路、耳听八方，像检阅部队的司令。这真是一个"Fun(欢乐)"时刻。

我决定信守承诺，把队友的表现一一写进书中，一个名字也不会落下。

到了岔路口，"查理团"停止前进。

比利说,到终点有两条路,一条Soft Way,继续走柏油路,两小时到达;一条Hard Way,走山路,一小时就到,大家选择吧。

你完全可以猜到,毫无疑问,所有骑手选择了Hard Way。非洲之行最后的Hard Way,最后的疯狂,摩托疯子们怎么会放弃,正求之不得呢!我也是热烈拥护,走"Hard Way",缩短了骑行时间。只剩一小时的Hard Way怕什么呢,我们每天在Hard Way拼命,Hard Way有风险,有刺激,有挑战,有Soft Way没有的景致,所谓不入虎穴焉得虎子。

我的思想飞去了女王宾馆,想象维多利亚瀑布,想象歌舞晚宴,想象一千美元的房间……我的老天爷啊,如何折腾,才对得起一千美元呢? 这真是一个难题。然而,我万万没想到,我们选择了Hard Way,就是选择了一场事故。它,就在前面。

我们骑进了山路,在一个山坡上,"查理团"再次停下。比利、查理把大家召集到了一起。查理说,前面的路不平,有碎石,有V字坡,摩托车容易相撞,请大家拉开三百米距离。

"三百米! 听清了吗?"比利吼道。

"Yes, Sir!"众人回答。

比利发动了摩托,骑到大约三百米的地方,往树枝上插白纸,看上去像面小白旗。比利向大家做了"OK"手势,带头向前奔,一溜烟消失了。

十四辆摩托车排好了队,查理第一个跑,跑到小白旗的位置,第二辆摩托车才能启动。摩托车一辆一辆离开。我们排在倒数第二个,前面是保罗,后面是丹。丹后面是莎拉的救护车。米奇的车没来,他从大路去宾馆,为我们打前站。

杰奎琳、玛克辛坐在救护车上，她们向我招手，希望我也上车。杰奎琳、玛克辛是大姐姐，我喜欢她们，我骑车、她们坐车，总没聊天机会，这是一个遗憾。我向她们飞吻告别，离终点不远了，要骑完全程了，我怎么会上车呢！

这时，前面的保罗出发了，他跑到三百米，菲里普也发动了引擎。

我们独自在山路上飞奔，这条 Hard Way，如查理描述，高低不平，"V字坡"接二连三，摩托车笔直下去、笔直上来，骑手减速、加速、减油、加油、换挡、再换挡……一口气十几个动作，连贯、紧凑，不能犹豫不决。当然，这样的"V字坡"，进沙漠第一天就领教了，我们早知道怎么对付了。

下坡时，我和骑手重心向后，压住灰灰的后轮，帮助灰灰平稳下坡。到达"V"字的底部，灰灰砸下去、弹起来，冲击人的颈椎、尾椎，我们提前准备，高高抬起臀部，减小可怕的反弹力。往上升时，看不到路，只看到天，仿佛要骑到天上去，我和骑手改变了姿势，重心向前，紧紧相依，俩人变成一人，助灰灰一臂之力，减少爬坡的阻力。"V字坡"没难住我们。灰灰像灵敏的山鹰，一上一下，跃过一个接一个"V字坡"，我们得意扬扬，充满了胜利的快乐。但，这是最后的快乐。

下山了，我们骑上了沙石路，路上铺满碎石，它们坚硬、尖锐、形状不一，摩托车开始颠簸、摇晃，发出"哐哐哐"的声音。骑手拍拍我的小腿，这是告诉我，他感到了危险，让我坐稳。我不再拍照，双手抱紧骑手，盯着脚下的石头，仿佛有我盯着，它们就不敢乱说乱动。

过了一段碎石路，出现了塌方现场，从坡上塌下一堆石头，死死挡住了去路。

是的,就是它们,它们恭候我们已久。

面对这堆石头,摩托车没有选择,只能从上面跃过,这个动作,过沙漠时常运用。如果这时我下车,减轻骑手的负担,也许什么也不会发生。但我没下车,也没下车时间,骑手已加了速度,灰灰轰鸣着,像一头怒狮,一跃而起,跃过了那堆石头,动作漂亮利索,却没想到,灰灰落地时,轮胎卡进了石头,身子一歪,"哐"的一下倒了。

事故就此发生,发生在一瞬间。我们被砸进了石头,摩托车压在我们身上。我完全失去了意识,不知道发生了什么。世界静寂了几秒,我感到了疼痛,喊叫起来。

"我的腿!"我喊。

我希望菲里普马上站起来,快快移开摩托车,快快把我弄出来。但菲里普没吭声。我又喊了一声,他还是不吭声。我扭转头,透过头盔的面罩,看见他仰面朝天,一动不动。他戴着头盔,我看不清他的脸。其实我离他很近,却无法够着他。我想把腿抽出来,刚一用力,疼得要昏过去。我想,我的腿断了。

我又喊了几声,菲里普还是只管自己躺着,没一点儿反应。我大声抽泣起来,他死了,我的爱人死了,我失去他了,现在剩下我一个人了,而我的腿也断了,我会马上死去,像荒野里的野兽……

天空蓝得令人绝望,太阳亮得令人绝望,四周静得令人绝望,所有一切陷入绝望。我的灵魂离开我,在空气中蠕动,像无助的虫子,看着自己寄居的身体,看着幻灭的未来,她也绝望了。绝望的感觉,就是绝望。这个过程,只有一两分钟,但我感觉有几万年,像几万年的噩梦。

山路上传来引擎声,声如惊雷,我突然记起来了,丹,丹在我们后面!丹奔驰而来,从我们身边掠过,立刻刹住了车。

我听到丹下车的声音,听到他跑过来的声音,听到他仓皇的喘息声。丹叫了一声"菲尔",没得到回应,他又叫了一声"林",我回应了。

丹扑到我面前,大声说:"林,别怕!别怕,别怕,我救你。"丹拼出全身力气,移开我们身上的摩托车,我的腿得到了解放,但还是动弹不了。他半跪着,揭开我的面罩,解下自己的水袋,吸管塞进我的嘴里。

"快,吸几口。"他说。

"疼,"我嘴唇打着哆嗦,"我疼……"

"我知道,别怕,莎拉马上到了。"丹说。

"我要死了……"我说。

"你怎么会死,你还要写书呢,现在有故事写了,是不是?"丹说。

我记得,丹说这几句话时,脸上滴着汗水,眼里闪着泪花,嘴唇在颤抖,仿佛在拼命忍住哭泣。事后,丹说,他当时确实伤心,不知我伤得到底有多重。

这时,菲里普哼了一声,丹赶紧过去看他。菲里普问丹,我怎么躺在石头上。丹说,你们出车祸了,你昏迷了。"林怎么样了?"菲里普问。"林没事,你放心。"丹给菲里普喂水。"林怎么样了?"菲里普反复问,似乎不相信丹。"亲爱的,我活着……"我说,眼泪哗哗地流。我放心了,菲里普会说话,能喝水,神志也清醒,命保住了。

十分钟后,莎拉的车到了,莎拉、杰奎琳、玛克辛一起跑过来。

莎拉检查我的头盔,看我的眼睛,问了几个问题,帮我摘下了头盔,检查头骨、肩骨、颈椎、脊椎、骨盆、腿骨、脚骨。然后,她去检查菲里普。

杰奎琳、玛克辛守在我身边,帮我擦泪,给我喂橙汁,轻声细语安慰我。

山道上传来了摩托声,查理返回来了,他在路口等我们,我们却没出现,他就知道出事了。查理蹲下身,注视着我,温柔地说:"林,别怕,查理来了。"

查理去看菲里普,反复告诉他,不管发生什么,他与我们在一起。

经莎拉允许,丹把我捧了起来,小心翼翼,像捧着一件瓷器,慢慢走向救护车。查理拉开车门,放平椅子,丹把我放了上去,莎拉喂了我两粒药丸。

菲里普站起来了

菲里普还躺在石堆中,莎拉、查理、丹陪着他,和他说话。玛克辛扶着吉他盒子,为菲里普遮挡阳光,菲里普则一动不动。我又担心起来,他是不是伤得很重?但是一刻钟后,菲里普站起来了,在丹和查理的搀扶下。丹扭过头,向我做了"OK"的手势。后来知道,菲里普一时站不起来,是因为腿疼,也因为头晕。

几分钟后菲里普瘸着走向我,手里捏着我的小相机,他昏头昏脑,却把我的小相机捡回来了。他知道,相机是我的宝贝,陪我骑越了阿尔卑斯山,陪我骑越了沙漠。当然,我的宝贝彻底砸烂了,光荣牺牲,我在这里悼念一下它。

莎拉把结果告诉大家。莎拉说,林头部没有受伤,也没有体内伤,但右腿软组织压伤,不排除肌肉断裂;尾椎骨受到撞击,不排除尾骨断裂。菲里普没有内伤,但右腿压伤,不排除肌肉断裂。头盔有撞痕,有短暂意识障碍,不排除脑震荡,脑神经受损。

"你们是幸运的,伤得不轻,但也不危及生命。"莎拉说。

"这几天好好静养,回美国后,必须做一次全面体检。"莎拉说。

莎拉是澳大利亚急救中心医生,她对我们的判断,后来证明完全正确。

听了结果,查理脸色好多了。查理说,骨头没事,没有内伤,就不用担心,如果需要治疗,我马上安排,我会叫直升机,你们不要担心钱,不要担心医院,我为你们支付一切,我会保护你们的生命,我是你们的领队,你们的兄弟,请记住这点。直到现在,我只要想起查理这番话,眼睛就会湿润。

菲里普抱住我的脑袋,脸蹭着我的脸,抽泣着说,对不起,对不起,亲爱的,我不好,我又弄疼你了,我该死。我伸手摸他的脸,擦去他的眼泪。我说,亲爱的,不是你的错,是路不好,是石头不好,我们很幸运,还活着呢。

查理对菲里普说:"菲尔,不要自责,这是意外,谁都不想出事故。"

菲里普与查理拥抱在一起,久久没有分开。菲里普总是说,这辈子能和查理一起骑车,他死也瞑目了,现在,他不但和查理骑越了卡拉哈里沙漠,还紧紧拥抱在一起,像亲兄弟一样。

莎拉请菲里普上救护车,但菲里普摇头,他说要骑完全程,骑到非洲之行的终点。查理看着菲里普,没有反对,他和丹一起,扶起了摩托车,扳直弯曲的车头,进行了简单的修理。查理发动了引擎,我们的灰灰,我们的宝马F800GS,发出强劲的轰鸣。灰灰活着,呼吸正常,心跳正常,它还能跑!

菲里普与我吻别,瘸腿走向了灰灰,坚定地跨上了铁马。丹在前,菲里普在中,查理在后,三人车队出发了,留下一阵尘埃,消失在我的眼帘。药丸起了作用,疼痛减轻了,我昏昏沉沉睡去了。昏睡中,以为还在骑摩托车,一下子吓醒,骑摩托车怎么能睡,我会摔死的!转过脸,看到了杰奎琳、玛克辛,她们挤在角落,把位置都让给我了。见我醒了,她们一个递过水,一个伸过手,抚摸我的头发。

救护车安静、平稳,没有尘埃,没有颠簸,没有咄咄逼人的阳光,那么清凉。

我突然意识到,最后一天最后一小时,我以伤员的身份,上了救护车。这些日子,我和男人们一起,骑着摩托驰骋、拼搏、流汗,一边吃苦,一边享受,享受队友的情谊,享受沙漠的风光,乐不可支,也苦不堪言,总算熬到了今天。眼看终点在即,要熬出头了,我却离开了摩托车,离开了菲里普,离开了野性的骑行,躺进了救护车。

我和菲里普有过誓言——他骑我也骑,他停我也停。现在他还在骑,我却停了。我不是逃兵,也不是胜利者,我不是懦夫,但我违背了誓言,我是个失败者。我没能骑到终点,之前的努力、坚持、忍耐、吃苦,一下子变得毫无意义。我无法接受这个结局,号啕大哭起来,像一个被人抢走玩具的小孩。

我很久没这样痛哭了。上中学时,一次语文考试,我认为我考了一百分,却考了九十六分,班上第二名,第一名九十八分,回家后号啕大哭,我妈怎么劝都不行,急得她陪我哭。第二天上学,我两眼红肿,好友甘玫问了原因,她哭笑不得。甘玫说,你九十六分还哭,让别人怎么活啊?你别以为我是考试狂,数学不及格,哪怕拿了鸭蛋,我也不会哭。我在乎自己钟爱、执着的事物,在这个领域,不许别人破坏,不许自己犯错,不然我会痛彻心扉。就像现在,我为自己的失败痛彻心扉。

杰奎琳、玛克辛被我吓坏了,她们抱着我,问我是不是很疼。但莎拉说,别担心,是药物的作用,她一会儿就会好的。

药物?她哪懂我的心!

我骑到了终点

我们进城了,行驶在柏油路,城里车来车往,到处有棕榈、合欢、香肠树。这里是维多利亚瀑布景区,城市名叫维多利亚瀑布城。

莎拉说,林,再坚持一会儿,宾馆还有十五分钟。

这时,我们看到三辆摩托车,一起停靠在路边,菲里普、查理、丹站在那儿,查理向我们做"STOP"手势。车停下了,三个男人走了过来,查理拉开了车门。查理问我感觉怎样,我没回答,只是流泪,我还在伤心中。查理冲着菲里普说:"你看,她还在哭,她疼呢!"菲里普默不作声。

查理对我说,林,离终点还有十五分钟,菲里普认为你想上摩托车,亲自骑到终点,他想带着你骑,我坚决不同意,我要问问你,听听你的想法。

查理问:"林,你想上摩托车吗?"

我看着菲里普,他也看着我,我知道他在想什么,正像他知道我想什么。我心里一阵激动,一边抹泪,一边回答:"查理,想,我想。"查理连问几遍,我一样回答,我想上摩托车,我要骑完全程。

查理说:"林,身体是你自己的,不是菲里普的,你要对自己负责。"

我说:"查理,我知道,请让我试一试。"

菲里普和莎拉一起,帮我穿骑行服、穿靴子、戴手套、戴头盔,扶我走向摩托车。查理紧跟着,他说,林,你自己上车,如果连车也上不去,我坚决不让你骑。我答应了查理。

菲里普上了摩托车,我攀住他肩膀,左脚踩住脚蹬,屏住呼吸,身体向上,奋力提起了伤腿,上了摩托车。但我坐不下来,尾椎骨疼得钻心。菲里普轻声说,亲爱的,趴在我身上,我驮着你骑。我趴在他背上,双手圈住他脖子。

我对菲里普充满感激,他了解我、懂我,与我心灵相通,一心要成全我的心意。或者说,一心要实现我们的誓言——他骑我也骑,他停我也停。

灰灰跑了起来,对于我的归队,他似乎十分满意,跑得春风得意、喜气洋洋。

查理在前开路,丹紧跟在后,他们一步都不离开我们。

我每次回头看丹,他都向我献飞吻。丹,他今天救了我们,是我们的救命恩人。丹的友情,像一枚珍珠,被我放进了岁月的珍珠盒,一起放进的,还有查理、莎拉、杰奎琳、玛克辛,以及"查理团"所有的朋友。

　　终点到了,维多利亚女王宾馆。宾馆门口,队友们正翘首等待。

　　我们的摩托车一出现,他们全跑了过来。摩托车刚停稳,比利就轻轻把我抱了下来。我和菲里普无法站直,互相靠在一起,像两棵互相依靠的歪脖子树。

　　队友抢着拥抱我们,动作很轻,生怕弄疼我们,每个人都对我们说,祝贺你们,你们做到了,你们骑到了终点！ 他们很想把我抛

庆祝胜利

维多利亚女王宾馆

起来,至少举起来,但这事只能推迟了,推到下一次骑车,究竟是哪一天,明年还是后年,谁也不知道。

亚洲老乡肖恩问我,林,今天伤了哪条腿。我说上次是左腿,这次是右腿。他说,好了,平均了,说完含着眼泪,给了我一个熊抱。

队友们一个个泪光闪闪。我也在哭,哭得泪人儿似的,我真是没出息,我骑到了终点,我胜利了,我哭什么呢。

马库思说,林,别哭,你又瘸了,又成了查理,以后我们喊你林·查理得了。

比利说,林,等你好点儿了,一定要去看维多利亚瀑布,可不能错过。

我眼泪汪汪地问:"瀑布在哪儿? 我怎么没看见?"

比利指着一片青山,大声说:"瀑布在山里面呢,你得走过去,四十分钟左右。"

我说:"什么? 我一分钟也走不动!"

于是,队友们七嘴八舌地说,林,你不用担心,比利有两个选择,Soft Way 和 Hard Way。

尾 声

一

因为受伤,我和菲里普推迟了归程,在津巴布韦多留了几天。

第一天,我们住维多利亚女王宾馆,享受一千美元的房间,参加了歌舞晚宴,所有费用由米奇出。参加晚宴时,菲里普瘸着过去,我根本走不了路,被大家抬了过去,躺在长椅上,垫着十几个枕头,所有人伺候我吃饭,演员为我跳肚皮舞,为我敲金贝鼓,咿呀呀唱歌,我像备受宠爱的维多利亚女王。演出成功,晚宴也丰盛,但大家脸上挂着悲伤,这可是散伙饭啊。

第二天,我又被抬了出去,与大家拍合影。然后,"查理团"作鸟兽散,所有人撤出维多利亚女王宾馆,包括查理、比利、米奇,撤到便宜的宾馆,没人住得起一千美元的宾馆。我和菲里普也搬了,搬到离瀑布最近的宾馆,三百美元一夜。

从这天起,我们猫在房间静养。莎拉再三叮嘱,必须静养,防止受伤部位出血、发炎、坏死,她还叮嘱我们,回到美国一定要去

最后的合影

看医生。静养并不轻松,菲里普躺下头晕,站起来腿疼;我躺下尾椎骨疼,站起来腿疼。他的腿肿得像猪头,我的腿肿得像猪蹄,五颜六色,像窗外的花园。我俩哼哼唧唧,互相参观,互相帮助,互诉衷肠。什么叫相濡以沫、生死相依、不离不弃,这就是。

　　我们的宾馆猴子成灾,它们在草地集会,隔着窗子看我们,服务员打扫房间时,它们溜进来劫走点儿东西。草地上养着猪猡,被人喂成了胖子,为了省力气,它们半跪着走路、吃草。于是,我们学猪猡的样子,屁股撅起,半跪着走路,减轻了腿部压力,也省了力气,尝到了爬行的好处。真不知人为什么直立行走,既不轻松也不雅观,还被迫穿上了衣裤。

　　静养的日子,我们与猴子作战,学猪猡走路,过得不算太无聊。

　　几天后,我们开始锻炼脚力。我们去宾馆外散步,互相搀扶,走几步、歇几步,速度不比蜗牛快。

每次出宾馆,总有小贩拥上来,他们认定我们是大佬,追着我们不放,可怜两个瘸子,哪里逃得掉。他们卖木雕、卖石雕、卖草编、卖旧钱币、卖象牙珠子。

"正宗的纳米比亚象牙!"他们大声吹嘘。

对卖象牙的人,我们横眉冷对。大象、犀牛,就是被这类人杀害了。被逼之下,我们买了一些木雕,还买了通货膨胀时代的钞票,五美元一大沓,数目巨大,五百个亿？一千个亿？我一直没数清楚,我数学不好。①

腿好些后,我们挪进了市中心,一瘸一拐,逛纪念品店、逛美食店。一个美国人,一个中国人,都是可怜的瘸子,回头率相当高。

开始,出门会碰到队友,大家热烈拥抱,问寒问暖,仿佛分别了一个世纪。

有一回,我们遇到了查理、比利、米奇、莎拉,他们在停车场修摩托车。十五辆摩托车,骑越了卡拉哈里沙漠,伤痕累累,像身经百战的战马。我们出现时,这四人围住了我们,询问我们的伤情。

按"查理团"规定,修理摩托车,骑手得负担材料费。但米奇宣布,鉴于我俩的勇敢精神,不幸的遭遇,可怜的伤痛,材料费全免。米奇真是大好人。

米奇还说,莎拉不再是志愿者了,他聘用她了,她现在是"指南针"的医生,兼导游兼机械师兼秘书。我们大声祝贺了莎拉医生。莎拉满脸春光,她实现了理想,从此名正言顺,骑着摩托走天下。

我们趁机看望了灰灰,经过医治、擦洗,灰灰容光焕发,恢复了往日的英俊。

我们吻别灰灰,与查理、比利、米奇、莎拉告别。查理凝视我

---

① 津巴布韦通用美元、南非币。

吻别灰灰

们,眼里充满了不舍。比利红了眼,这么爱唠叨的人,竟说不出半句话。莎拉则抱着我们不放手。

我和菲里普也哽咽无语,就这样与骑行团的伙伴分手了。

人生最苦是离别苦,哪怕与萍水相逢的人,哪怕与一辆摩托车,也有一行离别泪,这是人不可克服的弱点,人怕离别,偏偏人生皆离别,与亲人、与老友、与旧物。然而,离别也是人生之美,有甜美相逢才有离别之苦,有入骨之爱才有离别之恨。苏东坡的《江城子》把离别写得最深刻:

> 十年生死两茫茫。
>
> 不思量,自难忘。
>
> 千里孤坟,无处话凄凉。

后来，队友们一个个离开。查理他们组建了新"查理团"，新队员是也来自世界各地，他们将一路南下，按我们的来路，骑越卡拉哈里沙漠，回到南非开普敦。

看到新"查理团"，我们打翻了醋坛子，查理、比利、米奇、莎拉只属于我们，新来的人是"非法占有""拦路抢劫"，我们与他们"不共戴天"。感情的事就这样，无有无的潇洒，浅有浅的失落，深有深的痛楚。

我们得到了杰顿的消息，他在赞比亚找到了爸爸，爸爸在经营大农场。杰顿把合家欢贴在脸书上，他笑得阳光灿烂。我知道，这一刻他等了二十八年。

有一天，两个瘸子走到了维多利亚瀑布。

比利说，四十分钟就到，我们足足走了两个小时，走得龇牙

拜访了维多利亚瀑布

咧嘴的。看到了瀑布,看到了彩虹,看到了大峡谷,听到了雷霆般的水声。脸颊沾满了水珠,像痛哭过一样。传说,峡谷里住着一群仙女,仙女的长发幻化成瀑布,七彩衣幻化成彩虹,曼舞幻化成水雾,歌声和鼓声幻化成霹雳般的瀑布声。所以,当地人不称瀑布"维多利亚瀑布",称它为"霹雳之雾"。多好的故事,多好的名字。

要离开津巴布韦了。

在维多利亚瀑布机场,我们意外遇到了丹,丹是大个子,我们一眼认出了他,三个人拥抱在一起。告别时,丹亲吻我的脸颊,说了句"照顾好自己,别上摩托车了";然后,丹拥抱菲里普,说了句"菲尔,下次再一起骑车。"丹的话自相矛盾,他难道忘了,我和菲里普分不开,他骑我也骑,他停我也停,如果再一起骑车,丹还会看到我,我还会骑"Hard Way",还会被菲里普摔得鼻青脸肿,但我不会停的。我不是逞能,不是装英雄,我是疯了,和菲里普一起,不疯才怪。

飞机起飞了,丹、查理、比利、米奇、莎拉,所有的队友,包括骑行故事,全部成了回忆。岁月是回忆拼成的碎片,现在又多了一片。

飞机飞过卡拉哈里时,我们看到了无边无际的沙漠。

"沙漠,我爱你,别了。"我心里说。

"我一无所有,只有沙漠,我用沙漠爱你。"沙漠再次回答我。

二

从津巴布韦起飞,飞向南非的约翰内斯堡,从那儿飞荷兰的阿姆斯特丹,最后飞向美国休斯敦。我们曲折飞行,飞了三十五小时。由于伤痛,这三十五小时简直像在地狱。我们疲惫不堪地回到家,家里一片狼藉,菜园荒了、花木凋了、小狗茉莉失踪了、鸡和孔雀全都死了,只有鸭子和鹅迎接我们。

我们去医院检查,结果就像莎拉所言,菲里普脑震荡、软组织受伤、肌肉断裂。我软组织受伤、肌肉断裂、尾椎骨断裂。我们的医生也给了两个字:静养。

我的腿伤两个月后好转,但尾椎骨上的伤,让我坐了六个月的橡皮圈,美国人称之为甜甜圈。"甜甜圈"坐破了,尾椎骨就不疼了。

菲里普伤好后,又买了两辆摩托车,一辆是新车,意大利的MOTO GUZZI(摩托古奇);一辆是旧车,中国1960年的长江。这

"中国长江"

位老兄说,去远的地方,咱就骑 MOTO GUZZI;去近的地方,咱就骑长江。"亲爱的,你想去哪儿呢?"他问。

我没回答。我一看到摩托车,尾椎骨又重新疼了起来,像被人踩了一脚。

三

头两年,我们和队友保持联系,在脸书上见面,他们不喊我名字,喊我"Hard Way",或喊我"林·查理"。大家聊生活,聊工作,聊生意,聊摩托车,或者插科打诨。我们都在等米奇的计划,2020年的"东方行",我们要一起骑,原班人马。

没想到,2020年,全球新冠肺炎疫情暴发,事情立刻发生了变化。

首先,大家停止了外出,躲在家里,出门就一个个都戴上口罩。

接着,传来一些不好的消息。

米奇的"指南针"旅行社破产了,米奇又去开大卡车了,十八个轮子的。莎拉也因此丢了工作,重新回到医院,安心做急救科医生。查理的美洲计划受到重创,他骑了一半,南美新冠肺炎疫情暴发,他和经纪人、制片人打道回府,等待机会,何年何月有机会,没人知道。查理又开始写作,准备出版新书,关于睾丸癌的秘密。旅游业停摆了,导游比利失业了,他在视频上演讲,他可以没饭吃,甚至可以不骑车,但不能不说话,这会要他的命。

最糟糕的是,新冠肺炎疫情愈演愈烈,队友们开始失踪,我写完这本书时,很少人在脸书上出现了,群里冷冷清清。有段时间,我与马库思还在联系,他给我寄过东西,一条骑行围脖,一个照片优盘。马库思说,围脖骑车用得上,照片写书用得上,林,快把书写出来吧,书出版了,一定要寄给我。但是,收到礼物不久,马库思也消失了,不在脸书,不在任何软件上,写邮件也不回,仿佛一阵风把他吹跑了,吹到阿尔卑斯山上去了。每当想到马库思,我就好像听到了他的吉他弹唱,看到了他孩子般无忧无虑的脸。这本书,有些照片是他的作品,我必须写上一句:谢谢你,我的瑞士朋友、摄影师 Markus Diedrich!

亲爱的马库思,你还好吗?

亲爱的队友们,你们还好吗?

2020年,新冠病毒捉住了很多人,我和菲里普也被捉住了,好在我们命大脱险。新冠肺炎疫情改变了很多事,世界回不到从前,这个我知道。但我还是希望,队友们再回到脸书,一个个健康活泼,说着笑话。某一天,我们再一次集合,骑着摩托车,去一个风险高、但很特别的地方。我们一起流浪、一起冒险、一起释放天性。

我们得抓紧时间,时间一溜烟就过去,生命"逃去如飞",人生就是朱自清的一篇《匆匆》。来匆匆,去匆匆,聪明的人,请告诉我,怎样才能不枉此生呢?

听了我以上的感想,菲里普笑了。菲里普说,亲爱的、聪明的人,跟我去骑车吧,我们一起死在路上,好不好?

我没回答他,但我写了一首诗。那么,就让这首诗,成为此书的结尾吧。

查理
(Charley Boorman)

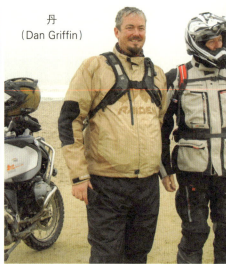
丹
(Dan Griffin)

米奇
(Mick McDonald)

杰顿
(Jordan Van't Hof)

莎拉
(Sarah Taylor)

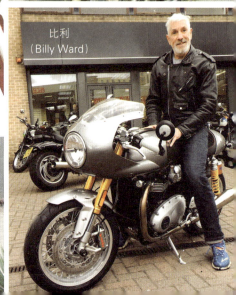
比利
(Billy Ward)

失坦芬
(Steffan)

彼特（Peter Lawford）

玛克辛
（Maxine Lawford）

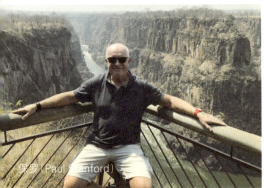
保罗（Paul Stanford）

杰奎琳
（Jacqueline Stanford）

亚瑟（Arthur Kelsall）

约翰（John Flinn）

大卫（David Higgs）

伊恩
（Ian Hindhaugh）

安德烈
（Andrew Brown）

马库思
（Markus Diedrich）

肖恩
（Sean Sohrab）

好的，爱人
我们去看世界
不再等待
我们已没有时间

我们流浪着
我们去了天边
你骑我也骑
抛尽人烟

好的，爱人
路不怕远
你停我也停
一起长眠

2021 年 10 月 25 日 于美国沃顿

附 录

非洲行攻略

十 防

1.防病。防病是第一要事。提前请教医生、带足药物。其中,中国人要打黄热病疫苗。

2.防虫、防毒草。准备好防虫水、消炎药、抗过敏药物。

3.防晒。穿防晒衣,带上防中暑药物,以及防晒霜、墨镜、太阳帽。

4.防沙。非洲沙尘严重,请准备防沙面巾、口罩、眼药水、润肤油。

5.防震。风景越好的地方,路况越差,不管什么交通工具,准备护肩、护腰等用品。

6.防迷路。沙漠迷路很危险,导航仪也很难帮忙,记下必用电话号码,准备一个指南针、一张纸质地图、一部联络手机。

7.防饥渴。没有加油站的地方,很难弄到吃喝,必须多加准备。干粮最好是面包、泡面、鸡蛋,饮料最好是纯净水、运动型饮料。

8.防冷。沙漠上炎热,但海边寒冷,准备好保暖衣。

9.防设备进沙。相机、摄像机、手机要保护好。

10.防无处方便。准备充足的手纸,带一些大号垃圾袋。

十 要

1.要背运动水袋,也称"驼峰袋",随时能补水。

2.要带免洗皂、湿纸巾。没水的时候,能帮助清洁。带垃圾带,可充当厕所。

3.要带足零钱,与当地人拍照或看表演需要付小费。

4.要带足饼干、薯片、糖果等零食,分给当地小朋友。糖果要硬糖,不容易溶化。

5.要计算好需要用的钱币,用多少兑换多少。美元很通用,可适当多准备一些。

6.要穿厚实的衣物,鞋子更要结实,能在沙子上走动,也能防蛇虫。

7.如果是自驾游,要带足备用轮胎及修理工具。当地很难找到车店。

8.不管哪种交通工具,要自备汽油、清水。

9.要随时小心野兽,不要单独去林中。

10.要翻阅相关旅行资料,事先做功课,对去的地方心里有数。